MAJKA STOCK

SPRJEWJA

Sprjewja
Blutmond

Majka Stock

FANTASY
ROMAN

Bibliografische Information der Deutschen
Nationalbibliothek: Die Deutsche Nationalbibliothek
verzeichnet diese Publikation in der Deutschen
Nationalbibliografie; detaillierte bibliografische Daten
sind im Internet über http://dnb.dnb.de abrufbar.

Autor: Majka Stock
Lektorat: Katja Rasmus
Illustrationen: Anne Kobielka

Herstellung und Verlag:
BoD – Books on Demand, Norderstedt
ISBN: 978-3-7534-0790-6

An meinen Mann
Du hast mir die Zeit verschafft nach Sprjewja
abzutauchen.

An meine Kinder
Ihr habt mir diese Zeit hin und wieder genommen. Die
beste Ablenkung, die ich mir vorstellen kann.

An meine Mama
Für dich ist Fantasy „so ein Quatsch". Doch du hast dich
tapfer durchgeschlagen. Du hast mich in allem
unterstützt und mir so viel geholfen, meinen Traum
wahr werden zu lassen. Danke!

INHALT

Kleines Wörterbuch

Im Buch   **Korrekte Schreibweise**

Sprjewja   Sprjewja
[sprʲɛwʲa]   [sprʲɛwʲa]

Aus dem Niedersorbischen; **Spree**, bedeutendster und langer
Fluss im Osten Deutschlands

Hazow   Hažow
[haːzoṷ]   [haːʑoṷ]

Aus dem Niedersorbischen; **Haasow**, Dorf in der
Niederlausitz, Ortsteil der Gemeinde Neuhausen/ Spree im
brandenburgischen Landkreis Spree-Neiße

Barbuk   Barbuk
[barbuk]   [barbuk]

Aus dem Niedersorbischen; **Bärenbrück**, Dorf in der
Niederlausitz, Ortsteil der Gemeinde Teichland im
brandenburgischen Landkreis Spree-Neiße

Kopance   Kopańce
[kɔpantʃɛ]   [kɔpaɲtʃɛ]

Aus dem Niedersorbischen; **Neuhausen/Spree**, Gemeinde im
Landkreis Spree-Neiße in Brandenburg

Bela Woda   Běła Wóda
[bela wɔda]   [bɪʊ̯a wɔda]

Aus dem Niedersorbischen; **Weißwasser**, Große Kreisstadt im
Nordosten im Freistaat Sachsen

Borkowy
[bɔrkɔwɨ]

Bórkowy
[bɔrkɔwɨ]

Aus dem Niedersorbischen; **Burg (Spreewald)**, Gemeinde im
Landkreis Spree-Neiße im Osten von Brandenburg

Lubin
[lubin]

Lubin
[lubin]

Aus dem Niedersorbischen; **Lübben**, Kreisstadt des
Landkreises Dahme-Spreewald in der Niederlausitz im Land
Brandenburg

Skitar/ka
[skitar/ka]

Škitar/ka
[ʂkʲitar/ka]

Aus dem Obersorbischen; **Wächter/in, Verteidiger/in**

Carny (Skitar)
[t͡ʃarnɨ]

carny (škitar)
[t͡ʃarnɨ]

Aus dem Obersorbischen; **schwarz**

wjelika murja
[wʲel̩ika murja]

wjelika murja
[wʲel̩ika murja]

Aus dem Niedersorbischen; **große Mauer**

smojta murja
[smɔ̩ta murja]

śmojta murja
[ɕmɔ̩ta murja]

Aus dem Niedersorbischen; **finstere Mauer**

Mudeera
[muːdeːra]

Kunstwort, Mönchähnlich, gläubige Helfer

Neue Welt

Bevor der Mensch geboren wurde, war die Welt heil. Das Wasser war klar und der Regen rein. Kontinente drifteten einst in verschiedene Richtungen, bis sie sich kaum noch regten. Flora und Fauna gediehen und entwickelten sich so schnell wie nie. Insekten tummelten sich überall auf den Wiesen. In den Wäldern sprangen Tiere umher. Am blauen Himmel zogen Vögel um die Welt. Glasklare Flüsse entsprangen aus Quellen und mündeten in die Weltmeere, welche die Schönheit der Sonne widerspiegelten.

Die Sommer waren warm, die Winter kalt. Der Schnee war rein und leuchtete hell. Der Herbst erstrahlte in bunten Farben und der Frühling erweckte die schlafende Natur mit milden Temperaturen.

Doch dann kam der Mensch. Zunächst lebte er gemeinsam mit der Welt. Sein Streben nach Wissen war groß. Sein Drang nach schneller Entwicklung überforderte diesen schönen Planeten. Unachtsam und egoistisch entfaltete er sich, ohne Rücksicht auf die Natur der Erde zu nehmen. Zu spät erst erkannten die Menschen, welch Unheil sie angerichtet hatten.

Der Himmel war nun immer grau und die Luft war voller Staub und Gift. Tiere und Insekten starben. Pflanzen konnten sich nicht mehr entfalten und verdorrten. Frühling und Herbst verschwanden, während Sommer und Winter um Rekordtemperaturen rangen. Fast täglich ereigneten sich verheerende Naturkatastrophen. Während die Pole schmolzen, trockneten die Flüsse aus.

Weltmeere erstickten im Müll. Als die Menschen unterirdische Deponien errichteten, weil sie nicht mehr wussten, wohin mit ihrem ganzen Abfall, verseuchten sie das Grundwasser. Sie erstickten in ihrem eigenen Dreck.

Gerade, als der Mensch am schwächsten war, entfaltete der Teufel eine große Macht. Er saugte die Schwächen der Menschen förmlich auf und wurde dabei selbst immer stärker. Schon seit Jahrhunderten hatte er geplant, auf der Erde die Herrschaft zu übernehmen. Nun endlich war er stark genug dafür. Er vermochte nun die Giganten zu befreien und auf die Menschen loszulassen. Diese riesigen Monster konnten mit ihren zerstörerischen Kräften Naturkatastrophen erzeugen, die alles Leben ausradieren würden. Der Teufel wusste über die Macht des Wetters. Welches Unheil Hagel und Sturm anrichten konnten, wenn sie nur stark genug waren. Welche Kälte das ewige Eis hervorrufen konnte oder in welch tiefe Finsternis die Erde versinken konnte, wenn man die Giganten nur freilassen würde. Sie zerstörten alles und hinterließen grausige Spuren.

Mit ihren Kräften fingen sie an, Erdmassen und Kontinentalplatten zu verrücken und in Bewegung zu versetzen. Einige Platten schoben sich übereinander, andere versanken im Dreck der Meere. Bis schließlich nur noch eine Platte rund um Europa übrig war.

Gerade als Eurymedon, der König der Giganten, dem letzten verbleibenden Flecken Erde einen finalen Schlag versetzte und diesen in sieben Teile spaltete, ertrugen die Götter das Elend der Menschen nicht mehr.

„Raus hier! Schnell!"

„Los, beeilt euch, hier bricht gleich alles zusammen!"

Diesem Inferno zu entkommen, schien aussichtslos. Dennoch versuchten einige Feuerwehrleute, Polizisten und Ärzte inmitten des Chaos, den Menschen zu helfen. Sie retteten sie aus ihren Häusern und brachten sie in völlig überfüllte Notunterkünfte. Sie versorgten die Wunden der erschöpften Menschen und konnten sich selbst kaum noch auf den Beinen halten. Die Dunkelheit und der Verlust der Energieversorgung machten allen das Leben oder auch Überleben schwer. Viele kauerten zitternd vor Angst auf dem Boden oder lehnten erschöpft an den Mauern, die noch stehen geblieben waren. Die meisten Menschen aber weinten. Nicht nur aus Angst, einem Giganten zu begegnen, oder aus Angst um ihr Leben, sondern aus Angst um ihre Angehörigen. Sie hatten ihre Kinder oder ihre Eltern verloren, sie konnten ihre engste Familie nicht wiederfinden oder wussten, dass sie ihre Liebsten nie wiedersehen werden.

Und wieder begann der Boden unter ihnen zu schwanken. Erst nur leicht. Aber alle wussten, was das bedeuten würde. Es wurde still. Wieder vibrierte es unter ihren Füßen. Doch dieses Mal hörte es nicht auf. Es wurde stärker.

„Ein Erdbeben!", brüllte ein Mann. Er klang fast ein wenig erleichtert.

„Sie kommen trotzdem!", entgegnete ihm eine alte Frau mit der Kraft, die ihr noch zur Verfügung stand. „Die Giganten kommen trotzdem! Sie werden uns alle vernichten. Wie viele haben es vorhergesagt? Wie viele haben uns gewarnt? Aber niemand hat zugehört. Wir haben einfach nicht auf unseren Planeten geachtet. Das ist sie nun. Unsere Strafe. Wir können nur noch beten und hoffen, dass uns noch irgendjemand da draußen helfen kann. Hoffentlich sieht nicht die ganze Welt so aus." Die alte Frau starrte den Mann eine Weile an, der inzwischen verstummt war. Dann sah sie nach oben in den Dreck. Dahinter vermutete sie wohl den Himmel, den sie vor ein paar Tagen noch hatte sehen können. Sie schloss die Augen. Dann begann der Boden unter ihren Füßen so sehr zu rütteln, dass sie sich nicht mehr halten konnte und zu Boden fiel.

Wieder übertönten gellende Schreie und Hilferufe den Tumult, als die Erde aufriss und sich an den Bruchstellen tiefe Krater auftaten. Familien versuchten verzweifelt zusammenzubleiben. An den Riefen entlang flohen die Menschen, so schnell und weit es ihnen noch möglich war, panisch in unterschiedliche Richtungen.

Das Land zerklüftete immer mehr, bis es von riesigen Schluchten durchzogen war und einzelne Landstriche unüberwindbar voneinander getrennt wurden. An anderen Stellen wiederum wurden Gesteine aus der Erde herausgeschleudert und türmten sich zu hohen Gebilden auf. Unbekannte Elemente aus den Tiefen der Erde drangen zum ersten Mal an die Oberfläche.

Die alte Frau lag noch immer voller Furcht am Boden und schützte mit den Armen ihren Kopf. Sie kniff ihre Augen zusammen und murmelte ein Gebet, denn sie konnte das grauenvolle Heulen und die leiderfüllten Schreie nicht mehr ertragen. Sie fürchtete sich vor dem Ende der Menschheit.

Die Giganten wurden immer eifriger und ließen die Erde spüren, wozu sie im Stande waren. So schickten sie einen immer stärker werdenden Regen. Immer härter schlugen die Tropfen auf den Boden auf, wurden zu Hagelkörnern, die alles zerstörten.

Man sah die Körner nicht kommen, denn der Dunst und der Dreck in der Luft hatten die Erde schon lange verdunkelt. Tag und Nacht ließen sich nur noch schwer voneinander unterscheiden. Und nun sah man die Hagelkörner kaum, bevor man sie zu spüren bekam. So viele Schreie verstummten. So viele Menschen verschwanden. So viele Tränen trockneten sofort in der heißen Luft. Flammen schienen sich auf den restlichen Teilen der Erde zu verbreiten, obwohl schon die Fluten fast den gesamten Planeten verschlungen hatten. Die dunklen Rauchwolken wurden von Stürmen mitgerissen und ließen kaum noch einen Funken Licht hindurch. Blitze waren die einzigen Lichtquellen, in denen sich manchmal die Umrisse der Giganten zeigten. Mit kräftigem Getose und Gedonner folgten sie weiter dem Befehl des Teufels, auf die Erdoberfläche einzuschlagen und sie zu zerstören.

Die alte Frau bewegte sich kaum noch. Nur ihre Lippen schienen wieder und wieder das Gebet zu wiederholen. Ihre Augen fielen ihr zu, denn sie hatte keine Kraft mehr, sie offenzuhalten. Die Arme schützten immer noch ihren Kopf, doch sie lagen nur noch kraftlos da.

Zwischen den Hagelkörnern, die vor ihr auf die Erde prasselten, leuchtete es plötzlich hier und da blau auf. Winzige kleine Flämmchen lösten sich wie der Regen und der Hagel aus dem Dunst über den Köpfen der Menschen und fielen zur Erde. Sie wurden vom Boden aufgenommen und drangen tief in ihn hinein. Es wurden immer mehr Flämmchen, die schon bald von überall deutlich zu erkennen waren.

Als sich das Dunkel um sie herum allmählich lichtete, öffnete die alte Frau ihre Augen ein paar Millimeter. Sie streckte ihre Hand in den blauen Regen, als ob sie ahnte, dass er sie nicht verbrennen würde. Als die ersten Flämmchen auf ihre Haut trafen, fing sie an zu lächeln. Eine kleine Träne lief ihr übers Gesicht und tropfte auf den Boden. Danach schloss sie für immer die Augen.

Plötzlich brach die dunkle Decke auf und verdunstete in einem Radius von mindestens zehn Kilometern. In diesem wenn auch kleinen Kreis konnte man den Himmel sehen. Einen klaren und blauen Himmel, der so hell war, dass alle geblendet waren. Und doch mochte niemand wegschauen, denn etwas so Schönes hatte es seit langer Zeit nicht gegeben.

Doch nicht nur Licht, sondern auch Hoffnung schien durch die Öffnung zu strömen. Und mit ihr fielen sieben Gestalten vom Himmel hinab.

Zunächst fielen sie bewegungslos wie Steine in Richtung Erdoberfläche. Doch kurz vor dem Aufprall entfalteten die menschenähnlichen Gestalten riesige Flügel, die aus tausenden feinen Federn zusammengesetzt schienen. Einige Flügel schimmerten weiß. Andere aber auch schwarz. Mit unnatürlicher Geschwindigkeit flogen sie über das Land und verschafften sich einen Überblick über das Ausmaß der Katastrophe. Am wahrscheinlich höchsten Punkt der Erde versammelten sie sich dann.

Man konnte sie dort eine Weile beobachten, ehe sie sich wieder in die Luft begaben und in verschiedene Richtungen davonflogen. Jeder von ihnen wollte sich den Giganten stellen.

Auch wenn die Bestien mindestens sieben Mal so groß waren wie sie selbst, traten sie ihnen furchtlos und vollen Mutes entgegen. Aus ihren Körpern strömten jene blauen Flammen, die auch mit dem Regen hinabgekommen waren. Aber jetzt waren sie weitaus größer und mächtiger. Wie Kanonenkugeln feuerten die gefiederten Gestalten sie ab und beschossen damit die mächtigen Körper ihrer Gegner. Diese zeigten sich zunächst wenig beeindruckt davon, wurden aber immerhin abgelenkt.

Immer mehr blaue Feuerbälle feuerten die Engel auf die nun wütenden Monster, die keine Lust hatten, sich von ihrem Zerstörungswerk abbringen zu lassen. Doch als sich die Giganten schließlich den Gefiederten zuwandten und sie verfolgen wollten, hielten die Engelswesen inne. Sie schwebten nun oben am Himmel, noch gerade außer Reichweite der Giganten.

Die Engel schlossen ihre Augen und konzentrierten ihre Macht. Sie konzentrierten in sich das Feuer, welches in ihren Körpern loderte. Auch der blaue Feuerregen wurde durch ihre Macht von der Erde abgelenkt und von ihnen angezogen. Nun schlugen sie ihre Hände vor sich zusammen und jeder von ihnen entfachte eine eigene Kugel aus den Flammen des Engelsfeuers.

Während unter ihnen die Giganten tobten und mit ihren Kräften das Unheil für die Welt auf die Gefiederten zu lenken begannen, blieben diese ruhig und konzentriert. Aus den blau schimmernden und flackernden Kugeln schufen die Gefiederten nun ihre eigenen Wesen. Einer nach dem anderen schien den Flammen Leben einzuhauchen.

Ein paar von ihnen feuerten die Kugeln mit aller Kraft auf die Erde, die hart auf der Oberfläche einschlugen. Das lenkte die Giganten kurz ab. So konnten die Gefiederten mit den wieder freien Händen anfangen neues Engelsfeuer als Waffe zu nutzen und nach den Riesen zu werfen.

Währenddessen entfalteten sich aus den Kratern hinter den Giganten mächtige, blau leuchtende Kreaturen, deren flammende Körper den Dunst der Luft vertrieben und Licht ins Dunkel sandten.

Ein Drache, so groß wie ein ausgewachsener riesiger Baum, stieg mit langsamen Flügelschlägen in die Luft. Er bestand einzig aus den blauen Flammen des Engelsfeuers, der durch eine unsichtbare Kraft zusammengehalten wurde. So konnte man durch ihn hindurch sehen. Sein Kopf war groß und seine scharfen Zähne blitzten dem Feind entgegen. Mit seinem kräftigen Schwanz schlug er auf die Erde und stieß sich ab. An der Stelle, wo er den Boden berührt hatte, spross ein Baum und entfaltete sich im Glanz des Drachen.

Der Engel, der diese Kreatur geschaffen hatte, setzte sich auf seinen Rücken und gemeinsam begannen sie sich gegen die Erdmassen zu verteidigen, mit denen einer der Giganten auf sie losging. Mit seinen Krallen versuchte der Drache das Monster zu Boden zu reißen, während der Engel sein Feuer gegen ihn richtete.

Auch im Ozean schlug eine Feuerkugel auf. Durch das unruhige Wasser ließ sich ein blauer Schimmer erahnen, der sich schnell auf das Land zubewegte. Je weiter das Geschöpf an die Wasseroberfläche kam, desto deutlicher wurden seine Umrisse. Sie ähnelten einem Hai, waren aber so groß wie ein Blauwal. Das blau leuchtende Geschöpf sprang mit einem Satz aus dem Wasser. Noch in der Luft entwickelte es vier kräftige Beine und landete als monströse Echse auf den Klippen am Rande des Ozeans. Auch sie reinigte die Luft und erhellte das Land mit ihrer leuchtenden Gestalt. Die Flächen, auf denen das Tier den Boden berührte, wurden fruchtbar. Sofort sprossen Keimlinge aus der Erde.

Die Echse raste in atemberaubendem Tempo über weite zerstörte Landstriche hinweg, während sich ihr Engel auf ihrem Rücken festkrallte. Auch sie waren auf dem Weg zu einem der Giganten. Wütend setzte sich dieser in Flammen und errichtete rund um sich herum eine Mauer aus Feuer. Doch das hielt den Gefiederten mit seiner Kreatur nicht auf. Mit Engelsfeuer beschoss er die Flammen des Giganten, welche sich daraufhin in blau schimmerndem Nebel auflösten, den die Echse einsog. Sie spie diesen Nebel in einem solch wuchtigen Strahl auf den Giganten, dass dieser Mühe hatte, sich auf den Beinen zu halten.

Ein anderer Engel behielt die flammende Kugel in seinen Händen und formte damit einen Blitz in Richtung Erde. Doch trafen die Flammen nicht die Oberfläche, sondern verwandelten sich in stahlharte Ketten aus blauen Fackeln. Der Engel wirbelte sie durch die Luft und stürzte sich damit auf einen anderen der Giganten. Wie Peitschenhiebe schmetterte er die brennenden Ketten auf das Ungetüm. Voller Zorn begann sich der Gigant um seine eigene Achse zu drehen und entfachte so einen Wirbelsturm.

Mit seinen Ketten wirbelte der Engel nun genau in die entgegengesetzte Richtung. Auch er entfachte einen mächtigen Luftstrudel, der sich einem Tornado gleich senkrecht in die Lüfte schraubte. Mit seinen

Flügelschlägen verstärkte er den Wind in dem blau schimmernden Wirbel. Dann griff er das Monster an und drückte seinen Körper gegen die Sturmsäule des Giganten. Auch er hinterließ statt wüstem Boden eine saftige grüne Landschaft.

Auf einem Berg, der gerade erst von einem der Giganten zusammengeschoben wurde, schlug ebenfalls eine blaue Feuerkugel ein. Einem Vulkanausbruch gleich wurden Millionen blauglühender Wespen aus der Kugel hinausgeschleudert, flogen in die Luft oder krabbelten den Berg hinunter und hinterließen frisches Grün.

Ein anderer Engel hielt plötzlich eine übergroße Sichel in der Hand. Mit ihrem blauen Glanz erstrahlte sie vor Kraft. Sie war mindestens zwei Mal so groß wie der Engel selbst und doch schien er sie mit großer Leichtigkeit gegen den Feind zu schwingen. Jede Bewegung hinterließ einen leuchtend blauen Nebel.

Diesen entfachte auch der letzte Engel mit seinem Engelsfeuer. Ein Nebel, der sich über das ganze übriggebliebene Land legte. Es wurde dadurch jedoch nicht in Dunkelheit, sondern in gleißendes Licht getaucht.

So kämpften die Engel, jeder auf seine Art, gegen die Kreaturen, die der Teufel zur Vernichtung der Erde befreit hatte. Dabei bemerkten die Giganten nicht, dass sie immer weiter an die Ränder der Schluchten getrieben wurden, die tief ins Innere der Erde reichten. Immer noch geblendet von dem Nebel schlugen sie mit ihrer Macht wahllos um sich.

Die Engel hielten inne. Ihre Kreaturen hielten die Giganten an Ort und Stelle. Blitzschnell formierten sich die Gefiederten und umkreisten die Riesen. Sie fingen an, das Engelsfeuer aus ihren Körpern zu vereinen, und bündelten die Energiestrahlen von einem Engel zum nächsten, bis sie einen geschlossenen Kreis bildeten. Die dadurch frei gewordene Energie bildete eine Wand aus blau leuchtendem Staub.

Die Gefiederten flogen langsam in das Innere des Landes und umzingelten die Giganten in einem immer kleineren Radius. Die Giganten, noch immer geblendet, wurden weiter an den Rand der Schluchten zurückgedrängt, bis sie schließlich hineinstürzten und in ihren Tiefen versanken.

Der Nebel ließ nach. Die Engelskreaturen verpufften und hinterließen einen feinen blauen Staub. Die Engel hatten nun noch eine Aufgabe. Sie verfolgten die Giganten weit ins Innere der Erde und schlossen die Schluchten durch ein Schild mit der Macht des Engelsfeuers.

Als die sieben Engel ihre Aufgabe erfüllt hatten, sammelten sie sich wieder auf dem Gipfel, der nun die sieben Länder überragte. Der Dunst der Hölle löste sich langsam vor ihren Augen auf. Nach und nach konnte man das furchtbare Ausmaß der Katastrophe erkennen. Nur ein Teil der Menschen hatte überlebt. Sie würden nun mit allem von vorn beginnen.

Der Teufel hatte den Kampf von weitem beobachtet und stand mit düsterem Blick auf einem großen Schutthaufen. Als er die sieben Engel auf dem Berg entdeckte und in ihre Gesichter sah, erkannte er, dass er verloren hatte. Er fletschte die Zähne und sah zum Himmel. Er wusste nun um das Gleichgewicht, das die Götter hervorgebracht hatten. So eine Chance kam vielleicht nie wieder. Ihm war klar, dass die Hölle nun weiter im Tiefen, in der verborgenen Hitze blieb, während die Götter von oben schauten, umgeben von Licht.

Doch er wusste auch, würden die Engel auf der Erde bleiben, würde es weiterhin Portale zur Hölle geben, um eben genau dieses Gleichgewicht zwischen Gut und Böse zu bewahren. Sieben Portale, mit denen es die Möglichkeit gab, zwischen Erde und Hölle zu wandern. Sein Blick wurde finster, als ihm bewusst wurde, dass er allein keine Chance hatte, die Welt für sich zu gewinnen. Er brauchte göttliches Leben an seiner Seite, um den Ausgleich zwischen Gut und Böse zu überwinden. Doch andersrum ebenso. Wollte das Gute siegen, so benötigte es das Böse an seiner Seite.

So sah er ein letztes Mal zu den Sieben, die mit ihren großen, zum Himmel gerichteten Flügeln warnend vor ihm standen,

UND ER VERSCHWAND

Aufgabe

Ein wunderschöner Abend. Ein wunderschöner Platz, um den Anblick der untergehenden Sonne zu genießen. Ich saß auf dem Dach des Klosters. Das tat ich oft. Immer dann, wenn ich wieder diesen Traum hatte und nachdenken musste.

Langsam versank die Sonne hinter dem Wald am Ende des Tales. Sie wurde von den Steinen des Daches reflektiert, so dass der Abend heller wirkte, als er tatsächlich war. Die dunklen Gestalten der Bäume bewegten sich langsam im Takt des Windes. Die Blätter raschelten aneinander und ab und an löste sich eins vom Zweig und fiel langsam zu Boden. Die hellen Wolken schienen es eilig zu haben und zogen schnell weiter gen Osten. Dennoch ließ die Sonne noch genug ihrer prächtigen Farbe hindurchscheinen. Der Wind strich mir durch die Haare und sanft über meine Arme. Ich schloss die Augen und atmete tief ein. Ich roch rein gar nichts. Außer der kühlen frischen Luft, die ich so intensiv ich nur konnte inhalierte. Das leise Flügelschlagen von Fledermäusen war zu hören. Ich liebte diese kleinen Biester. Sie hatten etwas Mystisches. Die symmetrische Form dieser glatten Flügel, mit den kleinen Krallen an den Enden, die Nase geformt wie die eines kleinen Schweinchens und unpassend dazu die riesigen Ohren. Niedlich. Als ich die Augen wieder öffnete, schien die Zeit davongerast. Die Sonne war nur noch zur Hälfte zu sehen. Im Sog von heißem Feuer schien sie zu versinken. Ihre feuerrote, orangene Farbe war so hell und klar, als wolle sie die Welt erneut in Flammen setzen. Ich konnte mir kaum vorstellen, dass es einmal ein flaches Land gewesen sein muss.

Von hier oben hatte ich einen wunderschönen Blick auf das ausgedehnte Tal, welches vom größten Fluss der Welt durchschnitten wurde. Es hieß, dass die Spree vor der Katastrophe ein gemächlich plätschernder schmaler Fluss gewesen war. Was das für Kräfte gewesen sein mussten, welche die Erde so stark erschüttert und zerklüftet hatte. Sie ließen wohl auch die Quellen der Spree so sehr anschwellen, dass sein Wasser über die Ufer trat. Und der Fluss, auf den ich nun schauen konnte, hatte sich in einen reißenden Strom verwandelt.

Ich hatte schon viele Legenden gehört, die von den Giganten erzählten. Wie viel Leid sie hinterließen, als sie die Erde verformten. Und wie wenig Land übriggeblieben war.

Aber die Legenden versprühten auch viel Hoffnung. Sie erzählten von der Begegnung der sieben Engel und den Menschen. Genau hier mussten sie gestanden haben. Ich konnte deren imposante Kraft noch förmlich spüren. Sie wandten sich an eine kleine Gruppe Menschen, welche aus der sogenannten Lausitzer Region kamen. Ausgerechnet an dieses kleine Völkchen, das eigentlich schon damals in Vergessenheit geraten war. Sie sprachen eine Sprache, die kaum einer verstand, und hatten Traditionen, die nirgendwo auf der Welt bekannt waren. Um sich besser zu verständigen, erlernten die Engel eben genau diese Sprache, das Sorbische.

So kam es, dass sich in der neuen Welt daraus die Sprache der Engel entwickelte.

Ich fand es schön, dass dieses bezaubernde Fleckchen Erde, welches sich gerade mit dem rötlichen Schimmer der Sonne schmückte, einen sorbischen Namen erhielt. Es wurde benannt nach dem nun mächtigsten Fluss:

Sprjewja.

Sprjewja war einer der sieben Erdteile und jeder Erdteil besaß ein Kloster, das zum Dank an die Engel errichtet war, um ihnen eine Herberge zu bieten. Unser Kloster war auf einem Felsvorsprung am Hang eines Berges oberhalb des kleinen Dorfes Hazow erbaut. Diese großen und imposanten Mauern hielt ich ja für übertrieben. Aber sie gaben eben auch jenen einen guten Schutz, die das Land bewachen würden. Das Oberhaupt eines solchen Klosters war immer ein Skitar oder eine Skitarka, die von Anfang an als Verteidiger oder auch Beschützer der Engel galten. Ganz ehrlich dachte ich immer, dass der Mensch einfach nur nicht die Kontrolle an die Engel abgeben wollte. Mit den Skitarka konnte man sie doch bestimmt prima überwachen.

Außerdem wurden die Klöster noch von den Menara bewohnt. Viele Helferlein, die aus Dankbarkeit und mit großem Glauben den Engeln in ihrem Leben beistanden. Sie sorgten nicht nur für ihr Wohl, sondern standen ihnen soweit sie konnten zur Seite.

Das Kloster in Sprjewja war schon immer eines der reichsten. Viele Schätze aus der alten Welt wurden hier aufbewahrt. Zu den Reichtümern der Welt gehörten nun nicht mehr Gold und Silber, Öl oder sonstige Minerale. Wertvoller waren andere Schätze, Überbleibsel aus der alten Welt. Immer wieder konnten verschiedene Sachen gerettet, Bücher und Filme wiederhergestellt und

Maschinen und Geräte wieder in Betrieb genommen werden. Das Wissen um Technik und Fortschritt ging nicht verloren. Doch meine Hoffnung war, dass die Menschen nun bedachter handelten als früher und es nun langsamer und umsichtiger angehen ließen. Sie achteten jetzt mehr auf ihr Umfeld und die Natur. Wenn ich mir in Aufzeichnungen aus der alten Welt zum Beispiel ansah, wie sie damals Energie gewonnen hatten, war ich mir schon ziemlich sicher, dass die Menschen von heute viel dazugelernt hatten und verantwortungsvollere Kreisläufe pflegten. Indem wir den Müll aufräumten, den unsere Vorfahren uns hinterlassen hatten, und ein tiefes Verständnis für erneuerbare Energiequellen gewannen, hatten wir wohl fast wieder den Wohlstand erreicht, der mit der Zerstörung vor hunderten von Jahren verloren gegangen war.

Ich liebte diese Schätze, in denen ich meine Lieblingshelden fand. Die besten Geschichten kamen aus der alten Welt. Die Geschichten waren schöner, emotionaler, hoffnungsvoller und die Autoren und Regisseure einfach großartiger als heute.

Die meisten Werke der weltgrößten Dichter und Musiker fanden hier ein Zuhause.

Doch heute konnte mich weder der schöne Anblick der untergehenden Sonne noch die Erinnerung an die Vergangenheit ablenken. Ständig beschäftigte mich der Traum, der mich immer wieder heimsuchte. Heute verließ mich die Traurigkeit und Ängstlichkeit nicht. Warum quälte mich dieser Traum immer wieder?

Ein kleines Baby in meinen Armen. Ich hebe es hoch, halte es
vor mein Gesicht. Ich höre sein Stimmchen. „Mami" ruft es,
„Mami, Mami", mal fordernd, mal fragend.
Mal lächelt es mich an und mal weint es oder schreit gar. Aber
selbst dann sieht es bezaubernd und so süß aus. Ein kleiner
perfekt geformter Kopf mit federleichten dunklen Härchen, die
sich bei jeder Bewegung, bei jedem Atemzug von mir sanft
bewegen. Das runde Gesichtchen mit großen blauen Augen und
zarten schmalen Lippen und einer winzigen Stubsnase. Ich
halte meine Nase an seine Stirn und kann die weiche, kuschelige
Haut spüren und auf ihr die winzigen Härchen. Ich küsse es
ganz zart. Es riecht frisch und so vertraut. Die kleinen
Händchen, die durch dünne Fältchen wie auf den zarten Arm
geschraubt wirken, fassen mir ins Gesicht, spielen mit meinem
Haar, ziehen daran. Ich empfinde tiefe Liebe und spüre ein
festes Band zwischen uns, aber ich bin mir ganz sicher, es ist
nicht mein Baby. Ich will es nicht mehr hergeben und muss aber
doch loslassen.

Ich hatte noch nie ein Kind.

Oder doch?

Die Frau, die mich gefunden und die letzten sieben Jahre
meines Lebens beschützt hat, war sich sicher, dass ich in
meinem früheren Leben ein Baby hatte und nun von ihm
träumte. Doch keiner von uns erinnerte sich an sein
früheres Leben. Niemand wusste, wer er war oder woher
er kam. Auch ich nicht. Keine Erinnerung mehr an
Familie, Freunde oder gar ein eigenes Kind. Als ich
damals zu mir kam, wusste ich nicht mal mehr meinen
Namen.

Es wurde dunkel und ich sprang vom Dach. Sanft landete ich auf dem Boden. Eine helle Stimme rief nach mir.

„Vega!"

Vega, das war der Name, den ich bekam, als ich als Engel gefunden wurde. Ich war einer der sieben sterblichen Engel, welche die sieben Kontinente der Erde vor Dämonen der Höllenfürsten beschützten. Ich war verantwortlich, die Menschen in Sprjewja mit all meiner mir zur Verfügung gestellten Macht zu verteidigen, auch wenn es mich mein Leben kosten sollte. Ich wurde wiedergeboren, um das Böse zu erkennen und um es zu bekämpfen.

Wir Engel waren schnell und stark. Unsere Sprünge waren höher und weiter. Unsere Reflexe und Intuitionen ausgeprägter. Unsere Sinne waren weitaus schärfer als die der Menschen. Wir konnten kleinste Geräusche aus großer Entfernung wahrnehmen, sahen in einem Winkel von hundertachtzig Grad komplett scharf. Wir konnten winzige Partikel in der Luft riechen und auch schmecken. Uns fror nicht bei kalten Temperaturen, wir konnten aber auch große Hitze ertragen. Unsere Wunden heilten sehr schnell.

All diese Eigenschaften waren nötig, um einem Dämon gegenüberzutreten und ihn zurück in die Hölle zu befördern.

Mir war bewusst, dass ich noch weit am Anfang stand, meine volle Kraft noch nicht erreicht hatte. Dennoch wusste ich, ich würde mich gut durchschlagen. Ich hatte gelernt, das Engelsfeuer in mir richtig einzusetzen, und fühlte mich großartig, wenn ich es wieder geschafft hatte, eins dieser Mistviecher aus der Hölle zurück zu seinem Ursprung zu befördern.

Meine Skitarka, Katharina, die Frau, die auf mich aufpassen sollte und die mich stets auf meinem Weg begleitete, wurde zu meiner besten Freundin. Obwohl die Skitarka uns Engeln sehr wahrscheinlich eben nicht als Beschützer zur Seite gestellt, sondern auserwählt wurden, um uns zu beobachten und zu lenken, hätte ich ihr alles anvertraut.

Von den Menara erfuhr sie, wenn sich Menschen plötzlich veränderten. Menschen, deren Verhalten plötzlich vom Guten ins Böse umschlug. Sie erfuhr von finsteren Geschehnissen oder unerklärlichen Todesfällen. Immer dann hatten sich Dämonen eingemischt.

Und dann kam ich ins Spiel. Das war meine Aufgabe. Dämonen bekämpfen. Finstere Gestalten. Ausgeburten der Hölle. Meister der Manipulation. Abartige Viecher, deren Ziel es war, Menschen zu besetzen und ihren Willen aufzuzwingen. Menschen Dinge tun zu lassen, die sie in die Hölle brachten, ins Verderben stürzten. Räudige Kreaturen, denen alles egal war, solange sie nur töten konnten.

Die Fürsten der Hölle, jene Gesandten des Teufels, versuchten schon seit Jahrhunderten die Menschheit wieder für sich zu gewinnen. Sie quälten die Menschen mit Dämonen, wollten die Menschen ihr Eigen nennen, sie versklaven, als die wahren Herrscher angesehen werden und die Erde zur Hölle machen.

„Vega!" Katharina war es, die nach mir rief. Sie wollte mich über eine neue eigenartige Angelegenheit einer Familie im Dorf informieren. Es hieß, ein kleiner Junge wollte einfach nicht aufhören zu schreien. Er weigerte sich seit Tagen ins Bett zu gehen und kreischte, bis er keine Kraft mehr hatte. Die Nerven der Eltern lagen blank. Sie waren verzweifelt und wurden aggressiv. Das Kind hatte sich verändert. Nachbarn und Freunde wandten sich ab und so entstanden Gerüchte. Gerüchte, welche jedoch von den Menara ernst genommen werden mussten.

So sollte ich mich in Hazow umsehen. Es kam mir merkwürdig vor, dass sich Dämonen so weit an das Kloster heran wagten, obwohl sie doch wissen mussten, dass ein Engel in Hazow gegenwärtig war.

Das niedliche, kleine Haus der Familie hatte ich schnell gefunden. Ich kannte die Menschen hier alle sehr gut. Ich entschloss mich, erstmal auf dem Dach der Scheune gegenüber abzuwarten, was passiert, statt mich direkt im Haus umzusehen oder mir die Familie anzuschauen. Katharina und ich vermuteten, dass es der Dämon eher auf die Eltern als auf den Jungen abgesehen hatte. Wahrscheinlich wollte er sie wirklich in den Wahnsinn treiben, bis sie ihrem Kind vielleicht etwas Schlimmes antun und somit ihre Seelen aufs Spiel setzen würden.

Vom Dach aus hatte ich schon einen ganz guten Blick in das Zimmer des Jungen. Es war still. Das Kind lag in seinem Bett. Im Zimmer darunter flackerte noch der Fernseher, doch konnte ich in der Reflexion des Bildschirmes erkennen, dass die Eltern bereits auf dem Sofa eingeschlafen waren.

Ich sah mich draußen in der Umgebung genau um. Es war alles still. Außer den üblichen nächtlichen Aktivitäten kleiner Tierchen war weder etwas zu hören noch zu sehen. Neugierig wagte ich mich näher an das Haus heran. Ich stieg auf einen Baum vor dem Haus, von dem aus ich einen noch besseren Blick in das Zimmer des kleinen Jungen hatte. Der Junge schlief. Doch ich wusste, dass es nichts bedeuten musste. Es gab finstere Gestalten, die nur sehr schwer zu erkennen waren.

Aber da war einer. Ein Hauch eines wohlbekannten Geruchs stach mir in die Nase. Schwefel. Jedes Mal roch es nach Schwefel. Es war der Gestank der Hölle.

Ich konzentrierte mich nur auf das Zimmer. Versuchte Ungewöhnliches zu erkennen. Katharina sagte mir immer, es reicht nicht, nur die Augen offen zu halten, sondern ich müsse sehen. So achtete ich vor allem auf die kleinen Details.

Der Mond schien in dieser Nacht besonders hell. Er beleuchtete das gesamte Zimmer. Da fiel mein Blick auf die Schatten. Die Schatten des Bettes auf dem Boden. Die Schatten, die der Baum auf die Wand warf. Die Schatten der Möbel und der Spielsachen des Jungen. Sie verliefen allesamt in die gleiche Richtung. Nur ein Schatten passte nicht. Ein winziger Schatten, der keine Gegenerscheinung zu haben schien und auch aus einem völlig falschen Winkel zum Licht des Mondes fiel. Ein Schatten mit einem eigenen dunklen Bild. Ein Schatten mit eigenem Schattenwurf. Das war nicht richtig. Und dann bewegte er sich. Er verschwand unter dem Bett, in dem der Junge noch immer friedlich schlief.

Ein Schattendämon. Diese heimtückische Art war auch unter dem Namen ‚der schwarze Mann' bekannt geworden. Das war es also. Er hielt den Jungen jede Nacht wach. Machte ihm Angst, damit er nicht schlafen konnte. Wahrscheinlich wollte er ihn gerade wieder wecken, da er bereits unter dem Bett verschwand. Eigentlich hatte ich ihn mir greifen wollen, bevor er aktiv werden konnte, aber das war mir misslungen. Es war schon zu spät. Ehe ich reagieren konnte, war der Junge aufgewacht und schrie aus Leibeskräften wie um sein Leben. Ich konnte das dreckige Lachen des Dämons förmlich hören. Als ich bemerkte, dass nun auch die Eltern vom Lärm über ihnen wach geworden waren, musste ich schnell handeln. Ein Schattendämon ist nicht schwer zu besiegen. Die Kunst liegt aber darin, nicht so viel Aufsehen zu erregen. Na ja, eine wirkliche Wahl hatte ich nun nicht mehr. Blitzschnell sprang ich zum Kinderzimmerfenster, als ich die Fratze des Dämons wieder unter dem Bett hervorluken sah. Jetzt oder nie. Noch im Sprung schloss ich meine Augen und konzentrierte mich auf die Macht, die uns Engel so besonders machte. Das Engelsfeuer. Wir trugen es in uns. Ich zentrierte diese Kraft im Inneren meines Körpers. Als ich genug Energie hatte, sendete ich sie meinen rechten Arm entlang, bis hin zur Mitte meiner Handfläche. Ein Kribbeln ließ mich die Wirksamkeit erkennen. Es war, als ob ich eine Wunderkerze wäre, die langsam abfackelte. Es war ein langer Weg von meinen Schultern bis zur Handfläche. Doch vergingen nur wenige Millisekunden. Und nur meine bloßen Gedanken konnten sie entzünden. Ein blauer leuchtender Nebel legte sich über meine Handinnenfläche und formte sich zu einer faustgroßen Kugel. Ich öffnete meine Hand und sandte einen Zündfunken, der den Nebel in meiner Hand explodieren ließ. Als ich am Fenster des Jungen ankam, setzte ich beide Füße auf die Fensterbank und klammerte mich an die Hauswand. Das blaue Licht in meiner Hand war so grell, dass sogar ich meine Augen zusammenkneifen musste. Ich presste es an die Fensterscheibe und ließ das Zimmer hell erleuchten. Dem Dämon gefiel das gar nicht. Er flüchtete durch den Spalt der Zimmertür nach draußen.

Ich löschte das Feuer, sprang zurück auf den Boden vor dem Haus und rannte blitzschnell um die Hausecke. Ich war mir ziemlich sicher, dass das Viech aus der Hölle mir nicht in die Arme laufen würde. Ich verfolgte es die Straße entlang bis zu einem Waldweg. Ein Schatten, der sich wie eine Schlange auf dem Asphalt bewegte. Es war schnell, doch ich ebenso. Wieder bündelte ich meine Energie, diesmal nahm ich beide Hände. Ich sprang hoch in die Luft. Als ich das Feuer in meinen Fäusten entfachte, stieß ich mit großer Geschwindigkeit herab auf den Schatten. Mit meinen glühenden Handflächen drückte ich das Vieh so tief es ging in den Dreck des Waldbodens. Es hatte keine Chance. Das blaue Licht drang durch ihn hindurch. Die Energie des Engelsfeuers zersprengte die Gestalt und übrig blieben nur noch Fetzen aus Glut und Asche.

Ich stand auf und atmete tief durch. Ich war erleichtert, dass es tatsächlich ziemlich einfach gewesen war, ihn zu vernichten. Ich musste auch nicht lange warten, bis die ersten Menara auftauchten, um den Ort zu bereinigen.

Menara waren für mich wie Mönche und Ritter zugleich. Sie halfen mir nicht nur im Kloster, bemühten sich dort um mein Wohlergehen, sondern sie kämpften auch mutig an meiner Seite, wenn es die Situation zuließ. Eine ihrer herausforderndsten Aufgaben, wie ich fand, bestand darin, die Plätze zu reinigen, die ich nach einem Kampf hinterließ. Wie ich zugeben musste, waren diese meist arg verwüstet. Vielleicht sollte ich anfangen, an meiner Feinmotorik zu arbeiten.

„Vega!" hörte ich eine Stimme näher kommen, „habt Ihr ihn?"

Fragend, aber doch bereits erleichtert sah mich einer der Menara an. Denn als er den Waldboden sah, wusste er die Antwort schon. Ich nickte ihm zu.

„Zwei von uns haben sich zum Haus des Jungen begeben und werden dort alles richten", berichtete er mir, während er langsam seinen Kopf vor mir verneigte.

Das wiederum mochte ich gar nicht. Dieses Höflichkeitsgeknickse.

„Lasst das", bat ich ihn.

Doch eine Frage beschäftigte mich mehr. „Ich wundere mich, warum es dieser Dämon ausgerechnet ..."

„Vega, seht!", unterbrach mich erschrocken eine weibliche Stimme.

Ich wandte mich der Menara zu, die auf die Stelle im Waldboden starrte, wo ich den Schatten des Dämons vernichtet hatte. Ihr Schwert hatte sie bereits gezogen.

„Was zum ...".

Ich sah auf den Boden. Vor den Füßen der Menara sammelten sich tausende kleiner glühender Käfer. Erst schienen sie wirr durcheinander zu krabbeln, doch dann erkannte ich, dass sie sich zu einem kleinen Haufen auftürmten.

Die Menara musste würgen. Der Geruch von Schwefel war nun so stark, dass sie ihre Übelkeit nicht mehr verbergen konnte und sich übergab. Sie war wohl noch nicht lange im Kloster. Die Älteren konnten diesen ekligen Gestank besser wegstecken. Schnell zogen sich die anderen Menara ihre Masken übers Gesicht, um den räudigen Geruch ein wenig zu mildern.

„Vega, hier!", schrie jemand aus der anderen Richtung.

In Sekunden wimmelte es nur so auf dem Boden. Ein wogendes Meer aus Glut, das in alle Richtungen strömte. Da ist noch ein Dämon, dachte ich, als ich bemerkte, dass sich bereits mehr als zwei Häufchen gebildet hatten. Entschlossen schlugen die Menara mit ihren Schwertern auf die merkwürdigen Gebilde ein. Doch sie konnten nichts ausrichten. Sie schlugen ins Nichts. Die Käfer fielen einfach in sich zusammen und bildeten sich neu. Das brachte so nichts.

Wieder bündelte ich meine Energie und richtete die Engelsflammen wie Feuerwerfer gegen einen dieser Haufen. Damit war ich zwar recht erfolgreich, denn die Biester zerbarsten in Glutfetzen und lösten sich auf. Doch taten sich aus diesen Käferhäufchen immer schneller immer größer werdende Gestalten auf.

Tapfer schlugen die Menara auf alles um sie herum ein. Doch je mehr sie um sich schlugen, desto mehr Kreaturen bildeten sich. Aus meiner eigentlich ausgelöschten Gestalt bildeten sich sogleich zwei neue. Es musste eine andere Möglichkeit geben, sie endgültig zu vernichten. Eine Quelle. Einen Weg, wie ich sie mit einem Mal erledigen konnte. Da fiel mir der Kreis auf, den sie um uns herum gebildet hatten. Und tatsächlich krochen alle diese Missgeburten der Hölle nur aus einer Stelle im Boden heraus. So versuchte ich dort mein Glück und sandte meine blauen Flammen direkt in die Mitte des Kreises. Wie eine Kettenreaktion zersprangen sie alle in ihre Einzelteile. Eigentlich hatte ich das erwartet. Aber ich war immer noch nicht beruhigt.

„Das war zu einfach", murmelte ich, während ich unsere Umgebung noch einmal aufmerksam absuchte.

„Wie meint Ihr das?", fragte einer meiner Mitstreiter und trat näher an mich heran.

„Das war noch ein Dämon! Ist er erledigt?", fragte ein anderer.

Ich sah mich im Dunst der tausend kleinen Explosionen genau um. Der Nebel legte sich nicht. Stattdessen bewegte er sich langsam und zog sich immer wieder merkwürdig zusammen. Ich hatte ein mulmiges Gefühl.

„Scht", mahnte ich, „es ist noch nicht vorbei!"

Erschrocken sammelten sich die Menara schützend um mich herum. Ihre Schwerter waren erhoben. Und plötzlich ging alles blitzschnell. Zügig zog sich der Nebel zu einer Wolke zusammen, die mehr und mehr einer menschlichen Figur ähnelte. Immer in Bewegung bekam diese Wolke allmählich Konturen. Auch wenn diese Gestalt keine klaren Linien bekam, konnte ich ihr Gesicht gut erkennen. Es brannte sich tief in mein Gedächtnis.

Mit einem Schlag holte der Dämon aus und setzte einen gewaltigen Feuerstrahl in unsere Richtung. Mächtige Blitze schossen auf jeden Einzelnen von uns. Erst starr vor Schreck, noch das dreckige Grinsen des Dämons vor Augen, riss ich instinktiv zwei der Menara zu Boden. Hätte ich das nicht getan, wären sie Opfer dieser gewaltigen Flammen geworden. Solchen Kräften hatte ich noch nie gegenübergestanden. Was für ein Dämon war das denn?

Da ich mich voll darauf konzentrieren musste, dass die anderen Menara sicher vor den Flammen waren, bemerkte ich gar nicht, dass mir einer der Blitze mitten ins Gesicht schoss. Ich war zwar schnell, doch kratzte mich ein Blitz des Dämons am Kinn und fuhr mir schmerzhaft durch den ganzen Schädel. Blut floss mir den Hals herunter, doch die Wunde schloss sich schnell.

Er ließ ab und lachte leise, aber dennoch sehr klar. Angsteinflößend und dunkel. Mir wurde klar, dass dieses Geschöpf hier nicht so einfach zu erledigen war.

Als ich mich aufrichtete, wusste ich, dass ich jetzt all meine Konzentration und all meine Kraft brauchte, die mir die Macht gab.

Ich stemmte meine Füße hart in den Boden, um nicht den Halt zu verlieren. Wieder ließ ich die geballte Energie durch meine Arme fließen, bis ich sie zu einem harten Strahl aus blauem Feuer gegen das Monster richten konnte.

Im selben Augenblick richtete auch er sein Höllenfeuer gegen mich. Beide Feuer trafen krachend aufeinander. Ich sah ihn an. Warum lachte er so dreckig? Ich gab alles, um mich gegen das Vieh zu behaupten.

Und tatsächlich. Er ließ ab. Seine eigenen Kräfte wandten sich jetzt gegen ihn. Mit einem letzten Satz, einem letzten Schub, wollte ich diesen Kampf beenden. Schreiend schleuderte ich meine blauen Flammen in seine Richtung und traf ihn mit voller Wucht.

Ich hoffte, ihn damit endgültig vernichten zu können. Das grelle Licht und der ohrenbetäubende Lärm schmerzten und wir hielten uns die Ohren zu. Doch ich schwöre, ich hörte eine Stimme. Eine tiefe, heisere Stimme, die im Getöse fast unterging, aber dennoch deutlich zu mir durchdrang. Ein zufriedenes Kichern inmitten dieser gewaltigen Explosion. Es klang nach ‚Wie erwartet'.

Der dunkle Nebel verschwand. Versank im Boden des Waldes. Dennoch standen die Menara schützend und immer noch zum Kämpfen bereit dicht hinter mir.

Endlich hatte sich die Situation beruhigt. Der Geruch nach Schwefel ließ nach. Noch beunruhigt von der Stimme, hatte ich gar nicht bemerkt, wie einer der Menara plötzlich vor mir stand. Erschrocken fragte ich ihn, ob er das auch gehört habe.

„Diesen Krach? Selbstverständlich!"

Er schaute mich verwundert an.

„Nein, ich meine ...", doch ich verstummte.

Vielleicht hatte ich mir das doch nur eingebildet? Wer weiß, welchen Streich mir meine Ohren spielten. Es war sicher nur eine dumme Aneinanderreihung von Lauten des Windes. Ich hatte diesen Dämon doch eindeutig besiegt. Dessen war ich mir sicher. Warum sollte er noch etwas sagen?

„Ach, ist nicht wichtig", entgegnete ich ihm und schüttelte den Kopf.

„Ist der Dämon endlich tot?"

„Nun, er ist definitiv verschwunden."

Ich sah mich noch einmal genau um. Nichts zu sehen, nichts zu hören und kein mulmiges Gefühl mehr im Bauch. Erleichtert richteten wir uns alle auf. Ich versicherte mich, dass die Menara unversehrt waren. Abgesehen von zerrissenen Klamotten schienen sie alle wohlauf zu sein.

Eine Menara ergriff das Wort.

„Verzeiht Vega, aber was zur Hölle war das denn? Das schien gar kein Ende zu nehmen."

„Ja", antwortete ich ihr, „drei Dämonen. In einer Nacht."

„Hier in Hazow", fügte der, der direkt neben mir stand, hinzu.

„Sicher ein Zufall", versuchte ich abzulenken. „Würdet Ihr den Wächtern berichten?"

„Wie Ihr wünscht!"

Wieder verneigte er sich demutsvoll vor mir.

„Habt Dank!", nickte ich ihm zu und wandte mich ab. Ich verließ den Wald und lief zurück zum Kloster.

Meine Gedanken kreisten um die Dämonen. Drei. Drei Dämonen nacheinander waren viel. Ich hatte ein ungutes Gefühl bei der Sache. Der Gedanke beunruhigte mich sehr und ich beschloss, es Christopher zu erzählen.

Christopher war ebenfalls ein Engel. Er war der Engel, welcher den Teil der Erde beschützte, der das Seenland genannt wurde.

Über die Jahre wurde Christopher auch zu einem meiner besten Freunde. Aber auch nicht mehr. Er war ein paar Jahre älter als ich, und schon mit fünfzehn zu einem anderen Weg gerufen worden. Dadurch hatte er bereits viele Erfahrungen sammeln können. Er erteilte mir eine Lektion nach der anderen. Ich saugte sein Wissen förmlich auf, denn ich wusste genau, dass ich von seinen Erfahrungen profitieren würde.

Wie wir alle erinnerte auch er sich nicht an seine Vergangenheit. Aber im Gegensatz zu mir war ihm das völlig egal. Ihm gefiel sein Leben genau so, wie es jetzt war. Über ein anderes verschwendete er keine Gedanken. Er war wahrlich dafür geboren, sagte er immer.

Christopher war recht stämmig gebaut, ein kräftiger Typ. Groß, kurzes, hellbraunes Haar, kräftige Hände. Ein Macher. Gutaussehend, keine Frage, und das wusste er.

Für uns Engel gab es, neben den üblichen technischen Möglichkeiten, noch eine eher ungewöhnliche Methode, miteinander zu kommunizieren. Wir vermochten mit Hilfe der Magie aus Engelsfeuer in die Gedankenwelt des anderen einzudringen. Dazu benötigten wir lediglich einen Spiegel. Natürlich konnte man nicht einfach so die Gedanken eines anderen Flügellosen lesen. Man musste es schon zulassen. Der Vorteil aber war, dass man sich nicht lange erklären musste. Situationen oder Hintergründe mussten nicht erst besprochen werden. Man stand sofort mittendrin und konnte direkt losplaudern. Es sei denn, der andere schlief. Dann musste man ihn erst wecken.

Der Spiegel konnte dabei das Abbild des anderen zeigen oder sogar als Bildübertragung dienen, wenn beide einen Spiegel vor sich hatten.

So stand ich vor meinem rustikalen Spiegel, um mit Christopher zu sprechen. Ich legte meine rechte Hand an den alten, mit Ranken und Federn verzierten Spiegel, dessen dunkle Farbe bereits abblätterte. Ich bat die Magie des Feuers in mir, mit Christopher reden zu dürfen. Dazu musste ich einfach nur an ihn denken. Meine Gedanken galten nun nur ihm, bis ich sein Gesicht deutlich vor mir sah.

Wieder strömte das Engelsfeuer von meinem Inneren durch meinen Arm nach außen zu meiner Hand. Meine Handfläche kribbelte und leuchtete im blauen Nebel auf. Es übertrug sich auf den gesamten Rahmen des Spiegels. Ich musste ihn, solange ich in Christophers Gedanken bleiben wollte, berühren, sonst erlosch das Feuer.

So leuchtete der Spiegel in einem nebeligen Blau auf und erweiterte sein Muster. Das sonst Unsichtbare kam zum Vorschein und vervollständigte das Motiv auf dem alten Holz.

In Gedanken rief ich nach meinem Freund. Ein schwaches Licht begann die Spiegelfläche zu erleuchten. Aus diesem Licht heraus formte der Spiegel Christophers Abbild.

Bei diesen Bildern trugen wir immer eine Robe mit spitzer Kapuze. Das Gesicht war jedoch gut zu erkennen. Ich fand es äußerst amüsant, da es mich immer an meine Lieblingsfilme erinnerte und ich mich dann meinen Jedi-Rittern aus Star Wars verbunden fühlte.

Als das Licht im Spiegel erlosch, ertönte in meinem Kopf eine noch leicht verzerrte Stimme. Aber Christophers Bild war klar und deutlich im Spiegel zu sehen.

‚Lange nichts gehört, moja luba!'[1]

„Ich weiß!", antwortete ich dem Spiegel, „störe ich dich gerade?"

‚Nein, du störst nicht! Du klingst so ernst. Machst du dir um etwas Sorgen? Ist etwas in Sprjewja passiert?'

„Christopher, ich habe ein ganz komisches Gefühl. Nicht nur wegen Sprjewja. Gerade eben, allein in dieser Nacht, hatte ich drei Dämonen. Nacheinander tauchten sie auf. Drei! Und das auch noch in unsrem Dorf. Den ersten hatte ich ja noch leicht. Dann kam aber noch ein zweiter und ein dritter. Da hatte ich schon kurz Zweifel. Das ist doch kein Zufall!"

‚Ich denke, du solltest dir da nicht so viel Sorgen machen, Vega.'

„Aber sie waren alle bei uns im Dorf. Ich mein, sie müssen doch wissen, dass Hazow die Heimat eines Engels ist. Und gleich drei!"

‚Vega, mach doch mal ruhig.'

„Wie ist es denn bei dir?"

‚Alles in Ordnung. Bei mir tauchen die Viecher auf wie immer, ohne, dass ich das Gefühl habe, es sind zu viele.

---

[1] meine Liebe

41

Die Wächter führen darüber Statistiken, Vega. Sie würden dich informieren!'

„Papperlapapp! Statistiken. Ist das jetzt dein Ernst? Du kommst mir mit Statistiken? Ich erzähle dir von drei Dämonen in einer Nacht, in Hazow, und du meinst, ich soll mir keine Sorgen machen, nur weil irgendjemand fleißig Statistiken darüber führt!?"

,Lass sie ihre Arbeit machen und schenke ihnen endlich Vertrauen. Du bist noch ziemlich jung. Deine Erfahrungen sind noch nicht mit denen der Wächter zu vergleichen. Das werden die lästigen Viecher der Finsternis genau wissen. Wahrscheinlich haben sie es einfach mal versuchen wollen. Vielleicht wittern sie bei dir ihre Chance.'

„Du denkst, ich bin eine Schwachstelle?"

Wow! Damit hatte ich nicht gerechnet. Er dachte, es lag an mir? Warum konnte er mir nicht einfach glauben? Sicherlich war ich in unserem Kreis die Jüngste und Unerfahrenste. Aber war ich deswegen schwächer als die anderen? Mir ist noch nie einer entwischt und ich hatte ihnen auch sonst noch keinen Grund gegeben, mich für schwach zu halten.

Immer musste ich mich für mein Handeln rechtfertigen. Als Küken fiel es mir oftmals nicht leicht, mich vor den Wächtern zu behaupten. Dennoch vertraute ich meinem Bauchgefühl.

,So war das jetzt nicht gemeint, Vega!'

„Tu mir ein Gefallen, ja? Halt die Augen offen. Ich werde es ebenfalls weiter beobachten. Ob es dir nun gefällt oder nicht. Wir sollten das Thema jetzt vielleicht lassen!"

,Vega, jetzt sei doch nicht sauer!'

„Ich bin nicht sauer, aber enttäuscht. Irgendwie bin ich echt enttäuscht."

Ich konnte noch ein leises ‚Hmm' vernehmen, senkte aber meinen Kopf und schloss die Augen, um ein wenig in mich gehen zu können und mich zu ärgern. Schließlich nahm ich dann die Hand vom Spiegel.

Kurze Augenblicke später verzog ich grimmig mein Gesicht. Vielleicht hatte er ja recht, und ich war wirklich die perfekte Lücke für die Dämonen.

Nein! War ich nicht! Mit ruhigem Gewissen konnte ich das behaupten. Mir ist noch nie ein Wolfsviech entkommen. Keine der Furien hat mich je auf die Knie geschrien. Gut, außer bei meinem ersten Mal. Aber Dunkeldämonen hatten doch durch mich Dunkelheit erfahren, nicht anders herum. Welchen Deumus, fürchterliche Monster, habe ich noch nicht von den Menschen ferngehalten, um dessen Gier nach Menschenseelen zu verhindern?

Schwach war ich nicht. Aber enttäuscht, dass Christopher so etwas von mir dachte. Ich entspannte mich wieder, öffnete die Augen und schaute in den Spiegel. Das Licht war erloschen. Christopher war weg.

ICH STARRTE NUR MIR SELBST INS GESICHT

Ein ganz normaler Tag

Sechs Uhr dreiundzwanzig. Noch sieben Minuten, dann klingelte das Handy zum dritten und letzten Mal. Was für eine Quälerei das doch immer war. Warum hatte ich mir das nur angetan? Die ganze Woche war ich im Kloster beschäftigt und am Wochenende stresste ich mich mit einem Technikstudium. Jeden Freitag bis spät abends und an den Sonnabenden hieß es viel zu früh ran an den Speck. Dabei interessierte mich gar nicht so sehr der Inhalt des Studiums oder irgendwelche Berechnungen. Begeistert war ich von Mathe, Programmieren machte mir Spaß, das logische Denken dabei. Meine grauen Zellen mussten einfach aktiv bleiben. Ich hatte Angst, einzurosten. Selbst mein Taschenrechner musste schon für ein kleines Shooter-game herhalten, weil ich beim Lösen von Aufgaben einfach zu schnell war und mir die anderthalb Stunden Unterricht nicht füllten.

Ich war gut, gehörte zu den besten meines Jahrganges. Mir fiel das Studium leicht. Ich musste nicht viel meiner kostbaren Zeit mit Lernen oder in Bibliotheken verbringen. Ich studierte, weil mein Kopf es brauchte. Musste etwas tun, um einigermaßen Normalität in mein Leben zu bringen, um neue Herausforderungen annehmen zu können. Ich wollte wieder ein Stück mehr Mensch sein.

Mein Handy klingelte jetzt zum dritten Mal. Mein Geist war wach, aber noch nicht meine Augen. Mein Körper, meine Knochen wollten sich einfach noch nicht bewegen.

‚Ach Vega, ist das nicht menschlich genug?'

Heute war der erste „Schultag" nach den Ferien und ich hatte es gestern Nacht auch noch mit drei Dämonen zu tun.

PIEP PIEP PIEP, da war es wieder, das schreckliche Handy. Es war nun doch Zeit aufzustehen. Nach einem kurzen Knurren und noch einmal Strecken bewegte ich mich dann endlich aus dem Bett ins Badezimmer. Heute Morgen war es still. Man konnte dem Gezwitscher der Vögel lauschen. Die aufgehende Sonne schien bereits hell zum Fenster herein und blendete mich. Und das war gut so, denn so konnte ich mich langsam an mein zerknittertes Spiegelbild vor mir gewöhnen. Ich war zwar diesen täglichen Anblick gewöhnt, hoffte aber dennoch jedes Mal aufs Neue, dass sich dieses Abbild vor mir auf wundersame Weise von selbst im Schlaf aufhübschen würde. Das tat es nie. Also zog ich mir mühsam den Haargummi aus meinem zerzausten langen schwarzen Haar, bürstete es und band es mir einfach wieder neu. Diese langweilige Frisur ödete mich so an, doch in Sachen Mode war ich nicht so die Einfallsreichste.

Katharina, meine Skitarka, sah im Gegensatz zu mir immer toll aus. Sie sagte immer, ich solle mich nicht hinter meinen schwarzen langen Kleidern verstecken. Aber ich fühlte mich einfach wohler in ihnen. Meine schwarzen Stiefeletten mit Schnürung, roter Spitze und hohem metallverziertem Block-Absatz waren für ihren Geschmack nicht gerade ladylike.

Als ich mich endlich gewaschen und mir die Zähne geschrubbt hatte, schmiss ich mich in meine üblichen Klamotten. In meinem Raum roch es immer noch nach dem stinkenden Schwefel der Bestien von gestern Nacht.

Meine Kleider schienen den Geruch jedes Mal förmlich aufzusaugen. Ich öffnete ein Fenster, damit nicht die ein oder andere Menara noch meinetwegen einen Würgereiz bekommt. Die Klamotten schmiss ich immer gleich in den Wäscheschacht und reinigte alles gründlich. Dennoch blieb dieser räudige Gestank fast immer bis zum nächsten Tag. Sie konnten es nicht lassen, meine Räumlichkeiten jeden Tag zu säubern. Ich mochte es nicht, wenn man mir ständig hinterher räumt. Zugegeben, ich war nicht der Typ, der gern sauber machte, jeden Tag staubsaugen, jeden zweiten Tag Wäsche waschen und ständig aufräumen würde. Aber zu wissen, dass jeden Tag jemand außer mir in meinen Räumen rumwuselt, nervte.

Mir knurrte der Magen und so ging ich durch die langen alten Flure voller alter Gemälde zum „Speisesaal", wie Katharina immer dazu sagte.

Als ich den Raum betrat, war der Tisch wie immer schon gedeckt. Und das um diese Uhrzeit. Katharina saß bereits am Tisch. Es war kein pompöses Frühstück, aber es gab alles, was ich gern aß.

„Guten Morgen Katharina."

Ich winkte nur kurz müde und setzte mich zu ihr an den Tisch. Nur samstags frühstückten wir beide so früh allein. Sie müsste nicht meinetwegen so zeitig aufstehen, nur um mir Gesellschaft zu leisten. Aber ich war ihr trotzdem sehr dankbar dafür. Ich hätte dasselbe auch für sie getan.

„Guten Morgen, Vega! Wie hast du geschlafen? Hattest du wieder einen Traum?"

„Nein, heute nicht. Ich denke, dafür war ich einfach zu kaputt."

„Hat es lang gedauert gestern? Welcher Dämon war es?"

„Ich weiß nicht recht Katharina", musste ich gestehen. „Es waren drei. Drei direkt hintereinander. Findest du das nicht verdächtig? Ich habe das Gefühl, das etwas im Busch ist."

„Ach Vega, mach dich da nicht heiß. Die Wächter würden dich informieren, würde nur ansatzweise etwas sein, das weißt du. Zerbrich dir da mal nicht den Kopf."

Die Wächter! Ich mochte die Wächter nicht. Mied sie, soweit es ging. Zumeist ließ ich die Menara den Wächtern Bericht erstatten. Sicher, sie waren sehr nützlich. Ohne die Wächter hätte es keine Organisation gegeben. Ohne die Wächter wäre es schwer, einen Überblick über die Ereignisse auf der Welt zu behalten, aus einzelnen Aktivitäten der Dämonen und Fürsten ein Gesamtbild zu bekommen und Schlussfolgerungen daraus zu ziehen. Doch ich mochte die Leute nicht. Das waren alles hochgebildete und oft arrogante Menschen, mit einer schwierigen Farbe des Geistes. Alle waren einmal Skitar oder Skitarka gewesen und hatten offensichtlich vergessen, wie es tatsächlich in der Welt läuft. Den Wandel der Zeit wollten sie nicht wahrhaben. Kurz, wenn es möglich war, ging ich ihnen aus dem Weg.

Eine Menara kam zur Tür rein. Sie hatte eine Kanne Kaffee in der Hand, schenkte mir ein und verschwand wieder.

„Danke", rief ich ihr nach.

„Ich weiß Katharina. Ich weiß. Aber du kennst das, ein komisches Bauchgefühl."

„Aber drei sind schon echt heftig", musste Katharina eingestehen.

Ich schwieg und strich mir Marmelade aufs Brot.

„Du wurdest wieder getroffen?"

Sie machte eine kurze Bewegung mit ihrem Kopf und deutete auf die kleine Schramme an meinem Kinn, die aber schon fast verheilt war.

„Ja."

Es schüttelte mich, als sich die Erinnerung daran wieder in meinem Kopf breit machte. „Ein Höllenblitz hat mich erwischt. Ich war kurz abgelenkt, als ich nach den Menara sah. Aber er hatte nicht mehr lange gemacht. Ich hab ihn schnell soweit gehabt und ihn dem Erdboden gleich gemacht. Also keine Sorge."

Ich lächelte zu ihr rüber.

„Ach Herzchen", schnaufte sie, „wenn ich mir immer Sorgen machen würde, könnten mich die Menara auch mitnehmen, weil ich wahnsinnig werden würde."

Sie lächelte zurück.

„Sei einfach immer nur schön vorsichtig."

Draußen hupte ein Auto vor dem Tor.

„Die Jungs sind da."

Katharina schaute auf die Uhr.

„Sie sind zeitig heut."

Ich zuckte mit den Schultern. „Vielleicht sind sie aufgeregt, da es heute wieder der erste Tag für sie ist. Hab einen schönen Tag Katharina."

Mit meinem Brot in der Hand verschwand ich.

„Hallo ihr beiden", sagte ich und stieg in das Fahrzeug meiner Fahrgemeinschaft.

„Guten Morgen Vega", entgegnete mir Mecke, ein guter Freund, von dem niemand wusste, warum ausgerechnet er ein Studium für Elektrotechnik absolvieren wollte.

Er war gelernter Mechaniker und hatte eigentlich kein Interesse an Spannung, Strom und Widerstand. Er sah eher wie ein Macher aus, nicht wie ein Denker. Einige von uns hatten die Vermutung, dass er es nur wegen Hannes machte.

Hannes, ebenso in unserem Jahrgang, war gelernter Elektroniker. Er und Mecke arbeiteten im gleichen Energieerzeugungswerk hier in der Region. Hannes musste Mecke irgendwie dazu überredet haben. Allein hätte wahrscheinlich auch er nicht studiert. Viel Auswahl an technischen Studiengängen gab es hier in näherer Umgebung nicht. Möglicherweise haben sie mit Hilfe von ‚Schnick Schnack Schnuck' entschieden, in welche Richtung das Studium laufen sollte.

Meckes Fahrzeug war nicht gerade geräumig, aber schnell genug, um nicht ewig Zeit auf der Straße verbringen zu müssen. Bis ins Seenland nach Bela Woda fuhr man eine ganze Weile. Der Weg führte uns durch das südliche Gebirge Sprjewjas und über die weltgrößte und schönste je erbaute Brücke über die Schlucht zum Seenland. Die Universitätsstadt Bela Woda, weißes Wasser, war sehr beliebt bei jungen Leuten, die studieren wollten. Es war eine der wenigen Städte, die sehr viele Studienrichtungen anbot. Von Sozialem über Technik und Bionik bis hin zur Wissenschaft der Energiegewinnung und Verwertung der Müllressourcen der alten Welt. Hier konnte sich jeder auslassen.

Ich war froh, dass ich jemanden gefunden hatte, mit dem ich zur Hochschule fahren konnte.

„Na Vega", drehte sich Hannes zu mir um, „bereit für ein neues und letztes Schuljahr?"

„Kaum zu glauben, dass es schon soweit ist", musste ich gestehen. „Wie schnell sind denn bitte die Jahre vergangen? Jetzt geht es schon in den Endspurt."

„Viel schlimmer ist, dass die sechs Wochen Semesterferien schon vorbei sind", knirschte es von der Fahrerseite.

Mecke lehnte den linken Ellbogen an das Fenster und stützte mit der Hand seinen Kopf. Mit der anderen Hand hielt er das Lenkrad.

„Sei froh, dass du gestern nicht schon musstest und das Schuljahr heute erst anfängt", bemerkte Hannes.

„Als ob das einen großen Unterschied machen würde", stöhnte es erneut von der Fahrerseite.

„Wie waren denn eure Ferien?", wollte ich wissen.

„Zu kurz."

Wieder von der Fahrerseite.

„Komm schon Mecke", stocherte Hannes, „freu dich doch mal. Heute gibt's Frischfleisch."

„Frischfleisch?" Ich musste mich echt wundern.

„Hannes! Das klingt irgendwie ganz schön schräg. Seit wann kommen denn solche Worte aus deinem Mund?"

„Ich staune auch", stimmte mir Mecke zu.

Plötzlich kicherte Hannes. Mecke musste auch lachen. Offenbar dachte er das Gleiche, als er rief: „Das war der erste Eindruck von dir, Vega!" und beide feierten.

„Hey! Wie jetzt?"

Das wollte ich jetzt wissen. Was hatte ich denn für einen ersten Eindruck hinterlassen?

„Vega, es ist immer blöd, wenn man zu spät kommt. Diese Leute merkt man sich. Es fällt auf, wenn man dann zur Tür reinplatzt und die Begrüßungsworte schon gesprochen wurden."

„Ja und?"

Ich zuckte mit den Schultern und sah aus dem Fenster. Ja, das war echt peinlich gewesen. Am ersten Tag zu spät. Weil ich meinen Kaffee beim Bäcker noch in Ruhe trinken musste. Und dann war auch noch kein Platz zu finden. Schön blöd. Aber Hannes war noch nicht fertig.

„Und dann deine Schuhe!"

„Was ist mit meinen Schuhen?"

„Solche Schuhe trägt doch keiner, der einen handwerklichen Beruf hat. Man hört dich schon immer meilenweit kommen."

„Versteh ihn jetzt nicht falsch", platzte Mecke dazwischen, „die Schuhe sind klasse. Sieht man nicht oft. Aber Hannes hat recht. Wir dachten erst, du wärst voll die Schnepfe. Aber du hast doch ganz schön was auf Tasche."

Und wieder lachten beide.

Sollte ich das nun gut oder schlecht finden?

„Warst du wieder jagen?", wollte Mecke von mir wissen.

Wie sich das anhörte. Jagen. Ich war doch keine Jägerin. Zumindest nicht in diesem Sinne, nicht mit Beuteabsicht.

„Ich habe wieder einige aufgehalten, wenn du das meinst, ja."

„Einige?"

Mecke schaute fragend in den Rückspiegel zu mir hinter.

„Ja, keine Ahnung. Ich habe das Gefühl, dass es immer mehr werden. Mehr Dämonen, die hier heraufsteigen und ihre lästigen Gelüste verbreiten wollen."

„Wie meinst du das?", fiel mir Hannes ins Wort. „Kam das schon mal vor, dass mehr als nur ein paar von ihnen hier aufgetaucht sind?", fragte er besorgt.

Vielleicht hätte ich das Detail „einige" weglassen sollen. Sie mussten ja nicht alles wissen, was ihnen unnötig Sorgen machen könnte.

„Es ist nur ein Gefühl", betonte ich. „Aber wahrscheinlich ist es nichts. Es kommt mir sicher nur so vor. Man hätte mich schon gewarnt. Denke ich."

Mecke, der wieder seinen Kopf auf dem Arm abstützte, gähnte und dachte laut.

„Ich würde auch gern mal so einen sehen."

„Was?"

Entsetzt schaute Hannes zu ihm rüber.

„Einen Dämon? Das ist jetzt aber nicht dein Ernst!"

„Hannes hat recht Mecke! Sei froh, dass du noch keinen zu Gesicht bekommen hast!"

Doch Mecke beharrte.

„Doch, doch, mal so von weitem. Ich will so ein Ding mal live sehen. Mal riechen, ob die in echt so stinken. Bilder reichen nicht. Ich will mal so'n Teil sich bewegen sehen. Sie sollen schnell sein und wie besoffen wackeln. Nicht stillhalten können. Würde gern mal wissen, ob ich von dem Geruch auch brechen müsste, wie es einige behaupten."

Hannes schüttelte den Kopf.

„Also ich muss das echt nicht wissen."

Da musste ich Hannes recht geben.

„Oh man. Seid froh, dass sie hier nicht einfach rumhüpfen. Das ist echt kein Geschenk! Ihr habt ja keine Ahnung, wie schnell sie euch den Kopf abreißen können. Oder was das für höllische Schmerzen sind, wenn sie euch beißen. Ihr wollt wirklich nicht wissen, wie es ist, wenn sie Besitz von euch ergreifen und euch Dinge tun lassen, die völlig gegen euren eigenen Willen sind. Was das für Qualen sind, wenn ihr euch dagegen wehren müsst. Ganz im Ernst, ihr wollt das nicht. Ich musste es mit eigenen Augen sehen, konnte Menschen nicht mehr helfen, weil ich einfach nur zu spät war. Ihr gequälter Blick, ihre lauten Schreie oder die leidvollen Zuckungen ihrer Körper. Einfach nur erschreckend. Selbst wenn die Menschen überleben, sie werden nie wieder dieselben sein."

Ich senkte meinen Kopf.

„Dreckspack", flüsterte ich noch leise.

Es folgte eine nachdenkliche Stille. Ich musste an die Menschen denken, bei denen ich Dämonenangriffe miterleben musste. Die meisten hatten es überlebt, aber ihr Zustand danach, einfach nur grauenvoll. Ich musste mich sehr zusammenreißen, damit mir nicht die Tränen in die Augen schossen. Ich biss mir von innen auf die Wangen. Nun ertrug ich das schon einige Jahre, aber daran gewöhnen konnte ich mich einfach nicht.

Katharina hatte einmal gesagt, dies ist die schwerste Last, die ein Engel sein ganzes Leben mit sich rumtragen muss. Eine Last, die ihm keiner abnehmen kann. Und sie hätte sie mir so gern abgenommen. Aber warum sollte sie es an meiner Stelle ertragen müssen? Diese Leere danach in den Augen der Menschen, der stumme Schrei, dieser entsetzliche, um Hilfe flehende Blick. Wer weiß, ob Katharina das durchgestanden hätte.

Der Parkplatz an der Schule war voll. Aber das war zu erwarten. Wir warteten ein paar Meter vor dem Eingang auf andere Kommilitonen. Mecke und Hannes zündeten sich eine Zigarette an.

Ich verfolgte die Kommentare der Jungs über die neuen Studenten. Es trafen nach und nach auch unsere Kameraden ein und schlossen sich erfreut dem Thema „Frischfleisch" an. Ich hatte noch zwei Mädels unter meinen Mitstudenten, Betty und Sonja, und darüber war ich sehr froh. Denn wenn eines ganz sicher war, junge Männer können weitaus größere Zicken sein als Mädels. Da war ich mir absolut sicher. Und diese Mädels lockerten die Atmosphäre in der Klasse auf. Sie waren ein Herz und eine Seele. Sie kamen aus der gleichen Ecke und unternahmen auch außerhalb des Studiums viel gemeinsam.

Ich sah so gern ihre Leichtigkeit, die positive Ausstrahlung. Ich konnte die Farben der Seelen um mich herum sehen. Flügellose konnten erkennen, in welche Richtung das Herz eines Menschen schlägt. Wir konnten erkennen, ob jemand ein hilfsbereiter Mensch war oder ob jemand sehr schüchtern war. Ob jemand viele Geheimnisse hatte, schlechte Gedanken mit sich führte, Böses vorhatte oder dazu neigte, sich selbst zu schaden. Die Menschen dachten, sie könnten sich verändern, könnten ihren Charakter neu definieren. Aber nur ihr Leben konnte sich ändern. Ihr Herz und ihre Seele konnten sich lediglich an veränderte Situationen, Geschehnisse und Abläufe anpassen. Aber ihr Kern, ihr Kern blieb immer gleich.

Man konnte es mit einer Farbe vergleichen, welche die Umgebung eines Menschen einfärbte. Es gab Milliarden davon. Und keine glich einer anderen. Wir konnten jede einzelne unterscheiden. Es war sofort möglich, ein menschliches Bewusstsein einzuordnen, zu erkennen, ob ein Mensch eher gut, eher schlecht oder gar bösartig war. Dämonen hingegen, egal ob einfaches Volk oder Höllenfürst, waren anhand ihrer tief schwarzen Aura eindeutig zu erkennen. Manchmal betraten sie als

„Mensch" die Erde, da es für sie so einfacher war Schaden anzurichten. Doch ihre Hülle verriet sie immer.

„Uuhhh!", erklang eine Stimme voll Freude über die weiblichen Neuankömmlinge. Betty verdrehte die Augen. Offensichtlich schien sie es genauso kindisch zu finden wie ich. „Genau das dachte ich auch gerade!", rief ich ihr zu. Wir mussten lachen. Sonja starrte in eine Richtung hinter mir. Sie neigte ihren Kopf zu Betty und flüsterte ihr etwas ins Ohr.

„Sieh mal, der da", hörte ich sie sagen. Verwundert drehte ich mich um. Aber ich sah nur einen Haufen orientierungsloser Studenten, von denen einer dem anderen einfach hinterhertrottete. Ich überlegte, ob wir genauso ausgesehen hatten. Vielleicht waren wir noch schlimmer!

Ich drehte mich wieder um und sah die Mädels mit fragendem Blick an. Betty nickte kurz nach oben und deutete wieder in die Richtung hinter mir. Also schaute ich nochmal. Aber nein, ich hatte keine Ahnung, wen sie da meinten. Betty verdrehte amüsiert die Augen. Sie ahmte die Person nun offensichtlich nach.

Ihre Mimik verriet, dass jemand nach unten aufs Handy starrte und drauf rumtippelte. Dann riss sie ihre Augen auf und deutete nun ganz eindringlich wieder in die gleiche Richtung.

Stimmt, da stand ein junger Mann mit Handy in der Hand. Er lehnte sich an einen kleinen Pfeiler. Seine Tasche stand neben ihm. Ein recht großer junger Mann, schlank. Seine Haare waren blond, gewellt und kräftig. Sie reichten fast zu den Schultern. Er trug einen Stecker im Ohr. Ein kleiner schwarzer Stecker mit einem silbernen Rand. Na ja, mein Typ so eher nicht. Ich zog eine Grimasse, als ich mich wieder zu den Mädels umdrehte.

„Wa?", rief Sonja erstaunt zu mir rüber.

Ich musste ihn nochmal anschauen. Also, an sich war er ja hübsch. Er hatte ein schmales, aber markantes Gesicht. Recht schöne Augen, dachte ich. Wenn er doch nur mal rübergeschaut hätte. Seine Klamotten waren nicht gerade nach meinem Geschmack. Ein langes helles Hemd und eine schwarze enge Jeans. Das war wohl Mode. Aber was wusste ich denn schon von Mode? Dazu trug er Turnschuhe.

So wie er da stand, kam er mir arrogant vor. Dennoch, seine Umgebung verriet etwas anderes. Sie war stark. Nicht muskulös stark, aber herzlich stark, beschützend und freundlich. Hätte man diesem schmächtigen Typen so gar nicht angesehen. Aber irgendwas war komisch. Ich hatte das Gefühl, als könnte ich nicht alles sehen. Es war aber nur eine leichte Irritation, so verfolgte ich das nicht weiter.

„Und?", wollte Betty wissen.

Sie stand auf einmal dicht neben mir.

„Hat er was Schlechtes an sich? Siehst du das so weit?"

Ich schmunzelte sie an.

„Nein. Sein Umfeld ist sehr gutmütig. Aber ist das so euer Typ?"

„Wer weiß", lachte Betty geheimnisvoll und zog winkend an mir vorbei.

Geschlossen gingen wir alle in das Gebäude der Hochschule zu unserem Raum. Die Wände waren zugepflastert mit Plakaten für das bevorstehende Herbstfest in Sprjewja.

„Guten Morgen meine Herren", begrüßte der Dozent die Meute, „meine Damen", nickte er uns Mädels zu. Ein Gebrabbel tiefer Stimmen wiederholte „Guten Morgen". Die Menschen wussten nicht viel über Dämonen. Die Wächter hatten entschieden, die Menschen nur das wissen zu lassen, was sie allein herausgefunden hatten. Sie waren sozusagen die Engel-Organisatoren und hielten es für besser, niemanden zu beunruhigen. Und sie waren die, die immer das letzte Wort hatten. Dämonen waren an und für sich, trotz ihrer Macht und Bösartigkeit, unauffällig. Ihr Eingreifen in das menschliche Leben wurde oft auf menschliches Versagen geschoben. Diebe, Gewalttäter, Mörder, Attentate, das alles wurde auf schlechte Gene geschoben, welche die Menschen weitervererben konnten. Mit der Zeit sind aus den vergangenen Geschehnissen Geschichten geworden, zumindest was die Engel betraf. Solange sie geholfen hatten und für die Menschen direkt da waren, waren sie die Hoffnung für das Land. Doch irgendwann schienen sie nach und nach zu verschwinden. Es wurde seltener, dass man einen Gefiederten zu Gesicht bekam. Und irgendwann wurden Engel nur noch in Sagen und Legenden erwähnt. Sie wurden fast vergessen. Während sich einige, ihrer Vergangenheit bewusst, an die Engel klammerten, waren es für andere eben nicht mehr als Geschichten. Engel waren darin nur ein gestalterisches Mittel, um Märchen interessanter erzählen zu können.

So konnte es sein, dass der ein oder andere gar nicht an Dämonen glaubte. Auch wenn wir kein Geheimnis daraus machten, so waren doch die Meinungen der Menschen darüber höchst unterschiedlich.

Die anderthalb Stunden Unterricht vergingen sehr schnell.

In der Pause stand der „harte Kern" draußen in einem Kreis am Pavillon auf dem Hof. So große Kreise machte hier sonst keine Klasse. Die anderen standen alle in Grüppchen.

Ich bemerkte, wie sich Mecke zu mir umdrehte und etwas sagen wollte. Immer das Gleiche, dachte ich und rollte innerlich mit den Augen. Er war so vorhersehbar. Jedes Mal vergaß er sein Feuerzeug im Auto.

Niemand merkte, wie ich in Bruchteilen einer Sekunde unsere Umgebung kontrollierte. Wie immer versuchte ich, mich ganz im Sinne der Wächter zurückzuhalten und so wenig Aufmerksamkeit wie möglich auf mich zu lenken. Nur Betty schaute zu mir. Mecke wollte gerade seinen Mund öffnen, um mir seine Frage zu stellen.

Ich konzentrierte meine Kraft im Kopf, um einen Nebel aus Engelsfeuer in meiner Hand zu erzeugen. Nicht besonders schwer. Ich krümmte meine Finger ein wenig, um eine nicht übertrieben große Flamme zu erzeugen. Als sich meine Fingerspitzen berührten, sendete ich mit meinen Gedanken einen kleinen Zündfunken. Dieser entflammte den Nebel. Nachdem es kurz in meiner Hand hell aufflammte, hielt ich schließlich eine kleine, aber feine blaue Flamme über meinen Fingerkuppen. Ich hielt sie genau vor Meckes Gesicht. Er grinste und steckte sich eine Zigarette in den Mund.

„Danke Vega", wackelte die Kippe in seinem Gesicht.

„Gut, dass du dein Feuer immer dabei hast."

Er hielt seine Zigarette in meine Flamme und nahm einen ordentlichen Zug.

„Es ist echt immer so schön, wenn du das machst", strahlte mich Betty an.

Ich lächelte zurück, zwinkerte ihr zu und schloss meine Finger zur Faust. Die Flamme erlosch.

Auch die neuen Studenten trafen nach und nach auf dem Hof ein. Der junge Mann, den Sonja ausgemacht hatte, war auch dabei. Ich wusste es, bevor ich ihn sah. Denn Betty und Sonja tuschelten wieder miteinander. Ich hob ein wenig den Kopf, um einen Blick zu riskieren. Es war merkwürdig, mein Typ war er nicht, aber wegschauen konnte ich trotzdem nicht.

Er war sehr ruhig, starrte die ganze Zeit auf sein Telefon, rauchte nicht. Indes versuchte ich, mich abzulenken.

Mecke und Hannes tuschelten schon wieder über das Thema Dämonen. Ich wollte mich nicht einmischen. Ich hatte Angst, dass sie lauter werden könnten.

Betty und Sonja ... und da musste ich wieder hinüberschauen. Was hatte er denn nur an sich? Seine stille reglose Art machte mich neugierig.

Zum Glück war die Pause vorbei. Wir gingen wieder in unsere Räume.

Während ich auf die Mittagspause wartete, kramte ich nach meinem Handy. Eine Nachricht von Betty.

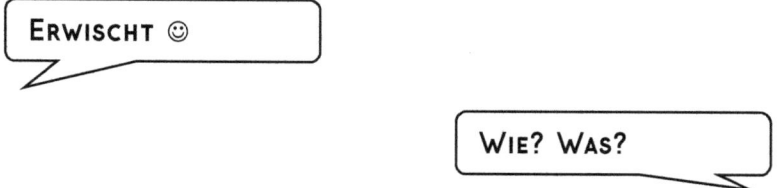

ERWISCHT ☺

WIE? WAS?

Du hast doch nach ihm gesehen!

Quatsch

Ach komm, gib es doch zu. Ist doch nichts dabei

Na ja, ich konnte doch irgendwie nicht wegschauen. Aber egal. Interessiert mich gerade gar nicht

Warum nicht? Worauf wartest du? Du wirst nicht jünger meine Liebe!

Wieso denn ich??? Was ist denn mit euch?

Zu uns hat er nicht rüber geblinzelt! ;)

Das war mir nicht aufgefallen. Ich hatte seine Blicke nicht bemerkt. Jeder Mist fiel mir auf, keine Biene entging mir. Aber für solche Sachen war ich überhaupt nicht empfänglich. Aber das war nicht das Problem. Ich hatte keine Zeit für irgendwelche kindischen Schwärmereien. Der Unterricht am ersten Tag verging ziemlich schnell, trotzdem hangelte ich mich von Pause zu Pause. Die Cafeteria war ein großer Raum mit wenigen Tischen. Die waren zwar immer voll, aber irgendwo fand sich immer noch ein Platz. Gegenüber vom Eingang war die Theke. Für einen kleinen Imbiss gab es dort reichlich Auswahl. Der Ausgang nach draußen führte auf eine große Terrasse. Von Frühling bis Herbst saßen dort die Studenten zusammen und aßen, tranken, rauchten und quatschten.

Wir hatten auch einen Tisch, an dem wir unseren bisherigen Schultag lautstark auswerteten. Durch die neuen Studenten hatten meine Kommilitonen reichlich Gesprächsstoff und amüsierten sich prächtig. Abgelenkt wurde ich jedoch wieder von dem jungen Mann, dessen Aura ich noch immer nicht richtig einschätzen konnte. Er saß am Tisch nebenan und schmunzelte die ganze Zeit. Ich drehte mich jetzt demonstrativ zu ihm um und er hielt meinem Blick stand. Er lächelte mich an. Unwillkürlich erwiderte ich sein Lächeln.

UND ES WAR ANGENEHM

Freunde

Die Tage vergingen wie im Flug. Ich hatte so viele Gedanken im Kopf und bekam sie einfach nicht vernünftig sortiert. Jeden Tag begann ich von neuem zu grübeln, so dass ich gar nicht bemerkte, dass fast schon wieder eine Woche vergangen war.

Ständig musste ich an den Angriff der drei aufeinanderfolgenden Dämonen hier in Hazow denken. Versuchte krampfhaft einen Zweck dahinter zu entdecken.

Ich musste auch an die Worte denken, die ich in dem Krach des Sturmes zu hören geglaubt hatte. Die Menara hatten sie offenbar nicht gehört. War es doch nur eine Einbildung meiner Sinne?

Genauso oft musste ich an den neuen jungen Mann an unserer Schule denken. Auch wenn ich versuchte den Gedanken an ihn wegzudrängen, tauchte er immer wieder auf. Es war ja nicht so, dass er mich so sehr beeindruckte oder ich ihn so toll fand wie Betty. Seine Aura jedoch gab mir einfach ein Rätsel auf. Aber auch das war wieder nur ein Gefühl, welches ich eigentlich nicht weiter verfolgen wollte. Wie er mich anlächelte ...

Auch Christopher beschäftigte mich. Seit dem Abend hatte ich nicht mehr mit ihm gesprochen. Ich war nicht böse auf ihn. Doch seine Aussage beunruhigte mich. Wenn ich nun doch nicht so stark war, wie ich dachte? Umso weniger durfte ich mich mit sinnlosen Gedanken über hübsche Typen herumschlagen.

Ich sollte mich bei Christopher entschuldigen. Schließlich hatte er mir so viel beigebracht. Auch wenn er sein eigenes Land zu schützen hatte, konnte ich immer auf ihn zählen. Kennengelernt hatte ich Christopher bei einem meiner ersten Kämpfe gegen die Dämonen. Es war im Grenzgebiet zwischen dem Seenland und Sprjewja. Zum Glück war er da. Ich hatte noch nicht viel Erfahrung und entgegen aller Warnungen war ich ohne meine führende Hand und beste Freundin, Katharina, allein losgezogen. Ich hatte nur helfen wollen, mich dabei aber selbst völlig überschätzt.

Ich hatte von Begegnungen zwischen Menschen und Dämonen in einem Dorf erfahren und wollte schnell handeln. Doch das war ein Fehler. Ich kannte noch nicht alle Dämonenarten und hatte auch noch keine Erfahrungen mit meinen eigenen Fähigkeiten. Hinzu kam, dass ich das Gebiet nicht kannte. Ich befand mich in einer völlig fremden Umgebung.

Es war schon fast dunkel, als ich den Wald betrat, in dem die Dorfbewohner unheimliche Vorkommnisse vermuteten.

Eine Frau trat einige Meter von mir entfernt hinter einem Baum hervor. Sie schien hier zu leben und ohne Obdach zu sein. Sie trug zerfetzte Klamotten am Leib und keine Schuhe. Sie war völlig verdreckt und ihre Füße waren schwarz. Sie reichte mir ihre Hand und weinte. Ich wollte ihr helfen. Sollte ich ihr folgen? Waren ihre Kinder in Gefahr? Hatte sie einen Dämon gesehen?

Ganz langsam kam sie Schritt für Schritt wimmernd auf mich zu. Als sie näher kam, vernahm ich jedoch kein

Wimmern mehr, sondern ein gehässiges, leises Lachen. Und dabei grinste sie furchteinflößend. Plötzlich stand eine der Erinnyen, oder auch Furien genannt, vor mir. Eine Tochter eines Höllenfürsten. Wie die meisten von ihnen sah sie wie verbrannt aus. Ihre Haut war schwarz, die zerfetzten Lumpen waren grau geworden. Sie stank nach Schwefel und Tod. Der Geruch war unerträglich. Ihre Knochen waren teilweise gar nicht mit Haut und Fleisch bedeckt. Blut rann aus ihren Augen, als ob sie weinte. Und sie bewegte sich weiter sehr langsam auf mich zu! Der Wind verschwand. Als ich erstarrte, konnte ich meinen eigenen Atem sehen. Diesen Moment nutzte sie. Plötzlich war ihr Kopf nur noch eine Armlänge von mir entfernt. Ein riesiges aufgerissenes Maul mit ranzigen spitzen Zähnen kam auf mich zu. Sie schrie. Mit jedem Schritt, den sie näher gekommen war, wurde ihr Gekreische lauter. Ein tobendes, hysterisches Kreischen, als seien es Tausende von ihnen. Vor Schmerzen sank ich auf meine Knie.

So fest ich auch meine Hände gegen meinen Schädel presste und versuchte meine Ohren zuzuhalten, ich hatte keine Chance. Es wurde lauter und lauter. Blut lief aus meinen Ohren und rann über meine Arme. Da merkte ich, dass auch ich geschrien hatte. Ich wusste nur nicht, ob der Schrei aus ihrem oder meinem Mund kam. Ich versuchte nach oben zu schauen, sie anzusehen. Wie in einem kaputten Fenster sah ich mein Gesicht als Spiegelbild in ihrem Gesicht.

Aber die Hände an ihren Ohren waren nicht meine. Sie waren zu groß. Es waren nicht meine Hände. Blaue

Flammen strömten aus beiden Händen in den Kopf der Bestie.

Das Bild der Bestie verschwand für Augenblicke und dann erschien wieder die Frau, die sie vorher gewesen war. Das blaue Feuer quälte sie offenbar sehr. Sie wehrte sich noch, aber meine Schmerzen ließen nach. Noch völlig verkrampft versuchte ich, mich aus dieser Situation zu befreien. Die Flammen an ihren Schläfen waren so grell, dass ich nicht mehr hinsehen konnte. In diesem Moment explodierte ihr Kopf. Das gesamte Vieh zerteilte sich in tausende Aschestückchen, die sich restlos in ihrer Glut auflösten.

Hinter ihr stand ein Mann. Christopher hatte mir wahrscheinlich das Leben gerettet.

So leichtsinnig war ich nie wieder. Ich musste noch viel lernen. Sowohl von ihm als auch von meiner Skitarka.

Um auf andere Gedanken zu kommen, verkroch ich mich in eines der Nebengebäude des Klosters. Ein paar Räume dort hatte ich mir als mein eigenes kleines Imperium eingerichtet. Hier durften die Menara nicht aufräumen. Das erledigte ich selbst.

Die Räume dieses Nebengelasses waren unter einem wunderschönen Klostergewölbe erbaut. Es wirkte ein wenig wie ein alter Weinkeller, wenn dort nicht die großen Fenster in ihren alten Holzrahmen wären. Sie ließen viel Licht hinein und der Hauptbereich eröffnete sich als weiter, freundlicher Raum.

An den Wänden hingen verschiedene Leinwandposter meiner Lieblingsfilme aus der alten Welt. Ich war zwar kein Teenager mehr, fand aber eben die Bilder sehr schön und konnte mal statt zu grübeln in Erinnerung an die alten Filme schwelgen. Auch wenn Katharina das etwas kindisch fand.

Trotzdem war es Katharina gewesen, die mir immer wieder solche Poster geschenkt hatte. Von einem Schwarz-weiß-Gemälde mit Edward und Bella, die sich küssten, über Brad Pitt und Antonio Banderas mit langen Haaren und Reißzähnen sowie R2D2 mit BB8 bis zu meinem einzig wahren Meister Yoda.

Eingerichtet hatte ich den Raum mit alten Möbeln aus dem Speicher des Klosters. Da stand ein Haufen solcher Sachen rum. Ich bediente mich einfach. Hatte sich auch niemand bisher beschwert.

Dieser Raum bot mir sehr viel Platz zum freien Arbeiten und um Dinge mal einfach liegenzulassen.

Ich mochte es hier sehr. Hier konnte ich mich zurückziehen. In Ruhe einen Kaffee trinken, wenn ich mal keinen Bock auf Leute oder Dämonen hatte. Handwerkliche Tätigkeiten beruhigten mich. Beim Schleifen von Holz konnte ich mal viele Gedanken loslassen. Andersherum aber auch Lösungen sammeln für Probleme. Meiner Wut freien Lauf lassen und mich abreagieren, wenn mal etwas schief lief.

Ich liebte den Geruch, der beim Schmelzen von Lötzinn entstand, wenn ich mir winzige Friemelarbeiten mit elektronischen Spielereien vornahm. Ich war auch jedes Mal erfreut, wenn LEDs so leuchteten, wie und wann ich das wollte, und alles auf Anhieb funktionierte. Alles Kleinigkeiten, aber es machte mir Spaß. Hier konnte ich mich auslassen. Mein Studium für das Gehirn, mein kleines Reich für die Seele.

Ich kochte mir einen Kaffee. Mit schön viel Milch nahm ich meine Vader-Tasse und setzte mich auf eine Bank unterm Fenster.

Es klopfte an der Tür und Mecke steckte den Kopf durch den Türspalt.

„Katharina hat mir gesagt, dass du hier bist. Stör ich?"

„Nein, komm rein."

Er öffnete die Tür ganz und kam rein. Er war oft hier und besuchte mich nach der Arbeit. Manchmal half er mir auch bei meinen Basteleien oder ich half ihm, wenn er Probleme mit dem Studium hatte.

Er nahm sich einen Kaffee und setzte sich zu mir.

„Feierabend", schnaufte er vor Erleichterung.

Ich schmunzelte.

„So schlimm?"

„Nein, eigentlich nicht. Aber so lange. Der Tag wollte heut einfach nicht vergehen."

Ich beobachtete ihn. Mir fiel auf, dass sich mit jedem Schluck Kaffee, den er zu sich nahm, seine Aura erhellte. Er schien ruhiger zu werden. Es freute mich wirklich, dass dieser Ort auf ihn anscheinend den gleichen Effekt hatte wie auf mich. Ruhe und Frieden. Ich lächelte, denn ich konnte es sehen.

„Was hast du denn da schon wieder hergestellt?", riss mich Mecke aus meinen Gedanken.

Sein Blick fiel auf eine Abdeckplane, unter der ich eine Mini-Sitzgarnitur vor Staub und Beschädigungen schützen wollte.

„Eine Mini-Sitzgarnitur. Voll süß geworden. Soll ich's dir mal zeigen?"

Ich nahm die Plane zur Seite.

„Ach du meine Güte!"

Mecke stand auf und grinste.

„Wer soll denn da drauf sitzen?"

„Das ist für Anya. Oder besser gesagt für ihre Kinder und deren Freunde."

Anya war ein sehr nettes junges Mädchen im Dorf mit zwei kleinen Kindern.

„Ich dachte, ich mach ihr mal eine Freude, und habe das für die Kleinen gebaut. In der letzten Zeit habe ich sie öfter besucht, seit sie einem Dämonenangriff entkommen war."

„Was ist passiert?"

Sofort wurde er neugierig. Solchen Geschichten lauschte er gern.

„Ihre Kinder haben einen Dämon gesehen. Zuerst glaubte Anya ihnen nicht so recht. Aber sie hatten solche Angst, abends allein schlafen zu gehen, dass sich Anya dann doch an mich wandte. Ich konnte zunächst nichts Ungewöhnliches feststellen. Aber dann stellte sich heraus, dass es ein garstiger kleiner Gnom war, der Babys und Kindern in der Nacht die Nase zuhält, bis sie ersticken. Der hatte sich im Schrank eingenistet. Das Fiese an den Dingern ist, dass Erwachsene sie nicht mehr sehen."

„Und dann?"

„Na ja, es sind schon einige Kinder nicht mehr aufgewacht."

„Aber nicht Anyas."

„Nein. Ich konnte ihn greifen. Ich brauchte nicht mal viel Engelsfeuer, um ihn zu erledigen. Aber er ist schwer zu erkennen."

Ich musste an Anyas Kinder denken. Zum Glück hatte ich bisher noch nie selbst miterleben müssen, dass Kindern etwas zustieß. Ich habe aber andere Flügellose davon erzählen hören, dass sie Kinder nicht mehr retten konnten.

Ich sah wieder zu den Stühlchen.

„Aber so kann sie sie nicht draußen stehen lassen."

Gut, dass wir endlich zum Thema kamen. Ich musste innerlich schon grinsen.

„Ich hab mich schon gefragt, wann du mich wieder besuchen kommst."

„Warum?"

Ich drehte mich um und holte von der Werkbank einen Pinsel und klaren Bootslack. Höflich lächelnd überreichte ich ihm beides.

„Hier. Das muss noch gestrichen werden."

„Klar, gern."

Mecke nahm Eimer und Pinsel, stellte alles auf den Tisch, trank noch einen Schluck Kaffee und zog sich die Jacke aus.

Ich setzte mich auf meinen Drehhocker vor der Bank und schaltete den Lötkolben ein.

„Und was macht dein neuestes Projekt?"

Vor einem Jahr hatte ich angefangen, in Hazow die Radwege mit Märchenfiguren zu verschönern. Wenn ich Zeit hatte, und die Ideen in meinem Kopf sich stapelten, baute ich, und baute. Nur wusste ich leider oft nicht, wohin damit. Also verschenkte ich das Meiste. Es machte mich glücklich, wenn sich andere darüber erfreuen konnten. Vor allem die Kinder. Wenn ich Kindern eine Freude machen konnte, war ich selig.

Sprjewja war voller Wälder, umgeben von einer zerklüfteten Berglandschaft und einigen Schluchten. Wunderschöne Radwege durchzogen die herrliche

Landschaft. Man konnte kilometerweit fahren, ohne auch nur einem Auto zu begegnen. Selbst für Spaziergänger war es ein Highlight, von einem Aussichtspunkt zum nächsten zu laufen.

Nur für Kinder war es eben nicht so prickelnd. Links ein Wald, rechts ein Wald, da mal eine Wiese, oder ein Flussarm der Spree. Nicht sehr spannend, um nicht zu sagen, ziemlich langweilig.

Als ich mal wieder den Kopf frei bekommen wollte, fing ich an, eine lebensgroße Figur zu schnitzen. Es war ein Engel mit Flügeln. Er bestand aus mehreren Teilen und es dauerte Wochen, bis er fertig war. Aber es beruhigte mich. Es entspannte mich. Als er fertig war, wusste ich aber wie immer nicht, wohin damit. So ließ ich ihn an den nächsten Radweg stellen. Vom Dach des Klosters aus konnte ich beobachten, wie sich vor allem Kinder darüber freuten. Sie fassten ihn an und staunten darüber, wie groß er war. Und so entstand die Idee. Warum nicht noch mehr Figuren fertigen und sie in den Wäldern und Wiesen verstecken? Vielleicht auch hinter oder oben in den Bäumen. So konnten die Kinder suchen und hatten ihren Spaß.

Daraus entstand ein ganzer Märchenwald. Rotkäppchen und der Wolf. Den Umhang mit der Kapuze rot lackiert. Den Wolf versteckte ich im Wald, hinter einem Baum. Mit der Zeit nutzten sehr viele Familien unseren Radweg. Einige versuchten, Rapunzels Haar zu erklimmen, suchten den Schuh von Aschenputtel oder schauten nach, ob die Süßigkeiten am Hexenhaus echt waren. Und wie sich die Kinder darüber freuten.

„Läuft."

Ich richtete mich gerade auf und grinste über das ganze Gesicht. Ich hatte schon wieder eine Sache fertig, die jetzt endlich funktionierte.

„Sie leben!"

Ratlos sah mich Mecke an.

„Und das heißt?"

„Das Knusperhäuschen spricht jetzt. Die Augen vom Wolf fangen an zu leuchten. Der Schuh von Aschenputtel glitzert. Such dir was aus. Und wenn du noch Ideen hast, immer her damit."

„Du bist verrückt. Wie setzt du das um?"

„Mit Solarmodulen und Bewegungsmeldern oder anderen Sensoren. Je nachdem, was sich am besten eignet. Ich habe auch kleine Speicher eingebaut, um ein wenig Sonnenenergie zu sichern, wenn gerade nichts läuft. Im Dunkeln soll es natürlich nicht funktionieren."

„Ich kann mich nur wiederholen, du bist verrückt!"

„Das sind keine großen Sachen. Ganz einfach gehalten. Nur LEDs, kleine einfache Audiomodule, mit einfachen Lautsprechern."

„Du solltest vielleicht doch über einen Zweitjob nachdenken und dich selbständig machen. Dämonen zu jagen finde ich jetzt nicht so lukrativ."

Er grinste und fing endlich an zu pinseln.

„Ja", sagte ich ironisch „du hast völlig recht. Mir geht's hier nicht so besonders. Voll mies. Vielleicht sollte ich mir was dazu verdienen."

Wir kicherten beide.

„So Vega, und jetzt raus mit der Sprache."

Mecke wirkte auf einmal ganz ernst.

„Dass du das alles nur wegen den Kindern machst, kannst du jemand anderem erzählen."

‚Wegen der Kinder, es heißt wegen der Kinder', schoss es mir durch den Kopf.

Doch ich war perplex und kurz wie erstarrt. Dann drehte ich mich langsam wieder zur Werkbank um und nahm den Lötkolben in die Hand. Ich brauchte nur noch zwei Litzen an die Solarplatte löten und der Sterntalerregen aus einem LED-Vorhang war fertig.

Ich wollte ihm nicht antworten und es lieber für mich behalten. So säuberte ich die Lötspitze und hielt sie an einen der Drähte, um die Litzen miteinander zu verschmelzen. „Vega!"

Er ließ natürlich nicht locker.

Um Zeit zu gewinnen, pustete ich erst mal seelenruhig den hochsteigenden Qualm von mir weg. Sollte ich es ihm doch sagen? Aber es war besser, wenn die Menschen nicht so viel wussten. Er ließ aber nicht locker. Und er war mein Freund, dem ich eigentlich fast immer alles erzählte.

Ich lötete den zweiten Draht an den anderen Pin der Solarplatte, noch mit Harz versiegeln, dann war es fertig. Und ich fing an zu reden.

„Ich hab zufällig etwas rausgefunden. Mein ursprünglicher Plan war, richtige Speicher für die Solarplatten zu verwenden. Dann hätte das auch bei länger anhaltendem schlechtem Wetter funktioniert. Ich wollte auch einfache Dämmerungsschalter integrieren, damit sich nachts niemand erschreckt."

„Aber?"

„Sie sollen nachts funktionieren. Nur nicht mit gespeicherter Sonnenenergie."

„Was meinst du damit? Wie willst du das denn machen? Was hast du vor?"

Ich setzte mich zu ihm auf den Boden. Er pinselte immer noch.

„Ich weiß nicht wie, oder warum, aber Solarzellen reagieren auf Dämonen."

Mecke hörte auf zu streichen. Er sah mich fragend an.

„Wie das?"

„Ich habe keine Ahnung. Ich weiß nur, dass die Panels Energie erzeugen, wenn sie in der Nähe sind. Ich habe es mit meiner eigenen Energie auch versucht. Aber der Halbleiter scheint nur auf deren Energie zu reagieren."

„Aber wie?"

„Ihre Energieform scheint doch anders zu sein, als ich dachte. Unsere und ihre sind ähnlich, aber nicht gleich. Irgendwie setzt ihre Kraft die negativen Ladungsträger der n-dotierten Schicht des Siliziums in Bewegung um. Na ja, der Rest ist ja dann klar."

„Ja völlig!" Er verdrehte die Augen. „Ich weiß, dass wir das mal beim Studium hatten. Aber Vega, echt, ich muss nur wissen, dass es funktioniert, nicht wie."

Er zwinkerte mir zu und ich musste lachen.

„Aber Mecke, denk doch mal nach. Meine Märchenfiguren sollen nachts nicht einfach losgehen. Wenn sie es aber nun doch tun, dann nur weil ..."

„Weil ein Dämon in der Nähe ist. Und je mehr du von den Dingern hinstellen kannst, umso mehr helfen sie bei der Suche nach unerwünschten Gästen."

Ich nickte.

„Und weißt du was, Mecke?"

„Nein."

„Ich habe jetzt Hunger."

Mein Magen knurrte und mir war schon ganz flau vor Hunger. Eine schöne fettige große Pizza mit Sauce

Hollandaise, Schinken und Brokkoli. Mmm, ich konnte sie sogar schon riechen.

„Pizza!"

„Eine großartige Idee. Jetzt eine schöne große Pizza mit Sauce Hollandaise!"

„Genau, das Gleiche habe ich gerade auch gedacht."

Wow, das war gruselig, wie ähnlich wir uns doch waren.

„Fährst du schnell?", fragte Mecke. „Ich würde weiter pinseln."

„Wenn du willst?! Klar. Du weißt ja, wo der Kaffee ist."

Ich nahm den letzten, bereits kalten Schluck aus meiner Tasse.

„Danke, Mecke!"

Mit meinem Golf EINS Cabriolet machte ich mich auf den Weg zur Pizzeria. Der VW war schon sehr alt, aber gut in Schuss. Dafür hatte ich gesorgt. Ich hatte ihn in einer der Schatzkammern gefunden und mich sofort in das Auto aus der alten Welt verliebt. Darum musste ich ihn wieder herrichten. Damit ich ihn auch tatsächlich fahren konnte, ließ ich sogar eine neue Antriebseinheit auf Wasserstoffbasis einbauen.

Als ich losfuhr, koppelte ich einen Audioplayer mit dem Klangsystem und drehte laut auf. Musik musste man laut hören. Musik war aus meinem Leben nicht wegzudenken.

MUSIK KONNTE DAS LEBEN SCHÖNER MACHEN

Begegnung

Hazow war ein kleines Dorf. Hier hätte man auch nichts kaufen können. Um sich eine Pizza zu besorgen, musste man in die nächste größere Stadt fahren. So fuhr ich nach Kopance, ein ehemaliges Dorf, welches sich zu einer sehr schönen, denkmalreichen und vor allem traditionsbewussten kleinen Stadt in Sprjewja entwickelt hatte. Durch Kopance floss die Spree, der Fluss, dem unser Land seinen Namen verdankte. Sauberes klares Wasser, das nicht nur zum Baden einlud, sondern auch viele Angler anzog. Viele Urlauber kamen jeden Sommer hierher, vor allem wegen des tollen Panoramas. Die Spree schlängelte sich durch die vielen Wälder. Ich fand es schön, dass sich hier in Sprjewja so viele Menschen niedergelassen hatten.

Ich musste nicht weit fahren, und in der Pizzeria musste man meist nicht allzu lange warten. Als ich die beiden Pizzen bestellt hatte, setzte ich mich an einen freien Tisch am Fenster. Ein Motorrad fuhr auf den Parkplatz der Pizzeria. Eine Münch Mammut 2000. Ich hätte nie gedacht, mal so etwas zu Gesicht zu bekommen. Bisher kannte ich das nur von Bildern. Einen sicheren Antrieb dafür zu bekommen, war wahrscheinlich gar nicht so leicht.

Als der junge Mann auf dem Motorrad seinen Helm absetzte, blieb mir für einen kurzen Augenblick die Luft weg. Es war der Neue vom Studium, der sich nun ab und an in meine Gedanken schlich. Ich erschrak, denn ich hatte hier nicht mit ihm gerechnet.

Hoffentlich würde er nicht in die Pizzeria kommen. Mein Körper war ganz starr vor Aufregung.

Aber er kam doch rein.

Ich sackte zusammen. Tat aber so, als würde ich schon die ganze Zeit zum Fenster heraus schauen und die Sonne genießen.

„Hallo."

Er grüßte laut in den Raum und ich piepste ganz leise ein ‚Hallo' zurück. Was war denn nur los? Ein ganz normaler junger Mann, der sich eine Pizza bestellen wollte. Und noch nicht mal mein Typ.

Er bestellte sich etwas und blieb am Tresen sitzen. Seinen Helm und seine Lederjacke legte er über den Hochsitz neben sich. Dabei schaute er zu meinem Tisch rüber und lächelte mich an. Ich musste schlucken. Hoffentlich wurde ich nicht rot. Krampfhaft versuchte ich, so cool wie möglich auszusehen, und schaute Richtung Fenster nach draußen.

Er bekam ein Getränk und nahm auch gleich einen Schluck. Dann kramte er in seiner Tasche und schaute wieder zu mir rüber. Damit es nicht zu auffällig wurde, schaute ich zur Abwechslung mal auf meine Hände, die auf dem Tisch lagen. Hätte ich eine Uhr umgehabt, hätte ich so tun können, als würde ich gelangweilt nach der Zeit schauen, wann endlich meine Bestellung kommt. Aber ich trug keine Uhr. Nie. Auch keinen Schmuck. Ich hätte auch das Handy nehmen können, aber das hatte ich nicht griffbereit, denn es war in meiner rechten hinteren Hosentasche. Es hätte bestimmt auch nicht gut ausgesehen, wenn ich mir jetzt an meinen Hintern gegriffen hätte. Bei meinem Geschick wäre es mir auch noch runtergefallen. Dann hätte ich es aufheben müssen, um dann mit hochrotem Kopf im Boden zu versinken. Nein, ich schaute weiter auf meine Hände, das war völlig ausreichend.

Seine Bestellung war fertig. Er bezahlte, zog sich seine Jacke an, trank den letzten Schluck, nahm seinen Helm und die Tasche und ging zum Ausgang. Ich blickte ihm nach. An der Tür drehte er sich doch tatsächlich noch einmal zu mir um.

„Kommst du mit?"

Was?! Die Schrecksekunde reichte aus, um mir kleine Schweißperlen auf die Stirn zu treiben.

Er lächelte immer noch.

Meinte er jetzt mich? Klar, es war ja kein anderer da. Jetzt ebenfalls lächelnd, platzte mir, ohne viel darüber nachzudenken, ein ‚Ja' heraus. Ein ziemlich, wie ich hoffte, sarkastisch klingendes „Ja". So wie „Ja, klar doch, logisch geh ich mit jedem Fremden mit".

Innerlich verdrehte ich die Augen. Was für eine blöde Antwort! Was Peinlicheres gab es ja wohl nicht. Konnte mir nicht was Geistreicheres einfallen als „Ja"?

Immer noch lächelnd verschwand er allein durch die Tür. Nicht, dass er nochmal zurückschaute, aber was musste er von mir denken? Ich konnte nicht mal mehr aus dem Fenster sehen. Ich war bestimmt knallrot im Gesicht. Warm genug dafür war mir jedenfalls. Auf dem ganzen Rückweg wurmte mich diese Begegnung sehr und ich hoffte wie ein dummes kleines Mädchen, dass ich ihm nicht mehr über den Weg lief.

Natürlich war dem nicht so. Natürlich kam er wieder. So schnell war wieder Freitag und ich war dran mit Fahren.

Die Jungs kamen dann immer bis zum Kloster, um dort ihr Fahrzeug stehen zu lassen. An diesem Tag hatte es sich nicht gelohnt, nach Bela Woda zum Unterricht zu fahren. Wahrscheinlich hatte der Dozent genauso „viel" Lust wie wir, an einem Freitagabend. Wir bekamen Projektaufgaben und sollten uns dazu im Labor für Bionik einfinden. Ich hätte nicht kommen sollen. Das waren alles Anfängerübungen. Hannes klopfte mir auf die Schulter.

„Super, dann können wir ja fragen, ob wir nach Hause können, wenn wir fertig sind. Dürften wir heute ja schnell raus sein."

Er grinste mich an.

Wir waren nach knapp zwei Stunden fertig.

Vor dem Eingang des Schulgebäudes wollten Hannes und Mecke noch rauchen. Obwohl es schon dämmerte, konnte ich noch alles gut erkennen. Viele Studenten hatten gerade Pause und waren bereits draußen.

Aber nicht alle blieben auf dem Hof. Einige gingen auf den Parkplatz zu ihren Autos vor dem Gebäude und verbrachten dort ihre freien Minuten. Dort sah ich einen jungen Mann, der mich beunruhigte. Seine Farben waren schlecht. Ich mochte solche Menschen nicht.

IRGENDETWAS STIMMTE NICHT MIT IHM

Bauchgefühl

Am nächsten Morgen in der Uni hatte mich dieses mulmige Gefühl im Bauch noch immer nicht verlassen. Ich konnte mich überhaupt nicht konzentrieren. Bekam auch gar nicht so richtig die Gespräche der anderen mit, war völlig neben der Spur. Ich wollte unbedingt wissen, was dahintersteckte. Ob es mit den schlechten Farben des Jungen gestern Abend zu tun hatte? Warum konnte mein Bauch nicht einfach mal mit mir reden und sagen, was ihn beunruhigt? Ich konzentrierte mich auf meine Umgebung und sah mich um. Beobachtete die Schule, die Dozenten und Studenten, die Fahrzeuge, die vor unserem Fenster vorbeifuhren. Doch das Gefühl ließ nicht nach.

Endlich war Mittagspause. Auch hier verdarb mir das miese Bauchgefühl den Appetit. Unauffällig nahm ich alle Studenten, die ihre Pause in der Cafeteria verbrachten, unter die Lupe. Doch es war nichts. Ich bemerkte nicht einmal, dass mich Mecke die ganze Zeit angrinste. Bis ich dann aus meinem Spionageblick gerissen wurde, weil ich sein breites Grinsen vor mir beim besten Willen nicht mehr übersehen konnte.

„Was?"

Hatte ich wieder was verpasst?

„Wo bist du denn wieder?", lachte er. „Sieh, da schaut ständig jemand zu dir rüber."

Mit einer kleinen Kopfbewegung deutete er an den Tisch hinter mir.

„Kann ich mich umdrehen oder guckt er direkt hierher?"

„Aha, interessiert dich also doch."

Es freute mich außerordentlich, dass ich zu seiner Erheiterung beitrug.

„Du kannst dich umdrehen. Er schaut nicht direkt zu uns."

Also drehte ich mich langsam um. Ich tat natürlich so, als würde ich nach jemandem suchen. Einfach so umdrehen und direkt dort hinübersehen – auffälliger wäre wohl nicht möglich gewesen. Doch ich erstarrte. In meinem Bauch grummelte es wieder und alle Alarmglocken läuteten. Erschrocken starrte ich zu dem Tisch hinter uns. Natürlich saß dort meine mir immer noch peinliche Begegnung aus der Pizzeria. Doch neben ihm saß noch jemand, der Student vom Abend zuvor.

Jetzt war es plötzlich noch schlimmer. Seine Farben, diese dunklen Grautöne, waren eindeutig. Er war definitiv keiner von den Guten. Ich konnte deutlich sehen, dass er etwas vorhatte. Dieses Grau verriet mir Habgier und List. Tödlich. Dieser Kerl würde über Leichen gehen. Wird über Leichen gehen. Seine intensiven Farben verrieten, dass – sollte er bis jetzt noch nichts getan haben – auf jeden Fall bald etwas Furchtbares passieren würde. Aber was? Was hatte er vor? Hier, wo so viele junge Leute waren. Waren sie in Gefahr?

Ich war höchst aufmerksam. Er hatte gerade noch mit dem jungen Mann und einem anderen Mitstudenten gesprochen. Doch jetzt waren sie still und schauten sich nur noch an. Die Farben der anderen beiden waren unauffällig, unschuldig. Also plante er allein etwas. Was zum Teufel nochmal hatte er vor? Ich konnte meinen Blick nicht mehr abwenden, bis er zum Terrassenausgang der Cafeteria deutete. Mein Kopf drehte sich automatisch in die Richtung. Wahrscheinlich wollte ich mich vergewissern, dass er tatsächlich den Ausgang gemeint hatte. Wollte er gehen? Als ich mich gerade wieder zurückdrehen wollte, rief Mecke.

„Vega!"

Doch ich hob nur meine Hand und versuchte ihm klar zu machen, dass hier etwas ganz und gar nicht stimmte. Ernst deutete ich ihm an, ruhig zu bleiben, und bemerkte zugleich seinen besorgten Blick. Ich sah wieder zu den anderen am hinteren Tisch. Sie standen auf und nahmen ihre Sachen. Es lief mir eiskalt den Rücken runter, als ich das dunkle Grinsen des Typen sah. Jetzt war es klar. Da lief irgendwas. Schwefel lag plötzlich in der Luft. Ich roch es, als sie an uns vorbeigingen. Hastig holte ich mein Telefon aus der Tasche und schrieb Katharina eine Nachricht mit der Bitte, mir Unterstützung zur Schule zu schicken.

Aber es war nicht nur der Schwefel, irgendwas anderes stank hier noch gewaltig zum Himmel. Aber würden Dämonen am helllichten Tag ...? Nein! Oder? Hier, bei den vielen Menschen? Sie würden das Gleichgewicht stören. Sie könnten doch gar nicht ...! Aber was, wenn doch?

Voller Panik schmiss ich meinen Rucksack auf den Rücken und flüsterte Mecke zu: „Entschuldige mich bitte, ja? Ich muss was erledigen."

Er nickte zögerlich und starrte mir hinterher, als ich losrannte.

Katharina versuchte mich anzurufen. Aber jetzt konnte ich nicht rangehen. Sie würde mich aufhalten wollen. Dann hätte ich die Jungs aber mit hoher

Wahrscheinlichkeit verloren. Ich wusste ja, sie würde mir einige Menara schicken.

Ich folgte den dreien, als sie das Gelände der Schule verließen und in Richtung Wald liefen. Es wurde immer dunkler. Die Bäume schluckten förmlich das Licht, bis kaum noch ein Sonnenstrahl eine Chance hatte, hindurchzudringen. Ich ließ genug Abstand, damit sie mich nicht bemerkten. Sie blieben stehen. Der dunkle Typ sagte etwas zu den anderen und plötzlich konnte ich es deutlich sehen. Seine Aura wurde tiefschwarz. Ich konnte es kaum glauben. So etwas hatte ich noch nie zuvor gesehen. In diesem Moment wurde er zu einem Jünger der Dämonen. Es gab Menschen, die sich zu so einem Ungeheuer entwickeln konnten. Meiner Meinung nach waren das Dummköpfe. Welcher normale Mensch würde schon der dunklen Seite dienen wollen und es in Kauf nehmen, irgendwann vielleicht sein eigen Fleisch und Blut zu töten? Große Macht wurde ihnen versprochen, ein oder zwei Kreaturen der Hölle wurden ihnen zur Seite gestellt, damit sie sich unter die Menschen mischen und ebenfalls Unheil verbreiten konnten. Als ich das Verdunkeln seiner Aura sah, hatte er sich endgültig entschieden und dazu bekannt.

Alle möglichen Gedanken schossen mir gleichzeitig durch den Kopf. Ich musste handeln. Jetzt! Dämonen waren hier. Der Gestank von Schwefel wurde immer stärker. Ich rannte, so schnell ich konnte, los. Und ich war schnell. Doch der Dämonenjünger bemerkte mich. Da riss er einen der Studenten an sich und bedrohte ihn mit einem Messer. Der Gestank der Dämonen kam nun von allen Seiten. Was war denn hier los?

Schnell zog ich den jungen Mann aus der Pizzeria zur Seite und drängte ihn hinter mich.

„Du kommst zu spät, Miststück!", schrie der Jünger und hielt dabei sein Messer an die Kehle des schockierten Studenten.

„Du bist doch eine, oder? Du bist eine der Gefiederten." Ich erwiderte nichts und suchte weiter mit geschärftem Blick meine Umgebung ab. Aufkommender Wind rauschte durch die Bäume. Die Angst der Studenten schien mit Händen greifbar. Doch auch der Dämonenjünger war angespannt, das konnte ich deutlich erkennen. Eine vage Ratlosigkeit spiegelte sich in seinem Blick. Ruckartig drehte er seinen Kopf und schaute blitzschnell in verschiedene Richtungen. Dabei behielt er mich aber im Auge. Er drückte das Messer fester an die Kehle seines Gefangenen.

Anscheinend wusste er selbst nicht, was geschehen wird. Er wusste nicht, wer oder wie viele noch kommen. Und er wusste auch nicht, aus welcher Richtung sie kommen. Er wurde hierherbestellt. Definitiv wurde er herbestellt. Aber Dämonen sprechen sich nicht ab. Warum ist Christopher jetzt nicht hier?

So viele Gedanken und Fragen gingen mir gleichzeitig durch den Kopf.

„Du bist nicht von hier", zischte der Dämonenjünger.

„Das ist nicht dein Gebiet, hab ich recht? Du bist nervös."

Er lachte höhnisch. „Ich kann das riechen!"

Ich erwiderte nichts, beobachtete weiter. Immer noch hielt ich den jungen Mann aus der Schule hinter meinem Rücken und versuchte ihn, soweit es ging, zu decken. Ich hörte sein Herz klopfen, konnte förmlich spüren, wie das

Adrenalin durch seinen Körper schoss. Doch auch er hatte keinen blassen Schimmer, was hier gerade passierte. Und plötzlich hörten wir lautes Gekreische, schrill und ohrenbetäubend. Wir hielten uns vor Schmerz die Ohren zu und ich spürte, wie der junge Mann hinter mir zusammensackte. Aus verschiedenen Richtungen kamen fünf Dämonen. Dämonen, die sich offensichtlich zusammengeschlossen hatten. Ich hielt meine Augen offen und wappnete mich für einen unausweichlichen Kampf. Aber wie sollte ich es mit fünf Dämonen gleichzeitig aufnehmen? Das ist allein fast unmöglich. Ich hoffte so sehr, dass sich Katharina beeilen würde. Bei fünf Dämonen und einem abartigen Typen mit einem Messer in der Hand, dessen Grinsen immer breiter wurde, brauchte ich schon ein wenig Unterstützung.

Ich schloss meine Augen, um mich zu sammeln. Dabei achtete ich genau auf die vielen Geräusche um mich herum. Einer der Studenten war immer noch hinter mir am Boden und der andere hatte noch das Messer an der Kehle.

Ich konzentrierte mich und sammelte gezielt meine Magie. An den Füßen merkte ich, wie das Engelsfeuer zu fließen begann, durch meine Beine hoch in meinen Körper. Dort speicherte ich sie und hielt sie in Gedanken zusammen, um auf alles vorbereitet zu sein.

Es war etwas anderes, nachts gezielt Dämonen aufzuspüren. Da wusste ich, was mich eventuell erwartete. Doch jetzt, am helllichten Tag, unvorbereitet nahe dem Schulgelände fünf Dämonen allein gegenüberzustehen, das war schon eine andere Dimension. Damit hätte ich nie gerechnet.

Ich vernahm Schritte. Unbeholfene, unregelmäßige Schritte und das Knacken von Ästen. Die fünf Dämonen kamen alle von vorn. Keiner war hinter mir. Ich öffnete die Augen. Riesige, garstige Gestalten traten hinter den Bäumen hervor. Sie sabberten, brüllten und kreischten wild durcheinander. Wie Tiere fauchten sie sich gegenseitig an. Einer war hässlicher als der andere. Aber alle waren riesig. Schiefe spitze Zähne ragten aus ihren weit aufgerissenen Mäulern. Ihre offensichtliche Gier nach Vernichtung schien sie viel Kraft zu kosten, denn ihre riesigen, pulsierenden Adern platzten fast vor Anstrengung. Einer sah aus, als käme er wie eine räudige Kröte irgendwo aus dem Sumpf. Ekliger Schleim tropfte an seiner zerfetzten Haut herunter zu Boden. Das Moos und die Gräser, die vom Schleim getränkt wurden, verbrannten sofort. Was die Klauen dieses Viechs berührten, wurde durch die Hitze versengt. Ein anderes Geschöpf hatte ein monströses Gehörn auf seinem Kopf. Er war Bulle und Teufel zugleich. Sein muskulöser Rumpf war bedeckt mit ein paar dreckigen Stofflumpen. Seine Augen waren blutunterlaufen und es sah aus, als weinte er Blut. Auch die Nägel an seinen Händen waren rot, ebenso die Klauen an seinen Füßen. In Formation blieben sie stehen. Vor ihnen stand immer noch der Jünger mit seiner Geisel.

‚Worauf warten die?', dachte ich.

„Schnappt sie euch, Jungs", befahl dieses kleine gehässige Menschlein den Missgeburten der Hölle.

Hatte ich mich da gerade verhört? Entsetzt verfolgte ich die unwirkliche Szene. War ich hier in einem falschen Film? Seit wann gaben Jünger Dämonen Befehle? Vor allem solche, die sich gerade erst für die andere Seite entschieden hatten und eigentlich Diener waren. Das war geplant! So organisiert, wie das hier gerade ablief. Ich hatte also doch recht. Die Wächter mussten mir glauben. Es war eine Falle, aber für wen? War der Kampf willkürlich oder richtete sich ihr Zorn gegen eine bestimmte Person? Da hetzte der erste von ihnen auf mich zu. Er hatte lange, dürre, nur aus Knochen bestehende Arme und entsetzlich lange Krallen. Aus seinem Rücken ragten flügelähnliche Gewächse, mit durchlöchertem Leder bezogene Knochen, die jämmerlich versuchten, wild um sich zu schlagen. Als wollte der Dämon gleich abheben, um über mich hinwegzufliegen.

Am Jünger vorbei trampelte er in meine Richtung. Jetzt wurde ich nervös. Adrenalin durchflutete nun auch meinen Körper. Meine Magie wurde stärker und ich fühlte die geballte Ladung Strahlung in mir. Meine Beine stemmte ich fest in den Boden und meine Arme hielt ich leicht auseinander, als wollte ich dieses Monster gleich umarmen.

Kurz bevor er mich erreichte, ging er, zum Sprung bereit, in die Knie. Ich ging ebenso in die Knie, um mein Gleichgewicht besser halten zu können. Er sprang und versuchte dabei gleichzeitig mit seinen ausgestreckten und verkrüppelten Flügeln zu fliegen. Seine Klauen griffen vergeblich nach mir, denn er war schon zu hoch. Das war meine Chance. Jetzt oder nie. Ich schickte einen großen Teil meiner Energie über meine Arme zu meinen Händen. Dann schloss ich meine Augen und drückte meine Hände über meinem Kopf zusammen. Langsam zog ich sie wieder auseinander. Eine blaue Feuerkugel entstand. Je weiter sich meine Hände voneinander entfernten, umso größer wurde die Kugel. Als sie groß genug für den Dämon war, schleuderte ich sie mit all meiner Kraft dem Ungetüm entgegen. Ich traf ihn genau an der Brust. Ein schrilles Heulen ertönte, als der riesige Vogel über mir in einer Wolke aus Asche explodierte. Ich duckte mich auf den Boden und schützte mit den Armen meinen Kopf, damit der Ascheregen nicht in meine Augen kam. Schon dieser stinkende Geruch aus einer Mischung von Rauch und Schwefel war unerträglich, mir wurde schlecht davon und ich musste würgen.

Der Student hinter mir kauerte ebenfalls am Boden und verbarg den Kopf unter seinen Händen, aber es ging ihm gut. Der andere aber befand sich noch immer in der Gewalt des Dämonenjüngers, der offenbar über den Ausgang des Angriffs nicht so glücklich war.

Der gehörnte Dämon drehte seinen Kopf in meine Richtung und fraß mich förmlich auf mit seinem Blick. Sein muskulöser Körper richtete sich auf und dabei brüllte und schnaufte er wie ein Stier in der Arena. Außer sich vor Wut riss er im Galopp mit seinen Pranken einen Baum aus und wich dabei auch nicht dem Jünger aus, der ihm im Weg stand. Geisel und Jünger flogen durch die Luft, wobei der Verräter gegen einen Baum prallte und zu Boden sank. Der Student hatte mehr Glück und landete etwas sanfter auf dem Waldboden. Seine Wunde am Hals jedoch blutete stark. Vergeblich versuchte er mehrmals, sich aufzuraffen. Er brauchte meine Hilfe, aber ich konnte nicht zu ihm, denn das blutrünstige Monster stand nun schon fast vor mir. Ich konnte nicht mehr ausweichen und so blieb mir nichts anderes übrig, als zu versuchen, über ihn hinwegzuspringen.

Ein schrecklicher Schmerz durchzog plötzlich mein Bein. Als ich gerade über dem Dämon war, hob er seinen Kopf und rammte mir eins seiner Hörner in meinen Oberschenkel. Qualvoll landete ich auf beiden Beinen und versuchte dabei mit einem Arm das verletzte Bein zu stützen. Kein Blut, aber eine tiefe, säureinfizierte Wunde zerriss mein Bein. Stöhnend kniff ich meine Augen zusammen, um mich wieder konzentrieren zu können.

‚Was für ein scheiß Schultag', dachte ich.

Da kam das Biest schon wieder zurück. Ich stand auf und rannte ihm entgegen, schmiss mich dann zu Boden und sammelte erneut mein Engelsfeuer. Ich feuerte abwechselnd aus beiden Händen blaue Energiekugeln gegen den Dämon. Auch er begann zu brüllen und zu kreischen.

Aber ich konnte nicht viel gegen ihn ausrichten. Ich sammelte meine Kraft von den Füßen aufwärts durch meinen Körper und diesmal direkt in meine jetzt ausgestreckten Arme. Meine Handflächen richtete ich gezielt gegen den Dämon und konnte so einen Strahl aus blauen Flammen geradewegs auf das Monstrum feuern.

Doch er wehrte sich mit all seiner ihm zur Verfügung stehenden Kraft. Er drückte seine Pranken aneinander und baute sich so ein Schutzschild auf. Als ich gerade versuchte, genügend Energie zu sammeln, um es zu durchbrechen, sah ich aus dem rechten Augenwinkel, wie einer der anderen Dämonen nach dem Blut geiferte, das dem Studenten aus seiner Schnittwunde am Hals bereits das Hemd durchtränkte. Er war einer der finsteren Gestalten, die die Seele der Menschen aus dessen Körper reißen würde. Sie wühlten so lange in dem Fleisch des Opfers, dass es meist keine Überlebenschance gab.

Panisch versuchte ich ein paar Schritte näher heranzukommen, um ihm irgendwie zu helfen, da der Dämon bereits bei dem Jungen stand. Doch Angst lähmte mich plötzlich, mein Energiestrahl brach ab und der Gehörnte trat näher.

Mit letzter Kraft versuchte ich mich noch einmal zu konzentrieren, um Energie zu sammeln. Vergeblich. Es war zu spät. Das Viech riss den Studenten auf und wühlte in dessen bereits leblosem Körper.

„NEIN!", schrie ich auf. Ich konnte es nicht glauben. Meine Beine sackten weg und ich sank schluchzend zu Boden. Die Tränen brannten mir in den Augen und ich bekam keine Luft mehr. Für einen kurzen Moment war mir alles egal. Sollten sie doch auch mich umbringen.

Doch dieser Augenblick der Schwäche dauerte nicht lange. Erschrocken drehte ich mich zu dem Studenten hinter mir um. Er schien aber nichts gesehen zu haben, denn er kauerte noch immer mit den Händen über dem Kopf auf dem Boden.

Die anderen drei Dämonen witterten jetzt ihre Chance. Ihre gebündelten Energiestrahlen der Hölle trafen mich direkt in den Bauch. Ich wurde durch die Luft geschleudert und prallte an einen Baum. Rücken und Bauch brannten wie Höllenfeuer. Mir tat alles weh. Jeder einzelne Knochen.

„Nicht aufhören", sagte ich zu mir, „steh auf und mach verdammt nochmal weiter. Da ist noch einer, der deine Hilfe braucht."

Mühevoll öffnete ich meine Augen und konnte sehen, wie er versuchte, rückwärts, auf allen vieren, den Dämonen zu entkommen. Sie schlossen sich jetzt zusammen, um gemeinsam anzugreifen.

„Ich lasse dich nicht allein", sagte ich mir und machte mir dabei selbst Mut.

Die Angst, noch jemanden sterben zu sehen, jagte erneut meinen Adrenalinspiegel hoch. Während meine Wunden schon zu heilen begannen, verdrängte ich meine Schmerzen und versuchte aufzustehen. Doch es gelang mir nur mühsam. Ich hatte kaum noch Kraft. Humpelnd bewegte ich mich in ihre Richtung. Ich musste schneller werden. Sein Leben hing nun von mir ab.

Dieser Gedanke verlieh mir mehr Kraft und ich wurde schneller. Dann sah ich, wie die Dämonen bereits wieder ihre Energie sammelten. In wenigen Sekunden könnten sie ebenfalls sein Leben beenden. Ich raffte mich auf und setzte zu einem gewaltigen Sprung an. Ich drehte mich in der Luft und landete direkt bei dem vor Angst schlotternden Jungen. Meine Arme schlugen links und rechts neben seinem Kopf im Boden auf. Mein rechtes Bein konnte ich sachte neben seine Hüfte setzen. Aber mein linkes Knie knallte auf der anderen Seite sehr schmerzhaft auf die Erde. Es war noch nicht vorbei. Ich musste mein Engelsfeuer bündeln, um ebenfalls ein Schutzschild aufzubauen und es zu erhalten.

Meine Finger krallten sich in den Waldboden, als wollte ich mich an ihm festhalten. In dem Moment, als ich mein Schild um uns beide herum setzen konnte, traf mich auch schon die heiße Glut der Hölle. Ich krümmte mich, aber ich blieb standhaft.

Wie Feuer brannte es auf meinem Rücken. Meine Haare peitschten mir von dem energiegeladenen Wind ins Gesicht. Ich sah nach dem erschöpften Jungen. Er sah schlimm aus. Fassungslos starrte er mich an. Ich versuchte, ihm Mut zu machen. Also lächelte ich ihn an. Doch es kam keine Reaktion. Er starrte mich einfach nur an.

Und während ich ihm in die Augen sah, beruhigte ich mich ein wenig. Meine Schmerzen ließen allmählich nach. Doch dann sah ich etwas, was mich völlig überraschte. Seine Farben! Klar und hell. Aber beim genaueren Hinsehen erkannte ich auch ein ganz leichtes, graues Schimmern. Was war das? Es war nicht direkt ein Anzeichen für Böses. Aber was Gutes bedeutete es sicher nicht. Wer war er? Das Schimmern verschwand ab und an. Es war aber da!

Höllische Energie prallte brennend an mir ab. Doch irgendwie konnte ich neue, eigene Magie aufbauen. Als ob ich sie einfach so aus dem Boden gesogen hätte. Ich konnte es mir nicht erklären, doch ich spürte, wie sich meine Energie wieder auflud, trotz meiner Verletzungen und Schmerzen. Ich schloss meine Augen, sprach jeden Muskel extra an und stärkte mich so.

Dieses Mal sammelte ich das Feuer in meinen Armen. Wenn es notwendig war, konnte ich dadurch einen kurzen, aber extrem starken Druck ablassen. Meine Hoffnung war, dass ich den Dämonen dadurch einen ordentlichen Hieb verpassen konnte.

Plötzlich spürte ich Katharina. Sie war in der Nähe. Ich durfte jetzt nicht in Panik verfallen und sie damit ebenfalls in Gefahr bringen. Hoffentlich hatte sie für meinen Kampf weitere Menara mitgebracht.

Ich öffnete die Augen. Dieses Mal war ich fest entschlossen und ich versuchte mit eindringlichem Blick, dem jungen Mann meine Entschlossenheit zu übertragen, damit er mir Vertrauen schenkte. Kraftvoll ballte ich meine Hände zu Fäusten und nickte ihm ganz leicht zu. Mit einem Satz war ich die Kraft in Person. Ich stieß mich vom Boden ab und flog hoch in die Luft. Dabei konnte ich mich drehen und sah nun die drei riesigen Gestalten vor uns stehen, deren Höllenfeuer abgebrochen war. Ich öffnete meine Hände und ließ meinem energiegeladenen, blauen Licht freien Lauf. Wie eine Sichel durchbohrte es die Dämonen und sie zerstoben in einer riesigen Explosion. Ich landete wieder auf der Erde, drückte schützend den jungen Mann an mich und verdeckte unsere Köpfe, um nicht den Dreck der Druckwelle ins Gesicht zu bekommen.

Als Asche von oben herab rieselte und im Nichts verglühte, bekam er einen schrecklichen Hustenanfall und fing an, zu würgen.

„Das ist normal", versuchte ich ihn zu beruhigen. „Der Geruch von Schwefel macht es nicht leicht."

In diesem Moment stürmte Katharina auf uns zu.

„Was ist passiert?"

„Bring ihn fort."

„Ist er verletzt?"

„Ich weiß es nicht. Ich denke nicht."

Sie half dem jungen Mann hoch und ging mit ihm zu einer Gruppe Menara. Eine weitere Gruppe kam in angriffsbereiter Formation näher. Ich nickte ihnen zu. Gemeinsam würden wir den letzten Bastard erledigen. Das Viech, das so brutal den anderen Jungen zerfleischt hatte.

Doch als ich mich zu ihm umdrehte, sah ich eine gewaltige Blutlache auf dem Waldboden. Die grauenvollen Bilder schossen mir durch den Kopf, wie der Dämon über den

Jungen hergefallen war. Blankes Entsetzen packte mich wieder, weil ich ihm nicht hatte helfen können. Ich hatte ihn sterben lassen. Mir schossen Tränen in die Augen und ich fühlte mich so machtlos. Ich war doch nicht so stark, wie ich immer gedacht hatte. Das Viech wischte sich das Maul. Er sah aus wie ein Org aus einem alten Film. Ein hässliches, total verschobenes Gesicht grinste mich an. Er riss einen Ast vom Baum und drehte ihn vergnügt in einer Hand. Dann fing er Feuer. Sein ganzer Körper brannte. Angst machte mir das keine mehr. Ich starrte immer noch auf den blutdurchtränkten Waldboden und hätte am liebsten einfach geheult.

Doch dann spürte ich eine Hand auf meiner Schulter. Einer der Menara stand neben mir und schaute mich an. Er wollte mir wohl Mut machen. Ich nickte nur und versuchte, meine Tränen zurückzuhalten. Ich musste jetzt ebenfalls stark sein und keine Schwäche zeigen, so schwer mir das auch fiel.

Die Menara hatten sich nun neben mir in einer Reihe aufgestellt. Nur so konnten wir dem Dämon entgegentreten. Meine Trauer schlug nun langsam in Wut um. Wut, die mir genügend Kraft gab, Rache an dem Monster zu nehmen.

Ich brüllte jetzt ebenfalls, was meine Lunge hergab, und rannte auf den Feuerball zu. Die Menara folgten mir. Sie hielten ihre Silberklingen hoch, um auf den Dämon einzuschlagen. Ich wollte ihm mit Schwung in seinen ekligen Leib treten, doch er fuchtelte so wild mit seinem Ast herum, dass ich ausweichen musste. Die Menara griffen nun ebenfalls an und gemeinsam versuchten wir ihn, so oft es nur ging, mit den Silberklingen zu verletzen und in seinen Körper einzudringen. Wir wussten, es würde ihn zumindest schwächen.

Wild entschlossen nahm ich Anlauf und trat ihm mit aller Kraft in den Rücken. Er brüllte auf und stürzte zu Boden. Doch er konnte sich noch abstützen und stand wieder auf. Sein schwarzes Blut, das durch die scharfen Klingen der Menara im Kampf mit dem Ungetüm freigesetzt wurde, tropfte von seinem Körper. Ich bekam etwas ab und wischte es mir aus meinem Gesicht. Er versuchte mich zu packen und erwischte meinen Arm. Er riss mich an sich und öffnete sein garstiges Maul. Doch ich war schneller und duckte mich. Es war knapp. Beinahe hätten mich seine scharfen Zähne erwischt. Er hielt mich immer noch fest, als ich zwischen seinen Beinen durchkriechen wollte. Doch konnte er mich nicht mehr halten und ließ schließlich, schon stark geschwächt, von mir ab.

Ich schnappte mir seine Hand und mit einem kräftigen Hieb zog ich ihn durch seine eigenen Beine durch. Als er am Boden lag, traf eine Menara mit ihrem Schwert seinen Arm und trennte seine Hand ab. Ich schleuderte die Hand hinter mich in den Wald. Doch noch bevor sie den Waldboden berührte, verglühte sie.

Vor Schmerzen und Wut brüllte der Dämon auf und ließ den Ast fallen, den er noch krampfhaft mit der anderen Hand festgehalten hatte. Meine Helfer stürzten sich auf den gewaltigen Körper. Meine innere Wut wurde immer größer. Ich schrie, als ich mein blaues Licht durch meine Finger in seine Schläfen gleiten ließ.

Ich ließ alles raus. Ob es nun notwendig war oder nicht. Mein Verlangen, dieses Tier zu töten, war so groß, dass ich gar nicht bemerkte, dass ich es bereits grillte. Zwei Menara versuchten, mich zu beruhigen.

Erschöpft ließ ich von dem Monster ab und hörte auch auf, mir die Kehle aus dem Hals zu schreien. Ich holte tief Luft und jemand zog mich ein paar Schritte zurück. Dabei sah ich, wie der Dämon im Erdboden versank. Meine Atmung normalisierte sich wieder. Beruhigende Hände lagen auf meiner Schulter und einer der Menara sagte leise

VEGA, LASST GUT SEIN, ES IST VORBEI!

Aufgelöst

Vega! Vega!"

Ich hörte, wie Katharina nach mir rief.

„Bist du verletzt? Wie geht es dir, moja luba?"

Als sie bei mir ankam, stürzte sie sich direkt auf mich und fing sofort an, mich zu untersuchen. Sie tastete mein Gesicht ab, schaute sich meine Arme an und drehte mich ein paar Mal herum.

„Lass es, Katharina", flüsterte ich ihr zu, „mir fehlt nichts."

Während die Menara ihre Arbeit machten, um alle Spuren zu beseitigen, nahm ich Katharina einen Schritt zur Seite.

„Fünf, Katharina! Es waren schon wieder so viele. Und ich schwöre dir, sie waren organisiert. Sie hatten ein gemeinsames Ziel! Einen Plan!"

„Wovon redest du da bloß?"

„Fünf Dämonen haben sich zusammengeschlossen und gemeinsam versucht, zwei von unseren Studenten zu beseitigen."

„Vega, hier war nur ein Dämon. Und den hast du gerade richtig fertig gemacht."

„Nein. Es waren definitiv fünf. Ihr habt nicht alles gesehen!"

Eine raue Stimme mischte sich in unser Gespräch ein.

„Sie hat recht, es waren fünf. Sie hat sie alle erledigt."

Der junge Mann bestätigte Katharina, dass ich wenigstens nicht komplett irre war.

„Aber wozu kommen fünf Dämonen für zwei Studenten?", fragte sie.

„Da war noch ein Student. Ich denke, er war ein Dämonenjünger. Seine Farbe war sehr dunkel. Ich hatte ein ungutes Gefühl, als ich sah, wie er die beiden anderen Studenten hierher brachte. Also bin ich ihnen gefolgt. Und Katharina, ich schwöre dir, er gab ihnen Befehle."

„Ich weiß nicht, Vega. Das klingt für mich doch alles sehr merkwürdig. Wo ist denn dieser Jünger?"

Stimmt. Den hatte ich völlig aus den Augen verloren. An dem Baum, an dem er zu Boden gegangen war, lag er nicht mehr. Es war auch kein Blut zu sehen.

„Er ist nicht mehr da. Ich hätte aufpassen müssen. Verdammt, auf den hab ich gar nicht mehr geachtet."

Ein Menara rief uns etwas zu.

„Es ist soweit. Sie kommen."

Katharina zog mich zu dem Studenten.

„Wir müssen später noch einmal darüber reden. Vielleicht solltest du doch mal wieder vor die Wächter treten und erzählen, was hier passiert ist. Überlasse es nicht den Menara. Wir kamen offensichtlich zu spät. Wir haben nicht alles gesehen."

Damit hatte sie wohl recht.

„Geht jetzt. Ihr habt hier ein Riesengetöse veranstaltet. Die Menschen sind neugierig und kommen gucken. Ihr solltet euch zurückziehen. Erspare dem jungen Mann die Fragerei. Wir sehen uns später."

Sie gab mir einen Kuss auf die Stirn.

An einem Fluss hatten wir uns etwas waschen können. Zumindest konnten wir die Asche und das Blut von unseren Gesichtern und Armen abspülen. Der junge Mann kniete am Flussufer und starrte dabei ins Wasser, bis er plötzlich leise anfing zu reden.

„So etwas habe ich noch nie gesehen. Was ist da gerade passiert?"

„Es tut mir so leid. Ich wollte nicht, dass es so weit kommt." Wieder musste ich an den leblosen Körper denken, der im Wald am Boden lag. Ich musste mich zusammenreißen, um nicht gleich wieder loszuheulen. „Aber wie ...", er verstummte.

„Ihr wurdet von Dämonen überrascht. Fünf Dämonen. Keinem Menschen sollte so etwas widerfahren. Ich habe keine Ahnung, was sie von euch wollten, oder warum es so viele waren. Weißt du irgendwas darüber? Hast du eine Ahnung?"

Doch er schüttelte mit dem Kopf. Er kam langsam wieder zu sich.

„Euer Kommilitone, der, der plötzlich ein Messer gezogen hat. Der hat mit euch in der Cafeteria getuschelt. Er ist mit euch in den Wald gegangen. Was hat er zu euch gesagt?"

Er versuchte sich zu konzentrieren, schüttelte aber letztlich nur bedauernd seinen Kopf.

„Du, ich habe keine Ahnung. Ich kann mich nicht mal daran erinnern, dass ich in den Wald gegangen bin. Mein gesamter Vormittag ist gelöscht, Festplatte leer."

Dabei hielt er sich verzweifelt mit beiden Händen den Kopf.

„Wie Mus gerade da oben. Ich habe echt keine Ahnung, was ich gemacht habe."

„Aber du weißt, was im Wald passiert ist?"

„Ja. Du warst da und dann kamen diese Bestien. Was war denn mit diesem Typen überhaupt? Warum hat er Thomas ein Messer an die Kehle gehalten? Ich bekomme das alles nicht zusammen."

Ich bemerkte, wie er unruhig wurde. Vielleicht sollte ich ihn jetzt nicht mit diesen vielen Fragen löchern. Er hatte Schlimmes erlebt. Das musste er erst einmal verarbeiten. „Lass uns woanders hingehen, wo es ein wenig gemütlicher ist als hier. Dann kann ich vielleicht in Ruhe deine Fragen beantworten."

Wir standen auf. Als ich mich umdrehte und los wollte, hielt er mich auf. „Warte! Du hast dich vor mich gestellt. So blöd es klingt, aber du hast mich beschützt und mir damit wahrscheinlich das Leben gerettet."

Er verstummte wieder. Sollte ich jetzt etwas dazu sagen? War da eine Frage?

„Danke", fügte er hinzu. „Du bist ein Engel, oder?"

Auf einmal fühlte ich mich nicht mehr wohl in meiner Haut. Die Geschichten, die sich die Menschen über die Engel erzählten, waren Mythen, von Generation zu Generation weitergegeben und dabei immer wieder verändert. Bei mir war es etwas anderes. Ich war nicht wie in diesen Märchen. Die Menschen hatten andere Vorstellungen von uns. Mir war immer sehr unwohl dabei, wenn jemand erfuhr, wer ich wirklich war. Ich hatte Angst davor, Erwartungen nicht erfüllen zu können.

„Komm jetzt", sagte ich lächelnd und versuchte, ihn von diesem Thema abzulenken.

Kurz darauf erreichten wir einen See. Es war relativ ruhig hier. Ein paar Leute saßen auf einer Terrasse und aßen eine Kleinigkeit. Andere genossen einfach nur die Sonne, lagen am wunderschönen weiten Strand oder tauchten im Wasser.

Riesige Sonnenschirme boten den darunter stehenden Liegestühlen Schatten. Von dort konnte man ungehindert über den großen See schauen. Es wehte ein mildes Lüftchen, klitzekleine Wellen reflektierten das Sonnenlicht, so dass der ganze See glitzerte.

„Das sieht doch gut aus", rief ich, „zieh deine Schuhe aus."

Barfuß ging ich zu einem der Schirme ganz vorn, um eine freie Sicht auf das Wasser zu haben. Ich genoss den Sand an meinen Füßen. Es war beruhigend, die fast noch warmen Steinchen zwischen den Zehen zu spüren und das glitzernde Wasser zu beobachten.

Wir setzten uns unter einen halb aufgespannten Sonnenschirm, so dass wir im Sitzen noch den wunderbaren See sehen konnten, gleichzeitig aber vor den Blicken vorbeilaufender Menschen geschützt waren.

Ich wartete, bis auch er sich ein wenig beruhigt hatte.

Es war ihm anzusehen, dass er noch einige Augenblicke für sich selbst brauchte, denn er war immer noch sehr blass im Gesicht. Was wohl in ihm vorging?

Meine Gefühle überschlugen sich. Ich litt mit ihm.

Unsere Gedanken kreisten immer noch um die schrecklichen Dämonen. Das grauenhafte Bild und der Gestank der Hölle waren nur schwer zu ertragen. Ein Mensch wurde vor meinen Augen bestialisch gequält und getötet. Ich war jedoch erleichtert, dass der junge Mann neben mir genau dieses Bild nicht gesehen hatte. Das ging einem nicht mehr aus dem Kopf. Aber ich musste lernen, damit umzugehen.

Für einen kurzen Moment versuchte ich zu entspannen. Dabei schloss ich meine Augen und lauschte den Geräuschen um uns herum.

Möwen, die über dem Strand, auf der Suche nach einem schnellen Happen kreisten, Kinder, die im Sand am

Wasser spielten, ein paar Volleyballer, Gebrabbel vom
Imbiss hinter uns. Und dann plötzlich ein Schrei. Entsetzt
riss ich meine Augen wieder auf.
‚Geht's schon wieder los?', dachte ich.
Aber nein. Eine freche Möwe, die etwas im Schnabel hatte.
Ein Kind lief weinend der Möwe hinterher. Jetzt kämpften
aber schon zwei Möwen um ihre Beute. An Land und in
der Luft gab ein mächtiges Gekreische. Die gierigen
Möwen verteidigten ihr Diebesgut und das Kind rannte
weinend, aber vergeblich seinem Eis hinterher.
Mein Begleiter sagte aber immer noch kein Wort und saß
mit geschlossenen Augen da. Die ganze Zeit hatte ich ihn
still beobachtet. Ich war mir nicht sicher, ob er sich so
schnell erholen würde, aber wenigstens hatte er wieder
etwas Farbe im Gesicht.
Plötzlich holte er tief Luft, sein Brustkorb hob und senkte
sich schneller. Er begann zu reden. Seine jetzt ruhige und
sanfte Stimme überraschte mich.

„Also gut. Was ist da im Wald passiert?"
Er sah mich fragend an.
„Ihr wurdet von Dämonen angegriffen. Ein Typ aus eurem
Jahrgang lockte euch in den Wald. Ihr hattet euch eine
ganze Weile vorher in der Cafeteria mit ihm unterhalten.
Er zeigte euch etwas. Weißt du das nicht mehr?"
Er schüttelte den Kopf.
„Dann, im Wald hinter der Schule, warteten schon die
Dämonen auf euch."
„Aber wer war denn der Typ?"
„Keine Ahnung. Ich vermute, er war ein Dämonenjünger.
Kanntet ihr ihn denn nicht?"

„Der ist erst gestern Abend neu zu uns in die Klasse gekommen."

„Ich hatte schon die ganze Zeit ein schlechtes Gefühl mit ihm. Nur deshalb bin ich euch gefolgt."

„Und wo ist der Typ jetzt? Bei mir ist alles schwammig. Mir kommt es so unwirklich vor. Als ob das alles schon Jahre her ist. Nur noch Bruchstücke in der Erinnerung." Er hielt sich den Kopf. Dann verzog er schmerzvoll sein Gesicht.

„Thomas. Sie haben Thomas ..." Er beendete seinen Satz nicht und schaute zu mir rüber. Mitfühlend schüttelte ich langsam meinen Kopf. „Es tut mir so leid."

Und wieder wurde es still. Für eine ganze Weile starrten wir erneut einfach nur auf das Wasser.

„Ich kannte ihn ja kaum", fuhr er schließlich fort, „Nur von den paar Tagen jetzt in der Schule."

Er lehnte sich nach vorn und stützte seine Arme auf seinen Knien ab, während er sich mit den Händen das Gesicht bedeckte. „Wenn ich nur daran denke, was sie mit mir gemacht hätten, wenn du nicht gekommen wärst. Und was du mit denen gemacht hast! Ich kann mich nur wiederholen. Danke."

„Denk am besten nicht mehr drüber nach. Ich bin da, um zu helfen."

Doch tatsächlich hatte er riesiges Glück gehabt.

„Du hast sicher noch tausend Fragen."

Aber er blieb stumm. Nachdenklich versuchte er immer noch in seinem Kopf die ganzen Puzzleteile zusammenzusetzen. Ich wollte ihm die Zeit geben. Also wartete ich.

„Ich habe noch nie einen Engel getroffen", sagte er plötzlich, „Zumindest denke ich das. Ich hatte andere Vorstellungen von euch", sagte er und schaute dabei auf den See.

Er redete immer noch mit leiser Stimme.

„Was hast du dir denn vorgestellt?"

„Weiß nicht. Das Übliche halt. Wie man sich eben einen Engel vorstellt. Groß, mit Flügeln, einem weißen Gewand."

„Das Übliche halt."

„Das Übliche." Bestätigte er noch einmal und sah mich an.

„Aber was ist nun mit den Flügeln?"

„Wir müssen nicht mehr fliegen. Wir können sehr weit und hoch springen. Ist ein bisschen wie fliegen. Das ist ausreichend. Zudem verletzen wir uns nicht so schnell. Wir können einen Schutzschild um uns herum aufbauen. Wir haben die Macht und die Kraft dazu, Engelsfeuer in uns aufzubauen und zu bündeln. Wir können das dann zum Beispiel gegen Dämonen einsetzen, oder halt auch nur ein Feuer entfachen."

„Okay."

„Sonst unterscheiden wir uns eigentlich kaum von euch. Wir fühlen wie ihr, denken wie ihr, handeln wie ihr. Nur, dass unsere Sinne etwas geschärfter sind als eure. Wir können besser hören. Wir können besser sehen. Oder spüren kleinste physische Veränderungen auf unserer Haut. Vielleicht sind wir auch ein wenig stärker als ihr. Aber wir essen und trinken, atmen und werden von Tag zu Tag älter. Wie ihr. Mehr macht ein Engel gar nicht aus."

„Ja, fast wie wir", und lächelte dabei ein wenig.

Das war ansteckend. Ich musste auch grinsen.

„Aber warum habt ihr keine Flügel? Ihr werdet doch auch die Gefiederten genannt."

„Früher hatten wir Flügel."

„Und warum jetzt nicht mehr?"

„Das liegt in unserer Vergangenheit, sie waren nicht mehr notwendig."

„Wow."

Es folgte eine kurze Pause. Schweigen.

„Wir versuchen möglichst unauffällig zu leben und unerkannt zu bleiben, damit nicht irgendwelche Gerüchte aufkommen und Panik entsteht."

Er lachte nun sogar ein wenig und sah mich dabei an.

„Nun ja, dein Stil ist aber alles andere als unauffällig."

Dieses Mal konnte ich erkennen, dass sein Lachen schon wieder etwas zuversichtlicher klang. Schon komisch. Ich fand mich gar nicht so auffällig. Nur eben schwarz angezogen. Da war ich ja wohl nicht die Einzige.

„Wer waren die anderen? Es kam jemand, um dir zu helfen."

„Das war meine Skitarka, Katharina."

„Was ist eine Skitarka?"

„Eine Hüterin, meine Hüterin. Sie ist eigentlich die Chefin des Klosters bei uns in Sprjewja und die Person, die immer über mich wacht. Sie fand mich und half mir das zu werden, was ich heute bin."

Erinnerungen spulten sich in meinem Kopf ab, ehe ich weiter reden konnte.

„Die anderen waren Menara. Sie leben auch im Kloster und helfen uns in unserem Alltag. Sie sorgen dafür, dass ich mich wohlfühle. Klingt zwar komisch, ist aber tatsächlich so. Sie kämpfen mit und räumen nach solchen Schlachten auf. Bringen Dämonenjünger zu den

Wächtern, wo sie vor Gericht gestellt werden, wenn sie nicht vorher schon getötet werden."

Bei dem Gedanken schüttelte es mich. Es waren immer noch Menschen und ich wurde von manchen dafür für schwach gehalten, weil ich sie nicht direkt verurteilte oder gleich tötete. Es hieß zwar, einmal Jünger immer Jünger. Doch Menschen so einfach töten hätte ich nie gekonnt.

„Was passiert jetzt dort im Wald? Was, wenn die Leute Fragen stellen? Deine Katharina hat gesagt, dass einige was mitbekommen haben."

„Sie räumen auf. Und entweder lassen sie sich eine tolle Geschichte einfallen oder tun so, als ob nichts gewesen wäre und sie von nichts wüssten."

Wieder musste er ungläubig lachen.

„Und das soll klappen?"

„Das klappt immer", sagte ich mit Stolz.

Ich war auch ein wenig enttäuscht, dass er ihnen wohl nicht allzu viel zutraute. Schließlich ist noch nichts, zumindest nicht durch die Menara, durchgesickert oder aufgedeckt worden.

Der Wind wehte nun etwas stärker und es wurde langsam spät. Die Sonne verzog sich immer mehr Richtung Westen und würde bald im Wald, hinter dem See, versinken.

„Wie nennt man dich denn eigentlich?", sagte er plötzlich.

„Ich meine, du rettest mir das Leben und ich kenne nicht einmal deinen Namen."

„Vega, mein Name ist Vega."

Ich sah in das Abendrot und merkte, dass er mir die Hand reichte.

„Es ist mir eine Ehre, Vega", sagte er und schüttelte dabei langsam meine Hand.

„Ich heiße Kito."

Ich war überrascht. Dieser Name war so alt. So hieß heute keiner mehr, aber es war ein schöner Name, keine Frage. Dennoch eben ungewöhnlich. Wahrscheinlich schaute ich ihn gerade ein bisschen dumm an.

„Ich weiß, der Name ist alt, wir sind nicht von hier. Zumindest ich nicht. Meine Eltern sind hier in Sprjewja aufgewachsen und später dann viel gereist und im neuen Bergland hängengeblieben. Meinen Großeltern zuliebe sind wir vor einigen Wochen hierher zurückgekehrt, nach Barbuk. Und ... na ja, was soll ich sagen. Sie stehen auf so alte Sachen wie meinen Namen. Der soll von hier stammen."

Ich nickte zustimmend.

Dass er nicht von hier war, konnte man hören. Ich musste zugeben, dass ihn das ein wenig interessanter für mich machte. Das und sein Name.

„Darf ich dich noch etwas fragen, Vega?"

„Klar, immer raus mit den Fragen."

„Wie ist das mit euch, werdet ihr geboren? Fallt ihr vom Himmel?"

„Nein", lachte ich, „Katharina sagt, wir werden ausgesucht."

„Das verstehe ich nicht."

„Nun, wir werden als Mensch geboren. Immer, wenn ein Engel gehen muss, weil er zu alt ist oder vielleicht verletzt wurde, wird ein neuer Engel ins Gebiet gerufen. Dazu wird ein Mensch mit einem reinen Herzen ausgesucht. Er verlässt dann sein menschliches Dasein und wird als Engel wiedergeboren."

„Du warst vorher ein Mensch?"

„Ja. Ich denke."

„Wie, du denkst?"

„Ich kann mich nicht mehr daran erinnern. Das Einzige, was wir alle noch von unserem alten Leben als Mensch wissen, ist, dass wir vor die Wahl gestellt wurden. Wir wussten zwar nicht, was auf uns zukommt, aber wir konnten uns für eine Richtung entscheiden."

Sollte ich ihm das jetzt echt alles erzählen? Vielleicht langweilte ich ihn damit.

„Kannst du mir das ein bisschen genauer erklären?"

Okay, also doch weitererzählen.

„Als ich als Mensch starb, kam ich auf eine Wiese. Von dieser Wiese gingen zwei Wege ab. Du musst verstehen, zwei Möglichkeiten, weiterzugehen, entweder da lang oder da lang. Man konnte diese Wege nicht wirklich sehen, aber sehr gut spüren.

Der eine Weg fühlte sich düster, dunkel, aber sehr einfach an. Er fühlte sich auf seine eigene Art und Weise wie dein altes Leben an. Als wenn du es noch einmal wie in einem Buch lesen könntest, wenn du dich für diesen Weg entscheidest.

Der andere Weg hingegen war mit Licht erfüllt. Ganz anders als der erste. Man hatte sofort ein neues Lebensgefühl, man spürte nicht mehr sein vergangenes Leben, sondern schaute in die Zukunft und nicht mehr zurück. Ich wusste, dieser Weg würde mich weiterbringen. Es war ein hellerer, aber doch anscheinend schwierigerer Weg.

Der dunkle Weg war mir nicht geheuer. Den wollte ich nicht gehen. Wahrscheinlich war das der Tod. Keine Ahnung. Ich habe mich für den anderen Weg entschieden. Weitere Erinnerungen daran habe ich nicht mehr."

„Du kannst dich nicht mehr an dein altes Leben erinnern?"

Ich schüttelte den Kopf.

„Aber an diese beiden Wege."

Die Frage, die ich mir ab und an stellte, beschäftigte mich in diesem Augenblick.

WAR DAS WIRKLICH SO?

Geschichte

Wir sollten los", bemerkte ich. „Es ist schon finster und am besten ist, du kommst heute mit ins Kloster. Wir haben schöne Zimmer. Ich muss dich jemandem vorstellen."

„Alles klar."

Er stimmte einfach so zu. Aber eine Wahl hatte er nicht wirklich. Ich hätte ihn so oder so mitgenommen. Den grauen Schimmer in seiner Aura hatte ich nicht vergessen. Den konnte ich mir nicht erklären. Ich wollte ihn Christopher zeigen und wahrscheinlich brauchte ich jemanden, der vor den Wächtern bezeugen konnte, dass ich mir das alles nicht eingebildet hatte. Denn schließlich konnte nur er bezeugen, dass es noch einen Studenten im Wald gab. Doch der war verschwunden, als die Menara zu uns stießen.

Ich nahm zwei einfache braune Roben aus der Garderobe am Eingang des Klosters. Eine davon warf ich Kito zu und zog mir selbst auch eine über.

„Hier, zieh das an."

„Wozu? Ich dachte, hier kennt dich jeder."

„Natürlich. Aber auch Menara sind neugierig. Was denkst du, wie schnell sich so ein Kampf rumspricht. Ich hab jetzt keine Lust mehr, irgendjemandem irgendwas erklären zu müssen. Oder etwa du?"

Kito schüttelte den Kopf.

„So fallen wir nicht auf. Sie laufen schon seit Jahrhunderten so rum. Die Zeit hier im Kloster scheint immer noch eine andere zu sein. Irgendwie stehengeblieben."

Wir betraten den ersten Durchgangssaal im Eingangsgebäude. Ein riesiger alter Raum oder eher ein Saal aus den original vermauerten Steinen aus der Erbauerzeit. Die Wände waren sieben Meter hoch. Ein Gewölbe rundete den Saal ab. Es war wie ein gewaltiger Flur, der durchschritten werden wollte, um in das Innere der Klostermauern zu gelangen.

Wenn man diesen Weg ging, begannen die Wände die Geschichte des Gleichgewichtes zwischen Himmel und Hölle zu erzählen. Eine Geschichte über Jahrhunderte hinweg. Eine Geschichte über großartige Gefiederte und niederträchtige Höllenfürsten. Über Dämonen, die auf der Erde wandeln und sich unentdeckt unter die Menschen mischten.

Alle dreieinhalb Meter durchzogen große blickdichte Fenster auf beiden Seiten die breiten Mauern des Saales. Sie waren fast so hoch wie die Wände. Zwischen den Fenstern hingen gewaltige Wandteppiche. Jeder einzelne von ihnen wurde in mühevoller Handarbeit und voller Hingabe bis heute handgefertigt.

Punktgenau wurden dabei die einzelnen farbigen Schussfäden gewirkt. Es dauerte Monate, einen solchen Teppich zu vollenden. Diese Arbeit sah man ihnen an. Wunderschöne Werke verschiedener Menara über einen sehr langen Zeitraum hinweg. Und doch haben sich nur die Bilder, aber nicht die Art der Fertigung verändert.

Die Teppiche erzählten die Geschichte der Gefiederten. Von den ersten Engeln und dem Teufel bis hin zum heutigen Tag. Ganz oben wurden die Jahre eingewirkt, in denen ein großes Ereignis beschrieben wurde. Und dann

110

folgten, von oben nach unten, weitere Illustrationen, welche das jeweilige Ereignis darstellen sollten. Ich beobachtete unseren Gast, wie er versuchte durch seine Kapuze zu lunschen. Darum lief ich etwas langsamer, damit er alles genauer betrachten konnte.

„Das ist unsere Geschichte."

„Hm?", hauchte es unter der Robe hervor.

„Die Wandteppiche. Sie erzählen unsere Geschichte. Immer, wenn sich etwas Großes ereignet, machen sie einen Teppich daraus. Der ganze Saal ist voll davon. Wie ein riesiges Märchenbuch."

Er blieb vor einem Fenster stehen. Doch er sah nicht hinaus. Offenbar interessierten ihn viel mehr die Geschichten links und rechts vom Fenster. Er fing oben an, die Kunstwerke zu betrachten und ließ seinen Blick immer weiter nach unten wandern.

Auf dem linken Teppich wurde die Legende erzählt, in der es der Teufel der Hölle schaffte, zur Erdoberfläche zu gelangen, und beinahe die Menschheit ins Verderben stürzte. Eine sehr große, teufelsähnliche Gestalt war zu sehen, die die kleinen mickrigen Menschen zu befehligen schien.

„Sieben sterbliche Gefiederte wurden gesandt, um den Menschen zu helfen. Nur sie vermochten die Giganten zu vernichten, welche nicht durch göttliche Hand zu verbannen waren", erinnerte ich mich aus einer Erzählung.

Etwas weiter unten sah man dann aber einen der Gefiederten mit riesigen Flügeln auf ihn und seine Monster zufliegen. Bei einem Kampfbild zwischen den Engeln und den Giganten konnte man sogar das blaue Engelsfeuer erkennen. Ganz unten auf dem Teppich war der Teufel in die Unterwelt zurückgekehrt und die Gefiederten standen stolz vor den Menschen und wurden gefeiert.

„Einmal hat es der Teufel geschafft, seinem Gefängnis zu entfliehen, und hätte beinahe die Welt zerstört", versuchte ich ihm zu erläutern. „Doch er wurde aufgehalten. Von den größten Engeln, die jemals existierten."

„Sie haben so riesige Flügel", bemerkte Kito. „Hier drüben werden sie immer kleiner. Bis sie dann schließlich ganz weg sind. Was ist passiert?"

„Das Gleichgewicht. Keiner von uns darf eine Übermacht haben. Die Fürsten haben so viel Macht, wie es bedarf, und wir haben nur so viel Macht, wie wir brauchen, um die Menschheit zu beschützen und die Welt im Gleichgewicht zu halten. Im Gleichgewicht zwischen Gut und Böse. So wie Yin und Yang. Du weißt, was ich meine?"

Er nickte.

„Aber was hat das mit den Flügeln zu tun?"

„Als der Teufel zu den Menschen aufstieg, hatte er zu viel Macht. Die Gefiederten mussten stark und schnell sein. Das konnten sie nur durch Fliegen. Um ihn beherrschen zu können, brauchten auch sie große Macht. Als die Giganten besiegt wurden, schwanden die Kräfte der Hölle. Dämonen sind träge, lange nicht so schnell. Es reichte ihnen meistens aus, weit zu springen oder sich mehr auf ihre Magie zu konzentrieren als auf das Fliegen. Flügel waren nicht mehr nötig. Die Macht, also das Gleichgewicht, hat sich angepasst. Und nun haben wir eben gar keine Flügel mehr.

Das ist übrigens auch der Grund, warum die Menschen heute Engel zu uns sagen. Wir haben einfach keine gefiederten Flügel mehr."

„Wow. Ja klar. Ich habe einen Freund, der wäre begeistert, das hier alles zu sehen."

Es schien ihn tatsächlich zu interessieren. Auch die anderen Teppiche begutachtete er ausgiebig.

Wir gingen über den Hof. Ich wollte mit ihm in mein Zimmer. Zu meinem Spiegel, um genau zu sein. Christopher musste ihn gleich sehen.

Inzwischen war es draußen dunkel geworden. Eine sternenklare Nacht. Vielleicht ein wenig zu frisch. Fledermäuse drehten hier wieder ihre üblichen Runden.

Ich hatte fünf Zimmer in dem Unterkunftsgebäude für mich allein. Eins zum Schlafen, eins zum Anziehen, ein Bad, ein Wohnzimmer und ein Zimmer für meine alltäglichen Dinge und die Jagd nach Dämonen. Auch Waffen bewahrte ich dort auf. Messer und Schwerter mit Silberklingen. Schusswaffen und Munition aus silbernen Kugeln. Doch selten benutze ich diese.

Ich öffnete die Türen dieses Zimmers und bat Kito herein.

„Du kannst die Robe jetzt ablegen", sagte ich ihm, „warte hier auf mich. Ich komme gleich wieder."

Ich musste aus den stinkenden Klamotten raus. An der Luft draußen mochte man den Geruch nach einem Kampf vielleicht noch aushalten. Aber drinnen war der Gestank nicht auszuhalten.

Als ich gerade das Zimmer verlassen wollte, kam mir eine Menara entgegen. Sie senkte vor mir den Kopf und machte einen Knicks. Oh Gott, wie ich das hasste. Ich wollte nicht mit Hofknicksen begrüßt werden. Ich mochte es eher einfach und unauffällig.

„Wie geht's euch?", fragte sie. „Was ist denn passiert?"

Zähneknirschend flüsterte ich ihr zu.

„Ich hab doch gesagt, ihr sollt das lassen."

„Entschuldigung."

„Schon gut."

Auch wenn ich genervt von dem Geknickse war, konnte ich normal mit ihr reden.

„Es geht uns gut. Ich werde euch noch alles erzählen. Aber bitte, könnt ihr frische Sachen für den jungen Mann hier in meinem Zimmer holen? Er müsste sich dringend umziehen."

„Natürlich", sagte sie und lunschte dabei neugierig durch die offene Tür.

Nach einem kurzen Blick zu Kito nickte sie mir zu und schwirrte wieder ab.

„Ich gehe mich umziehen. Ich stinke. Du auch. Sie bringt dir sofort neue Sachen. Dann kannst du dich hier auch waschen und umziehen."

„Okay, danke."

Aber erst ließ er sich in einen meiner großen Sessel fallen, die mitten im Raum rund um einen offenen Kamin standen. Er schien erschöpft. Aber wer konnte es ihm verdenken?

Ich ließ mir Zeit beim Sachenwechseln. Schließlich sollte Kito auch genug Zeit haben, sich frisch zu machen. Als ich zurückkehrte, zog er sich gerade ein T-Shirt über den Kopf. Schweigend sah ich zu.

Also schlecht gebaut ist er jedenfalls nicht, musste ich mir eingestehen.

Für mich perfekt, muskulös, aber nicht so extrem viel. Kein Stiernacken oder Arme so breit wie meine Schenkel. Die Muskelpartien waren aber sehr gut zu erkennen. Eine leicht getönte, weich und warm wirkende Haut. Kein Haar auf der Brust.

Dennoch, ich blieb dabei. Nicht mein Typ, nicht so richtig. ‚Luft holen, Vega', schoss es mir durch den Kopf. ‚Komm schon, du hast Wichtigeres vor als Typen anzustarren.' Ich riss mich zusammen, straffte mich kurz und stürmte regelrecht ins Zimmer.

„Okay, ich muss jetzt mit einem Freund reden, über das, was heute passiert ist. Ich muss ihm sagen, dass da irgendetwas im Busch ist. Am hellichten Tag greifen die fast nie an. Erst recht nicht zu fünft."

„Soll ich draußen warten?"

Nein, Christopher musste Kito sehen. Ich hoffte, auch er würde seine Aura sehen. Sehen, was ich sah. Er musste nur auch einen Spiegel in der Nähe haben. Das war um einiges besser als Videotelefonie.

„Bleib, bitte. Ich brauche jemanden, der bestätigen kann, was heute passiert ist. Irgendetwas läuft da bei den Dämonen. Ich habe da so ein komisches Gefühl. Aber niemand wird das hier hören wollen. Ich denke, es wäre besser, wenn du alles bezeugen kannst. Vielleicht hört mir dann jemand zu."

„Vielleicht hört dir dann jemand zu? Sie nehmen dich nicht ernst?"

„Nein. Weißt du Kito, ich bin hier das Küken. Recht neu in der Branche, jung und unerfahren. Du verstehst was ich meine?"

„Nun, das Küken hat mir heute zumindest das Leben gerettet. Und wenn es, wie du sagst, untypisch ist, dass

115

mehrere Dämonen auf einmal erscheinen, erscheint mir diese Tatsache doch eher wie eine Meisterleistung. Du warst großartig."

Ich lächelte, war aber peinlich berührt.

„Ich habe nur reagiert. Aber ich danke dir für die netten Worte."

Er sah mich an und durchbohrte mich mit seinem Blick, während ich tief Luft holte.

„So, dann lass uns doch mal sehen, ob wir es jemandem verklickern können."

Ich trat zur Seite und ging dann zum Spiegel. Meine rechte Hand berührte den Rahmen und ich ließ meinem Feuer freien Lauf. Kito stand direkt hinter mir. Ich spürte seine Verblüffung, als der Rahmen meine Magie aufsog und im zarten blauen Licht erstrahlte. Als das Spiegelglas kurz hell aufleuchtete, trat er einen Schritt zurück. Starrte ihn aber immer noch an. Für einen kurzen Moment hob er seinen Arm und deutete auf den Spiegel. Vielleicht wollte er auch etwas sagen, aber er bekam keinen Ton heraus. Ich amüsierte mich und musste schmunzeln. Doch dann konzentrierte ich mich auf Christopher. Ich spürte, dass er schlief.

„Aufwachen. Komm schon, hoch mit dir."

‚Hey ich schlafe schon.'

„Das ist mir nicht entgangen. Wann zum Teufel gehst du denn bitte ins Bett?"

‚Hast du schon mal auf die Uhr geschaut? Es ist vielleicht mal schon Nacht.'

„Komm schon. Ich muss mit dir reden. Geh an den Spiegel."

Sein Abbild in meinem Spiegel verdrehte die Augen.

„Das hab ich gesehen."

‚Wehe, es ist nicht wichtig. Ich brauche meinen Schönheitsschlaf!'

Der Spiegel leuchtete ein zweites Mal hell auf. Jetzt konnten wir das tatsächliche Umfeld von Christopher sehen. Meine Hand konnte ich nun vom Spiegel entfernen. Die Verbindung blieb und wir konnten offen reden.

„Guten Abend, moja Luba. Es ist wirklich immer schön dich zu sehen. Aber hätte es nicht morgen auch noch genügt?"

„Christopher, ich hatte recht. Da geht etwas vor, was ich mir nicht erklären kann. Das ist nicht mehr normal. Wir müssen handeln!"

Es sprudelte regelrecht aus mir raus. Auch wenn ich mir sicher war, dass Christopher mir gar nicht folgen konnte, konnte ich nicht aufhören zu reden.

„Vega", unterbrach er mich, „mach doch mal von vorn. Hol mal Luft."

„Mann, wo zum Teufel warst du?"

„Wie, wo war ich? Was hab ich denn damit zu tun? Womit hab ich eigentlich was zu tun?"

„Ein Dämonenangriff. Nicht einer ... *Fünf!* Im Seenland. Ich war in Bela Woda im Wald, hinter der Schule. Aber warum warst du nicht da?"

„Vega, ehrlich, ich versteh kein Wort von dem, was du mir sagen willst. Warum hast du mir nicht Bescheid gesagt? Ich hab gar nichts mitbekommen. Wie kann das sein?"

„Christopher, ich habe keine Ahnung. Ich glaube, ich habe nicht mal richtig gecheckt, dass ich ja eigentlich in deinem Gebiet unterwegs war. Alles, was ich tun konnte, war, Katharina zu informieren. Sie hat auch nichts gesagt. Die haben einfach gemacht."

So erzählte ich ihm die ganze Geschichte, Stück für Stück von vorn. Mein Bauchgefühl den ganzen Tag, der Dämonenjünger, das Gespräch mit den beiden Jungs, der Wald, die fünf Dämonen, der Tod des Studenten. Christopher hörte mir aufmerksam zu und schaute zwischendurch immer wieder hinter meinen Rücken. Er schien Kito zu mustern.

„Und das ist Kito. Er hat den Angriff überlebt. Der Jünger ist weg. Offenbar haben sie ihn noch nicht gefunden."

Ich drehte mich zu Kito um und bat ihn, sich neben mich vor den Spiegel zu stellen, damit Christopher ihn besser sehen konnte.

„Hallo", sagte Kito und nickte Christopher zu.

„Es ist wahr, was sie sagt. Obwohl ich es selbst noch gar nicht richtig begreifen kann. Es ist genau so passiert."

Christopher sah nun nachdenklich aus. Er schüttelte ein wenig den Kopf und wurde ernst.

„Möglicherweise hast du mit deinen Vorahnungen recht, Vega. Vielleicht sollten die Wächter doch mal genauer hinsehen. Hast du schon mit Katharina darüber gesprochen?"

„Nein, ich habe sie seit dem Aufräumen noch nicht wiedergesehen. Aber Christopher, da ist noch mehr."

Ich legte meine rechte Hand wieder an den Spiegel. Ohne es laut sagen zu müssen, sprach ich nun in Gedanken mit ihm.

‚Sieh dir den jungen Mann an. Sieh ihn dir ganz genau an.'

Er betrachtete Kito erstaunlich ruhig, verzog keine Miene. Ließ sich nichts anmerken.

‚Kannst du es sehen? Siehst du seine Aura?'

Besorgt senkte er den Kopf.

‚Ich kenne das, Vega. Ich hab das schon mal gesehen.'

„Bitte", sagte Christopher höflich durch den Spiegel und sah Kito dabei eindringlich an. Kito verstand sofort. „Ich lass euch besser mal allein. Sicher müsst ihr Sachen besprechen, die ich sowieso nicht verstehe. Ich werde vor der Tür warten, falls du mich brauchst."

Er zwinkerte mir zu. Und wieder musste ich über seine sympathische Art, aus dieser Situation entspannt herauszukommen, lächeln.

Als er die Tür hinter sich geschlossen hatte, amüsierte sich auch Christopher köstlich.

„Hey, moja Luba, du stehst auf ihn."

„Quatsch, los weiter zum Thema", lenkte ich ihn ab. „Hast du es auch gesehen oder bilde ich mir das nur ein? So eine ganz schwache schwarze Aura. Das hab ich noch nie gesehen."

„Ja, ich hab's gesehen. Aber Vega, es macht mir ein wenig Sorgen. Es ist leichtsinnig von dir, ihn mit ins Kloster zu bringen. Ich weiß nicht, ob du ihm trauen kannst."

„Warum, was ist mit ihm? Kennst du das? Ich mein ... Christopher, ich bin mir nicht sicher, ob die beiden Studenten willkürlich ausgewählt wurden. Du weißt, mein Bauchgefühl."

Christopher machte eine besorgniserregend lange Pause, bevor er wieder Worte fand. Er wirkte nachdenklich. Als ob er versuchte mir so schonend wie möglich eine wichtige Sache beizubringen.

„Die zarte schwarze Aura ist uns oder eben auch mir nicht unbekannt, Vega."

So ernst. Er hatte meine volle Aufmerksamkeit.

„Ich weiß nicht, ob du schon mal was von einem Carny Skitar, einem schwarzen Hüter, gehört hast."

Nein, hatte ich nicht.

„Ein Carny Skitar ist eigentlich ein Dämon. Nicht alle Dämonen sind dumm und sabbern vor sich hin. Es gibt tatsächlich Dämonen mit guter Seele. Dämonen, die mit einer anderen Glaubensrichtung leben. Die nicht im Einklang mit den dunklen Mächten sind und sich heimlich ein ganz anderes Leben aufgebaut haben. Auch bei den Dämonen gibt es sozusagen schwarze Schafe. Denn sie versuchen immer wieder, uns zu unterstützen. Dabei gehen sie ein hohes Risiko ein. Sie spielen mit ihrem Leben hier auf der Erde. Wenn ein Höllenfürst davon erfährt, werden Carny Skitar aufs Schlimmste gefoltert, um an Informationen zu gelangen. Informationen über unsere Lebensart und unsere Pläne. Einige von ihnen gehen besonders hohe Risiken ein und suchen sich Schüler. Sie lehren sie die alten Legenden, teils verbleibt diese Lehre aber vollständig im Unbewussten. Die Carny Skitar versuchen, ihre Schüler dazu zu bewegen, uns zu helfen. Es sind Menschen, denen sie begreiflich machen wollen, wie Dämonen handeln und agieren, in der Hoffnung, es würde bis zu den Wächtern vordringen. Sie versuchen also die Menschen dort einzusetzen, wo sie selbst nicht herankommen. Kein Wächter vertraut einem Dämon. Aber genauso wenig vertraut ein Wächter dessen Schüler."

„Ich verstehe. Aber was hat es nun mit dieser Aura auf sich?"

„Die Schüler eines solchen Carny Skitar entwickeln nach und nach eine ganz leicht schimmernde schwarze Aura. Ganz alte Flügellose haben gesagt, dass der Dämonenschein eben doch ein wenig abfärbt."

„Also traut ihr ihnen auch nicht?"

„Vega, es ist nicht bewiesen, dass sie nur mit guten Absichten handeln. Sie bleiben immer noch gefährlich."

„Aber sie haben uns schon geholfen?"

„Mehr als einmal. Das steht jedenfalls fest."

„Hmm. Und du denkst, Kito ist so ein Schüler?"

„Ich denke es nicht nur. Es ist ziemlich eindeutig. Ich bin fest davon überzeugt."

„Aber er war total geschockt von den Dämonen. Ich denke nicht, dass er irgendetwas weiß."

„Wie gesagt, die Lehre dringt nicht unbedingt bis ins Bewusstsein vor. Manchmal geschieht alles im Unterbewusstsein der Schüler. Erst im richtigen und notwendigen Moment holt der Dämonenmentor die ganze Wahrheit aus ihm heraus."

„Puh."

„Die Frage ist, weiß er, dass er ein Schüler ist?"

„Die Frage, die sich mir stellt, ist, wissen die Dämonen, wer er ist?"

Ein Feuerwerk von Fragen explodierte in meinem Kopf. Viele verschiedene Verkettungen von möglichen Ereignissen spielten sich vor meinen Augen ab. Zum Glück wurde ich dabei unterbrochen. Denn Kito kam wieder rein.

„Entschuldigung, ich wollte euch nicht unterbrechen. Aber da kommt jemand."

„Schon gut, komm rein."

„Ty musyš na to glĕdaś" [2], mahnte Christopher mit besorgter Stimme.

---

[2] Du musst Acht geben

„Ja wěm"[3] antwortete ich ihm und versuchte ihn zu beruhigen. Ich legte die Hand wieder auf den Spiegel. ‚Ich verspreche dir, ich passe auf mich auf. Aber ich muss mehr wissen. Vielleicht kann ich mit ihm reden und er verrät mir noch ein paar wichtige Dinge.'

Christopher nickte und sein Spiegelbild verschwand. Ich nahm meine Hand vom Rahmen und das Licht erlosch. Nachdenklich schaute ich noch einen Augenblick zu Boden, damit mein Gesichtsausdruck mich nicht verriet. Ich musste aufpassen. Zu viel durfte ich ihm wahrscheinlich nicht verraten. Was, wenn er wirklich nichts wusste? Welches Chaos wäre dann in seinem Kopf, wenn er erfahren würde, was man aus ihm gemacht hatte?

Er riss mich aus meinen düsteren Gedanken.

„Was war das für eine Sprache?"

„Eine längst vergessene."

Ich drehte mich um und konnte ihm nun wieder lächelnd ins Gesicht schauen.

„Sorbisch. Früher, vor der Teilung, gab es einige slawische Sprachen. Die kann heut keiner mehr. Hier in Sprjewja wurde sorbisch gesprochen. Die Ortsnamen hier sind übrig geblieben, teilweise wurden sie auch auf den anderen Erdteilen wieder aufgenommen. Sie ähneln immer noch den sorbischen Vorgängern. Heute wird die Sprache ausschließlich in den Klöstern gesprochen und gelehrt. Übrigens ist dein Name auch ein sorbischer."

Diesmal zwinkerte ich ihm zu.

Für einen kurzen Augenblick hielt ich inne und sah ihn einfach nur an. Ich hatte keine Gedanken, keine Absichten. Ich sah ihn einfach nur an. Es müssen nur

---

[3] Ich weiß

122

Sekunden gewesen sein. Sekunden, in denen ich mich völlig frei fühlte. Ich musste nichts entscheiden oder planen. Keine Energie erzeugen oder mich rechtfertigen. Ich war für ein paar Sekunden einfach nur ich. Und es kam mir wie eine kleine Ewigkeit vor. Wieder verlor ich meine Körperspannung, sackte in mich zusammen, doch fühlte mich sehr wohl dabei. Aber dieser Moment dauerte wirklich nur Sekunden. Dann kam ich wieder zur Besinnung.

„Ruh dich jetzt aus."

Ich musste mich zwingen, mich aus dieser schönen, aber doch ungewollten Situation zu befreien.

Ich rief nach einer Menara und bat sie, Kito in einem Gästezimmer unterzubringen.

„Nur wenn du willst. Du kannst natürlich auch nach Hause. Ich rufe dir jemanden, der dich fährt. Ich dachte nur, es ist schon spät. Also kannst du auch bleiben."

Ich stotterte vielleicht was zusammen.

„Ja, nein, das ist sehr nett von dir. Ich bleibe." Auch er stotterte was zusammen.

„Morgen früh wirst du geweckt. Eine Menara wird dir dann zeigen, wo wir frühstücken. Ich würde mich freuen, wenn du mit uns gemeinsam isst."

„Sehr gern. Dann wünsche ich dir eine gute Nacht. Und nochmal vielen Dank für alles."

Er sprach mit seiner ruhigen und tiefen Stimme.

„Gute Nacht."

Gemischte Gefühle machten sich in meinem Körper breit. Irgendwie freute es mich, dass er geblieben war. Auf der anderen Seite aber hatte ich keine Ahnung, ob man ihm trauen konnte oder nicht. Nachdem, was Christopher über den Carny Skitar erzählt hatte, blieb schon ein gewisses Risiko, ihm zu vertrauen.

Trotzdem machte er auf mich einen sehr vertrauenswürdigen Eindruck.

SOLLTE ICH IHN NICHT EINFACH FRAGEN?

Ein Gast

Vega."

Katarina war plötzlich hinter mir und schlich grinsend um mich herum.

„Was für eine Überraschung! Du lädst männlichen Besuch zu uns ein?"

Ich verdrehte die Augen.

„Nein im Ernst. Zeigen wir jetzt doch Interesse? Mmm, also ich muss schon sagen, dein Geschmack ist nicht von schlechten Eltern", lunschte sie dem jungen Mann hinterher.

Ich drückte sie, weil ich froh war, sie zu sehen. Sie nahm mir irgendwie immer die Last von meinen Schultern, wenn ich Sorgen hatte. Keine Ahnung, wie sie das immer anstellte. Es reichte völlig aus, sie zu sehen. Sie war grundsätzlich immer die Ruhe in Person.

„Er ist nicht mein Typ."

„Nun, das sehe ich."

Dieses Mal verdrehte sie die Augen.

„Schön, dass du endlich da bist. Kito ist hier, weil ich etwas gesehen habe. Ich musste es Christopher zeigen und wollte auch deinen Rat dazu."

Dann fiel mir aber etwas Wichtigeres ein. Der Dämonenjünger war ein wichtiges Glied in dieser verstrickten Kette.

„Wie ist es in Bela Woda gelaufen?"

„Es ist alles bereinigt", versicherte mir Katharina.

Ich wurde leiser, als ob ich etwas verheimlichen wollte, vor Leuten, die gar nicht da waren.

„Katharina, habt ihr den dritten Studenten gefunden? Den Dämonenjünger?"

Sie schüttelte den Kopf und hielt mich mit ihren Händen an den Schultern fest.

„Wir haben den anderen gefunden. Der Dämon schien schnell gewesen zu sein. Ich denke nicht, dass er lange leiden musste. Wie du gesagt hattest. Aber keine Spur von einem dritten Studenten. Nein Vega, wir haben ihn nicht gefunden."

Sie klang betrübt, schien mir aber zu glauben. Zumal es Kito auch hatte bestätigen können.

„Mist, das wäre so wichtig gewesen. Wir hätten ihn direkt vor die Wächter stellen können."

„Du musst das unbedingt den Wächtern vortragen, Vega! Obwohl sie dir wahrscheinlich nicht glauben werden."

„Wie meinst du das? Das ist doch diesmal eindeutig. Eine ganz andere Situation. Und dann auch noch im Seenland und nicht mal bei uns."

Wie konnte sie denn nur denken, dass man mir wieder nicht glauben würde? Sie hatte doch den Vorschlag gemacht, es dieses Mal nicht den Menara zu überlassen.

Sie drückte mich nun etwas fester.

„Verstehst du nicht? Im Seenland hat niemand etwas von einem Angriff mitbekommen. Wenn du Christopher informiert hättest, hätte es ganz anders laufen können. Also werden die Wächter wie immer davon ausgehen, dass du übertreibst."

„Katharina! Das Ganze war ein abgekartetes Spiel. Sie haben es von vorn bis hinten durchgeplant. Sie hatten einen menschlichen Anführer. Ich schwöre. Er hat ihnen gesagt, was sie tun sollen."

Sie versuchte mich zu beruhigen und zeigte mir auch, dass sie mir Glauben schenkte.

„Moja Luba, ich glaube dir. Die Wächter müssen dir einfach auch glauben. Vielleicht kannst du sie von der Wahrheit überzeugen. Zumindest was die fünf Dämonen angeht. Aber ich denke, dass sie dir den Dämonenjünger nicht abnehmen werden. Sie werden dir vermutlich vorwerfen, dass du den Jünger erfunden hast und so versuchst, das Ganze zu dramatisieren."

„Was ist mit Kito? Er kann es bezeugen. Er war die ganze Zeit dabei."

„Er ist aber eben nur ein Mensch. Du weißt doch, wie viel Wert sie auf das Wort eines Menschen legen."

Meine Wut im Bauch wurde stärker. Mir wurde schon regelrecht heiß im Kopf. So etwas Stures konnte ich einfach nicht fassen. Aber ich dachte, vielleicht hat Katharina ja recht. Die Wächter waren nun einmal unbelehrbare alte Starrköpfe, die in der Zeit stehen geblieben waren und einfach keine Veränderungen ertrugen. Egal, ob gute oder schlechte, sie wurden immer ignoriert oder gekonnt umgangen. Doch diesmal war es anders. Ich merkte doch, dass auf uns eine große Gefahr zukam. Warum würde denn niemand was tun wollen?

Ich beruhigte mich selbst etwas, denn meine Wut wandelte sich wieder in tiefe Fassungslosigkeit über so viel Ignoranz vor Neuem, vor Veränderungen und vor jungen Engeln mit ihrem unschlagbaren Bauchgefühl.

„Erkläre den Wächtern deine Sorgen. Mach ihnen klar, dass es ein organisierter und strategisch durchgeplanter Angriff war. Die Menara helfen dir bei den verschiedenen Spuren, die sie gefunden haben. Vielleicht können wir damit wenigstens die Präsenz anderer Dämonen beweisen neben dem, den wir gesehen haben. Hole erstmal Luft und versuche dich jetzt ein wenig auszuruhen. Es war ein harter Tag und wie mir scheint, wirst du bald alle Kraft brauchen, die du hast. Ich denke, wir werden einiges zu tun haben."

Sie ließ mich nicht los. Drückte mich stattdessen wieder ein wenig mehr.

„Aber hey, ich denke, du hast da eine ganz attraktive Hilfe."

Sie grinste.

„Apropos, Kito, die attraktive Hilfe. Christopher sagte, er ist wahrscheinlich ein Schüler von einem Carny Skitar. Weißt du was darüber?"

Erstaunen flackerte in ihrem Blick auf, verschwand aber ebenso schnell wieder, wie es gekommen war. Vertrauensvoll, aber nachdenklich schaute sie mich an.

„Interessant. Ja. Hast du seine Aura gesehen?"

„Ja, deshalb hat er ihn erkannt."

„Ich verstehe. Ich nehme an, Christopher hat es dir erklärt?

„Ja."

„Da du ihn hierbehalten hast, gehe ich davon aus, dass du bei ihm ein gutes Gefühl hast. Mir scheint, du vertraust ihm. Wenn nicht, kannst du ihn zumindest im Auge behalten. Wir müssen eben nur aufpassen, was wir bereden, wenn er dabei ist."

„Denkst du, er möchte uns Böses?"

„Mach dir darüber erst mal keinen Kopf. Er ist kein Einzelfall. Ob er nun weiß, was jemand mit oder aus ihm macht, oder nicht. Es gab noch nie einen Fall, in dem ein Carny Skitar doch wieder zurückgekehrt ist und unsere

Kultur verraten hat. Sie handelten immer in unserem Sinne."

„Aber Christopher ist skeptisch."

„Lass ihn. Das ist bestimmt auch richtig. Aber er gehört auch zu denen, die niemals das Tun eines Carny Skitars unterstützen würden, geschweige denn Hinweise entgegennehmen würden. Genau wie die Wächter. Du solltest Kito besser ihnen gegenüber nicht als Schüler erwähnen. Denn sie könnten wahrscheinlich misstrauisch werden. Ich jedoch sehe in solchen Schülern und deren Mentoren eher eine sehr große Hilfe. Es gibt einige, die diese Hilfe sehr begrüßen würden."

„Du hast bestimmt recht."

Ich vertraute Katharina voll und ganz.

„Ganz bestimmt."

Sie drückte mich erneut.

„Gute Nacht Vega. Geh nun schlafen. Du brauchst das. Und grübel nicht wieder die ganze Nacht."

Da kannte sie mich wieder zu gut.

„Gute Nacht, Katharina."

Als sie ging, drehte sie sich nochmal um.

„Mir fällt gerade ein, dass die Menara morgen das zweite Mal frisches Johanniskraut im Park ernten gehen und vor dem Fest im Dorf verteilen. Soll ich jemanden zu Anya rausschicken?"

Ich nickte.

„Danke, das wäre lieb von dir."

„Gern. Schlaf schön."

Ich brachte jedes Jahr frisches Johanniskraut zu Anya und ihren Kindern. Sie konnten es am meisten gebrauchen. Es wurde in Bündeln an die Häuser gehangen. Das Kraut schützte vor allen schädlichen, dämonischen Einflüssen und Energien. So wurden sie vor Bösem und Bestien bewahrt. Ob es nun tatsächlich wirkte und Dämonen abschreckte, konnte ich nicht mit Gewissheit sagen. Fakt aber war, dass noch nie ein Haus, das mit Johanniskraut umsteckt oder behangen war, von Dämonen angegriffen wurde. Anya jedenfalls glaubte daran. Sie hatte vor dem Angriff des Dämons auf ihre Kinder noch kein Johanniskraut von mir gehabt.

Mit diesen Gedanken ging ich in mein Schlafzimmer. Ich wollte mich eigentlich nur kurz mal auf mein Bett legen, bevor ich mich für die Nacht fertig machte. Aber ich bin doch sofort eingeschlafen.

Ich hatte eine unruhige Nacht, mein immer wiederkehrender Albtraum plagte mich.

Mein winziger, kleiner Säugling, der in weiche Tücher gewickelt war. Es gab nur mich und dieses kleine, wunderschöne Wesen, das immer versuchte, nach mir zu greifen, mit seinen kleinen Händchen. Da war nichts, außer diesem Baby und …

Und einer einzigen goldenen Feder.

Die Feder schwebte von oben herab, nah an meinem Gesicht vorbei. Das Kind versuchte, nach der Feder zu greifen. Doch sie drehte sich immer wieder und wirbelte nach oben, wenn die kleine Hand sie verfehlte.

Ich fühlte nichts. War das mein Kind? Ich wusste nicht einmal, ob ich es war, die das hier erlebte. Ich konnte meinen Blick nicht von diesem Kind lassen, obwohl ich versuchte, wegzuschauen. Wollte mich umdrehen, um zu sehen, ob ich allein war, oder ob noch irgendjemand da war.

Ich hatte keine Kontrolle mehr über mich. Der Blick des Kindes fesselte mich, aber spürte ich Liebe? Ich empfand nichts, sah

nur dieses Lächeln. Sein Lächeln. Ich hörte nichts, außer dem
Lachen des Kindes. Oder kicherte es? Ein leises Kichern. Es
steigerte sich zu einem Lachen, zu gebrabbelten Wortfetzen.
„Mama".

Als ich endlich die Augen öffnete, klang dieses eine Wort
in meinem Kopf noch lange nach. Doch dieses Mal wollte
ich nicht weiter darüber nachgrübeln, denn ich erinnerte
mich schnell an unseren Gast. Eine hervorragende
Ablenkung bot mir zudem die aufgehende Sonne. Diese
geballte Ladung Energie, die zum Fenster hereindrang. In
mein weiches Kopfkissen geschmiegt konnte ich mir
vorstellen, wie es wohl wäre, wenn auch wir, wie
Tatooine, zwei Sonnen gehabt hätten, die schrittweise die
Welt erleuchteten.

„Er hat um einen Tisch draußen gebeten", sagte mir eine
Menara, als ich wieder mal übermüdet den Speisesaal des
Klosters betrat.
Und wieder einmal blieb mir nichts anderes übrig, als
meine müden Augen zu verdrehen, als sie einen höflichen
Knicks vor mir machte. Wer brachte ihnen das nur bei?
Wo lernten sie denn so einen albernen Stuss? Heutzutage
war das doch überhaupt nicht mehr üblich. Zum Glück
hatte es diesmal keiner gesehen.
Ich warf ihr einen strengen Blick zu.
„Oh ... Ähm ... Entschuldigung?"
War das jetzt eine Frage? Aber es kam natürlich noch
besser.
Kito saß an einem Tisch auf der Balkonterrasse. Eigentlich
erstaunlich, dass wir hier nicht öfter saßen. Es war echt
gemütlich. Das Balkongeländer entlang stellten sie jeden

Frühling aufs Neue kleine Orangenbäumchen auf, immer einen Meter voneinander entfernt. Völlig untypisch für diese Region. Aber es hieß, sie seien so alt wie ein sehr starker Engel, der hier einst lebte. Die Liebe seines Lebens liebte es „mediterran", wie man es früher nannte. So ließ er diese Terrasse für sie herrichten. Die kleinen Orangenbäumchen zierten das Geländer in einer perfekten Höhe, um im Sitzen über die schönen Wälder Sprjewjas hinüberschauen zu können und dennoch nicht beobachtet zu werden. Einzelne Mauerreste, die an romantische Burgruinen erinnern, trennten die wenigen Tische auf dieser Terrasse. Wer hier saß, fühlte sich immer ungestört.

Die Bäumchen wurden bis heute hier aufgestellt. Einige wenige Tische, jeweils für drei bis vier Personen, waren eingedeckt. Wen die wohl erwarteten?

Ich hatte sehr gut geschlafen. Kein Traum und kein ungebetener Besuch in ganz Sprjewja. Trotzdem fühlte ich mich ein wenig müde und etwas komisch. Etwas aufgeregt vielleicht. Aber ich war fröhlich.

„Schön, dass du geblieben bist", begrüßte ich unseren Gast.

„Schön, dass du zu mir frühstücken kommst."

Wow, wie charmant er lächeln konnte. Er hatte offensichtlich auch gut geschlafen.

„Es geht dir wieder besser, oder? Zumindest siehst du heute besser aus als gestern."

„Ich habe sehr gut geschlafen, danke. Aber das wird mich wohl noch ein Weilchen begleiten. "

Ich wollte mich an den Tisch setzen. Doch schon wieder stand eine Menara hinter mir und platzierte mir einen Stuhl unter meinen Hintern. Gemeinsam mit ihr zog ich mir den Stuhl an den Tisch ran und presste meine Lippen zusammen vor Wut.

Es war mir so peinlich vor Kito und ich warf ihr wieder einen bösen Blick zu, obwohl ich das gar nicht wollte. Schnell entschuldigte sie sich wieder, da bemerkte ich aber ihren traurigen Blick.

„Es tut mir leid, aber wie oft denn noch?"

Ich sprach ruhig, denn ich wollte die Situation nicht eskalieren lassen.

„Ihr seid eben alles", erklärte sie sich.

Sie senkte den Kopf und verließ den Tisch, ohne ihren Blick von mir abzuwenden.

„Entschuldige, wie unangenehm", musste ich Kito gestehen.

Doch er lachte nur.

„Ist es dir peinlich, so behandelt zu werden?"

„Ja!", zischte ich.

Definitiv konnte ich diese Frage mit ja beantworten.

„Warum?"

„Ich bin keine Prinzessin."

„Nein, aber ihr Allerheiligstes hier auf diesem Planeten."

„Sie räumen meine Zimmer auf, waschen meine Wäsche, bringen mir alles, was ich will. Kito, sie knicksen vor mir! Aus welchem Jahrhundert ist das bitte?!"

Er lachte lauter.

„Du kannst das echt nicht genießen, oder?"

„Wer bitte soll das denn genießen?!"

„Meine Sachen lagen heute früh sauber und ordentlich auf einem Stuhl neben meinem Bett. Die sind verdammt schnell. Was für ein Service. Andere bezahlen viel Geld dafür."

Ich ließ ihn lachen, sollte er sich doch weiter auf meine Kosten amüsieren. Aber unangenehm war es mir eben doch.

Als er fertig war, begutachtete er unseren Tisch. „Okay, Kaffee ist da. Und jetzt? Wie kommen wir an unser Frühstück?"

„Heb deinen Arm." Jetzt amüsierte ich mich.

Er hob seinen Arm und drei Menara kamen hinter der Mauer hervor und brachten uns Brötchen, Aufschnitt, Süßes, Eier, Speck und ein paar andere leckere Sachen. Kito rieb sich die Hände und grinste über das ganze Gesicht.

„So ... dann lass mich das eben genießen."

Er lächelte wieder sein bezauberndes Lächeln. Es steckte an. Ich musste auch lächeln. Aber ich hoffte, ich hatte ihm nicht zu lang auf seine schönen Lippen geschaut.

Ich ließ mir ebenfalls das Frühstück schmecken und musste verwundert zugeben, wie ich es genoss, mit ihm zusammen zu sein. Nach einer gefühlten Ewigkeit ergriff er wieder das Wort.

„Wie lange bist du schon hier, Vega?"

„Mit achtzehn wurde ich ein Engel. Das ist ein normales Alter. Vor sieben Jahren. Und seitdem bin ich hier."

„Da bist du ja fast noch ein Kind."

„Jap. Deshalb werde ich hier wahrscheinlich auch so ernst genommen."

„Weil dir keiner so recht glauben will?"

„Hmm", knurrte ich.

Er schien nachzudenken. Stille für ein Weilchen.

„Wie war das für dich? Was ist anders?"

„Nun, ich denke, meine Sinne sind schärfer. Man beginnt, Leute besser einzuschätzen. Irgendwann kannst du ihre

Aura erkennen und lernst, ihre Charaktere nach der Farbe zu erkennen. Du merkst oder siehst, ob jemand Böses vorhat, schüchtern ist oder der totale Angeber. Ich habe meine Fähigkeiten dahingehend mehr und mehr perfektioniert."

„Gab Katharina dir deinen Namen?"

„Nein. Wir kommen mit einem Zettel in der Hand. Wenn uns unsere Skitarka oder unser Skitar findet, haben wir einen Zettel in der Hand. Wir öffnen unsere Hand erst, wenn wir angekommen sind. Auf diesem Zettel steht unser Name. Als ich meine Hand für Katharina öffnete, konnte sie den Zettel nehmen. Vega stand drauf. Sie flüsterte meinen Namen und der Zettel löste sich auf. Als ob er in bläulich leuchtendem Gold verbrannte und dann als Goldstaub verpuffte. Katharina hat es mir erzählt. Ich kann mich daran nicht mehr so recht erinnern. Von da an war ich wohl ein Engel. Ein Engel, der die Menschen vor den düsteren Einflüssen der Dämonen bewahren soll."

„Der Typ in dem Spiegel."

„Christopher?"

„Ja, na der Typ gestern. War das dein Freund?"

„Nein", antwortete ich, „er ist der Seenlandengel."

„Wie kommt es, dass jemand wie du keinen Freund hat?"

„Jemand wie ich?"

Was meinte er denn damit? Irgendwie irritierte mich seine Frage und ich fand sie frech. Egal, was er damit sagen wollte. Vielleicht hatte ich auch nur einen Grund gesucht, um dem ganzen Näherkommen ein Ende zu setzen. Ich muss endlich aufwachen und mit dieser dummen Schwärmerei aufhören. Es war wie eine plumpe Anmache. Vielleicht sollte ich einfach aufstehen und gehen. Ich hatte ihn sowieso schon zu weit an mich herangelassen. Auf

Dämonen sollte ich mich konzentrieren. Ich konnte es mir nicht leisten, an andere Dinge zu denken und mich ablenken zu lassen. Ich hatte ein Ziel. Herausfinden, was um alles in der Welt da unten in der Hölle los war. Ich stand also auf und wollte den Tisch verlassen. Doch er rief mir nach.

„Warte doch. Ich mein es ernst."

Ich reagierte nicht. Ich blieb stur und wollte mich nun endlich wieder auf das Wesentliche konzentrieren.

„Jetzt warte!", beharrte er und packte mich am Arm.

Ich drehte mich um und er sah mir direkt in die Augen. Er machte ein ernstes Gesicht. Wahrscheinlich wollte er es wirklich wissen. Vielleicht war ihm diese Frage tatsächlich ernst und nicht als dumme Anmache gedacht.

„Es tut mir leid! Ich wollte dir nicht zu nahe treten. Vielleicht dürft ihr das nicht oder sowas. Es geht mich natürlich nichts an."

Er sah mich mit seinen großen Augen ganz ruhig an. Ich vergaß kurz zu atmen und das machte mir Angst.

„Du hast recht, es geht dich nichts an. Es tut mir leid, aber ich muss gehen."

Ich befreite mich aus seiner Hand. Dann sah ich Katharina eine Etage über uns.

SIE STAND AM FENSTER UND HATTE UNS BEOBACHTET.

Wächter

Ich ging Katharina entgegen. Sie schwieg, als wir durch den Klostergarten schlenderten. Irgendetwas schien sie zu beschäftigen.

„Also los, was ist?"

„Ich habe dich mit dem jungen Mann gesehen."

„Kito? Ja, ich weiß."

„Er würde dir so gut tun. Du brauchst jemanden, der dir nah ist. Manchmal habe ich das Gefühl, deine Aufgabe hier auf der Erde macht dich sehr einsam. Ich weiß, du bist nicht allein, aber in deinem Herzen ist noch Platz für mehr. Du solltest glücklich sein. Nicht nur mit uns, sondern auch für dich. Es sollte jemanden geben, der für dich sorgt. Der stark genug ist, dich aufzufangen. Das meine ich natürlich nicht wörtlich." Sie lächelte.

„Niemand ist so stark wie du."

Ihr Gesicht wurde ernst. „Ich meine jemanden, der dich seelisch auffängt, dich stärkt oder wärmt, wenn du es brauchst. Einfach jemanden, der für dich da ist und dir seine Liebe schenkt."

Aber all das bekam ich doch von ihr? Dass sie sich solche Gedanken um mich machte, ließ mich erröten. Verlegen hörte ich ihr weiter zu.

„Kito scheint sehr nett zu sein. Ich denke, er mag dich."

„Er hat aber nichts dergleichen gesagt."

„Was soll er denn sagen? ,Hi, Vega, ich steh total auf dich'?", fragte sie sarkastisch.

„Na ja, so etwas in der Art sagt man dann doch, oder?"

„Ach Vega. Siehst du denn nicht, wie er dich anschaut? Du musst zwischen den Zeilen lesen."

„Ich habe ihm das Leben gerettet. Er ist natürlich dankbar."

„Nein, moja Luba", sie lächelte, „da ist noch weit mehr als Dankbarkeit."

Ich sah solche Sachen nicht. War nicht gut darin. Ich konnte sehen, ob jemand gut oder schlecht ist, großzügig oder geizig, klug oder dumm. Solche Sachen eben. Aber nicht, ob mir jemand ernsthaft Interesse schenkt.

Katharina schaute mich nun ernst an. „Aber ich denke dennoch, du hast eben richtig reagiert. Die Wächter möchten dich sehen. Es ist nicht gut, wenn du jetzt abgelenkt wirst. Du solltest dich darauf konzentrieren, dein Bauchgefühl besser zu verstehen. Ich vertraue dir, Vega. Und ich denke, dass du dir nichts einbildest. Im Gegensatz zu den Wächtern halte ich dich nicht für zu unreif. Du weißt genau, was du tust, und hast eine gute Intuition. In meinen Augen bist du etwas Besonderes. Dennoch befürchte ich, dass dir die Wächter immer noch keinen Glauben schenken werden. Auch wenn du ihnen heute noch mehr erzählen wirst. Daher konzentriere dich darauf. Lass dich nicht von deinem Weg abbringen. Du musst stark bleiben. Mit verwirrten Gedanken und Gefühlen klappt das nicht."

„Du hast sicher recht, Katharina. Ich weiß aber jetzt schon, dass die Wächter mir nicht wirklich helfen werden. Ehrlich gesagt, habe ich auch keine Lust mehr, mich wieder rechtfertigen zu müssen. Dass ich aber auch diesen Dämonenjünger aus den Augen verloren habe! Das ärgert mich. Dabei hat Kito alles gesehen und könnte es bezeugen."

„Überlege dir gut, was du über ihn sagst. Sie werden dir weniger Vertrauen schenken, wenn du ihnen etwas über seine Aura erzählst. Im Gegenteil, wenn sie erfahren, dass er ein Schüler ist, könnte es sein, dass sie dir vorwerfen, die Gefahr ins Haus zu lassen. Es würde ihrem Vertrauen zu dir schaden. Einerseits denkst du, die Dämonen führen etwas im Schilde, und andererseits lässt du einen ihrer Schüler zu uns."

„Aber seine Aura wird heller."

„Das liegt an dir, Vega. Er ist aber immer noch ein Schüler."

Ich nahm meine Robe aus dem Schrank, die einst die Menara für mich geschneidert hatten. Sie hatten sie für mich extra in Schwarz gefertigt, ansonsten ähnelte sie den Gewändern der anderen. Die Roben mit weiten Ärmeln und riesigen Kapuzen waren aus kostbaren Stoffen genäht, fielen weich zu Boden und waren am Saum mit einem Samtband verziert. Die Kapuze konnte am Kragen mit einer Brosche geschlossen werden, die das Wappen Sprjewjas zeigte. Diese Roben trugen wir nur zu offiziellen oder besonderen Anlässen.

Etwas mulmig war mir schon. Ich spielte nervös mit meinen Fingern, während ich mir gedankenversunken auf die Lippen biss. Ich sprach selten vor den Wächtern. Und dieses Mal war es besonders wichtig. Bei dem Gedanken, gleich vor ihnen stehen zu müssen, wurde mir flau im Magen.

Die Robe war immer noch Pflicht, wenn man den sieben Herrschaften gegenüber stand. Alte Schule. Es bezeugte Höflichkeit und Respekt ihnen gegenüber, wenn man seinen eigenen Stil oder die Mode, welche sich im Laufe der Jahrhunderte doch sehr veränderte, verbarg. Die Wächter selbst trugen uralte, mit bestickten Mustern und Steinen verzierte grüne Roben, die seit Generationen weitergegeben werden. Verstarb einer von ihnen, wurde aus dem Kreis der ältesten Skitarkas ein neuer Wächter oder eine neue Wächterin gewählt. Dieses Verfahren konnte sich wochenlang hinziehen. In dieser Zeit waren die Wächter untätig und es wurden keine Dämonenaktivitäten ausgewertet. Zum Glück blieben aber bislang Ungleichheiten zwischen uns und den Dämonen aus. Zumindest seit ich hier war.

Voller Respekt betrat ich die Flure zum Saal der Wächter. Meine Handflächen schwitzten immer noch. Ich war zurzeit der jüngste Engel und wusste sehr wohl, dass sie deutlich mehr Erfahrung hatten als ich. Trotzdem machte mich der Gedanke, wie skeptisch sie mir immer gegenübertraten, beinahe schon wieder wütend. Ich konnte mir ihre Reaktionen genau vorstellen und suchte schon im Kopf nach passenden Antworten. Doch wenn es soweit war, würde ich wieder beklommen dastehen und nichts sagen. Erst hinterher fielen mir dann tausend Sachen ein, die ich hätte antworten können.

Ich wusste schon, warum ich meist den Menara die Ehre überließ, den Wächtern Bericht zu erstatten.

Die Wächter kamen aus den sieben verschiedenen Regionen der Welt. Sie trafen immer dann zusammen, wenn ein Engel auf eine ganzheitliche Anhörung bestand, oder wenn es um Veränderungen auf der Erde oder im Bereich der dunklen Mächte ging.

Nun, ich bestand zwar nicht unbedingt auf diese Anhörung, aber Katharina war fest davon überzeugt, dass mich mein Gefühl nicht trübte. Sie hatte an meiner Stelle die Wächter zu einer Anhörung zusammengerufen.

Jedes Kloster hatte für solch eine Anhörung einen eigenen Saal, den nur die Wächter selbst und deren Engel betreten durften. Nur in Ausnahmefällen wurden weitere Sprecher und Zuhörer zugelassen.

Über ihre Ankunft machten die Wächter ein riesiges Geheimnis. Kaum einer hatte bemerkt, dass sie schon vollzählig im Saal warteten. Sie mussten wohl einen geheimen Gang benutzen, denn der Saal war immer verschlossen gewesen. Nur Engel konnten die riesigen, schweren, aber wunderschön verzierten Türen öffnen. Als ob wir hier im Kloster Geheimnisse voreinander hätten. Also ich zumindest hatte keinen Grund, etwas zu verbergen.

Die meisten der Menara wussten eh viel mehr als ich. Über unsere Vergangenheit zum Beispiel. Unsere älteste Menara, Susanna, erzählte oft spannende Geschichten aus der alten Zeit. Die Legenden über die Teilung der Erde zum Beispiel hörte ich von ihr, wenn wir am Lagerfeuer beisammen saßen. Im Schatten der Flammen erwachten die Gefiederten wieder zum Leben.

Warum machte jeder nur so ein Mysterium um diesen Raum und um die Wächter? War es eine Art Machtdemonstration? Sicherlich übertrieben sie damit ein bisschen.

Ich stand vor den Türen und sammelte mein Engelsfeuer. Mit beiden Händen berührte ich die Türflügel und ließ mein Licht durch das alte Holz strömen. Die Verzierungen an der Tür ähnelten denen an meinem Spiegel. Filigran gearbeitete Federn schmiegten sich an riesige Pflanzenranken. Willkürlich schienen sie die Türen zu umschlingen. Diese Holzarbeiten waren mit Sicherheit eine sehr aufwändige Handarbeit gewesen. Es hatte garantiert Monate gedauert, um diese wunderschönen Schnitzereien zu vollenden. Das Motiv setzte sich in einem blau leuchtenden Muster fort. Es wirkte, als würde sich das Licht, das nun von meinen Händen durch die beiden Türflügel strömte, über die Pflanzen ergießen. Die Türen öffneten sich.

Zwei große Engelsstatuen standen wie Wächter links und rechts von dem grünen Teppich, der zur Mitte des Saales führte. Sie hatten riesige Flügel, deren Spitzen fast bis zur Decke reichten. Zwei imposante, stolze Steinfiguren, die einen ansahen, als hätte man etwas verbrochen. Dieses mulmige Gefühl dabei, zwischen ihnen durchzulaufen, hatte ich fast schon vergessen. Ihr Blick war so herablassend, dass man sich wie ein verurteiltes Wesen vorkam, wenn man zu den Wächtern wollte. Ehrfurchtsvoll, mit Respekt und Demut sollte man den Wächtern gegenübertreten.

Bei meiner letzten Audienz wollte ich, dass den Kindern in Sprjewja mehr Schutz zugesichert werden sollte. Das war nach dem Angriff auf Anyas Kinder durch die Gnome. Da Erwachsene sie nicht sehen konnten, waren sie besonders gefährlich. Diese Sorgen hatte ich damals den Wächtern vorgetragen.

Ich zog mir die Kapuze der Robe tief ins Gesicht und lief mit gesenktem Kopf den Teppich entlang. Am Ende war ein Kreis aus Steinen eingewebt, der wie ein zusammengepuzzeltes Mosaikkunstwerk das Emblem von Sprjewja in der Mitte abbildete.

Es war ein Engel mit nur einem Flügel, der eine Schale nach oben zum Himmel erhob. Aus dieser Schale wuchsen

Kiefern und Eichen. Wasser lief aus ihr heraus und umgarnte den Engel – wie seine eigenen Haare, die bis zum Boden reichten – und schlängelte sich wie die Spree durchs Land.

Dieser Kreis aus Stein war vom Rest des Bodens abgehoben. In einem viel größeren Halbkreis, um das Podest herum, standen sieben Throne. Sie waren recht einfach gehaltene, aus Holz gefertigte, aber beeindruckend starke Stühle mit einer sehr hohen Lehne. Auch wenn die Armlehnen gerade und steif wirkten und die Throne nur mit Sitzkissen gepolstert waren, schienen sie dennoch sehr bequem für die Wächter zu sein. Als sie mich erwarteten, stand jeder von ihnen vor seinem Thron. Das war ein Zeichen des Respektes, so auf den Engel zu warten.

Nun war es an mir, meinen Respekt zu bezeugen. Ich stieg auf das leicht erhöhte Podest, kniete vor den Wächtern nieder, stützte meine Hände auf dem Emblem ab und senkte den Kopf zu Boden. Knigge für Engel. Wahrscheinlich behandelten mich die Menara deshalb auch so. Es war ein überholtes Ritual, das jemand mal überarbeiten sollte. Katharina aber ermahnte mich, dass ich mich an diese strengen Regeln unbedingt halten sollte. Es waren Traditionen, die als Zeichen der Zusammengehörigkeit zwischen Menschen und Engel bewahrt werden sollten. Natürlich hatte sie da recht. Aber eine kleine Reformierung hätte nicht geschadet.

Ich musste nun warten, bis mich die Wächter willkommen hießen. Meist tat dies der Wächter in der Mitte. Es gab keine Rangordnung unter ihnen. Jeder war jedem gleichgestellt, doch wusste jeder um seine Aufgabe.

„Witaj[4], Vega."

Wie ich vermutete, sprach eine Stimme aus der Mitte, Harum.

Ich erhob mich und streifte meine Kapuze vom Kopf. Ich sah zu Harum. Er war derjenige, den es am meisten widerstrebte, dass ich ein Engel war.

„Witaj in Sprjewja, Wächter."

Nun sah ich jeden Einzelnen von ihnen an. Ich sprach ruhig und hieß sie mit diesem Gruß bei uns willkommen. Durch das Podest stand ich nun ihnen gegenüber etwas erhöht. Auch das war ein Zeichen des Respektes mir gegenüber, auch wenn sie es wahrscheinlich nur schwer hinnahmen, zu einem Neuling wie mir hinaufschauen zu müssen. Da sie aber sowieso schon weit größer waren als ich, mussten sie ihren Kopf nur einige Millimeter heben, damit wir auf Augenhöhe waren. Ihre Überlegenheit mir gegenüber konnten sie dennoch nicht verbergen.

„Warum hast du uns zusammenkommen lassen? Was ist der Anlass deines Gesuches?", sprach Ann, die direkt neben ihm stand.

„Es geht noch immer um die Aktivitäten der Dämonen hier in Sprjewja. Ich weiß natürlich, dass die Berichte der Menara sorgfältig ausgewertet werden. Auch, dass jedes meiner Anliegen oder das meiner Skitarka zu Gehör gebracht und diskutiert wurde.

Dennoch mache ich mir Sorgen um das Gleichgewicht. Nach den jüngsten Ereignissen ist es sehr wahrscheinlich, dass ihr nicht alle Einzelheiten erfahren würdet, wenn ich sie nicht persönlich vorbringen kann."

---

[4] Willkommen

144

„Warum denkst du das? Vertraust du deinen Menara nicht?"

„Doch, selbstverständlich. Es ist nur so, dass sie das Erlebte etwas anders mitbekommen haben als ich selbst. Denn das Geschehen hat sich unbemerkt im Seenland ereignet und meine Menara haben daher nur das Ende mitbekommen."

„Im Seenland ist nichts vorgefallen. Der Engel dort bat nicht um eine Audienz."

„Verzeiht, ich weiß. Er war gleichfalls nicht anwesend. Er hatte es nicht einmal bemerkt. Das ist auch ein Grund, weshalb ich mir Sorgen mache."

Ich bemühte mich, ruhig zu sprechen. Dennoch wurde ich immer nervöser. Ich wusste, dass schon der Anfang meiner Geschichte kein allzu großes Interesse bei ihnen hervorrufen würde.

„Dann rede, was deine Bedenken also sind", forderte mich der Wächter Ares mit seinen Händen gestikulierend auf.

Also richtete ich mich auf und holte noch einmal tief Luft, um meine aufsteigende Nervosität zu unterdrücken. So erzählte ich alles noch einmal, von Anfang an, genau, wie ich es Katharina berichtet hatte. Dabei bemühte ich mich, keinem von ihnen ins Gesicht zu schauen. Ihre ungläubigen Blicke wollte ich mir unbedingt ersparen. Sicher waren sie gleichgültig oder sogar gelangweilt. Vielleicht dachten sie auch, ich würde ihre Zeit verschwenden.

Als ich fertig war, folgte ein kurzes, zermürbendes Schweigen. Einige von ihnen holten hörbar tief Luft, ich nahm an, vor Erleichterung.

„Hätte es nicht genügt, einem von uns darüber zu berichten, wie es normalerweise vollzogen wird?"

„Bei allem Respekt, Wächter. Ich hielt es für zwingend erforderlich, euch allen persönlich über mein Erlebtes zu berichten, um keine Details zu vernachlässigen, die eventuell wichtig sein könnten. Wir müssen darüber gemeinsam reden. Ich denke nicht, dass das noch Zufälle sind. Das Gleichgewicht scheint mir zu zerbrechen. Ich bin fest davon überzeugt, dass da etwas nicht stimmt."

Dann sprach Kira, eine Wächterin, die ursprünglich aus Sprjewja war.

„Aus welchem Grund bist du den jungen Männern gefolgt? Das Seenland ist nicht deine Aufgabe."

Ich hatte schon den ganzen Tag so ein komisches Bauchgefühl, als ..."

„Aha, dein Bauchgefühl also", unterbrach mich Harum.

Seine Bemerkung schmeckte mir gar nicht. Sie hielten nicht viel von meinem Bauchgefühl, so viel war mal sicher. Das ließ meine Glaubwürdigkeit in ihren Augen mit Sicherheit noch weiter schrumpfen.

„Nun, es hat mir zumindest dabei geholfen, das Richtige zu tun."

„Du sagst, es waren fünf Dämonen, aber deine Menara oder auch deine Skitarka konnten nur einen bezeugen. Warum, denkst du, sollen wir dir Glauben schenken und nicht ihnen? Du versuchst schon die ganze Zeit, Panik zu verbreiten und redest von einem Ungleichgewicht. Denkst du, wir sind nicht fähig, auf die richtige Balance zu achten?"

Als ob ich es geahnt hätte. Meine Nervosität steigerte sich und sie schafften es tatsächlich, dass ich mir nun ziemlich blöd vorkam. Alles was ich jetzt brauchte, war ein klitzekleiner Beweis. Etwas Hilfe oder Beistand hätte mir jetzt nicht geschadet. Natürlich zweifelte niemand an ihren Fähigkeiten. Aber sie waren auch nicht allwissend und mussten sich auf Berichte anderer verlassen, weil sie selten selbst an den Orten des Geschehens dabei waren. Sie sahen auch nicht alles. Und nun kam auch noch so ein junger, unerfahrener Engel und berichtete von Geschehnissen, die sie nicht sehen wollten oder konnten. Wahrscheinlich hätte ich mir da auch nicht geglaubt. Ich fand keine Worte.

Plötzlich klopfte es. Ich drehte mich um und warf einen Blick zu dem imposanten Gewölbe, das die Tür hinter mir förmlich verschlang. Die beiden Engelsstatuen schienen aus meinem Blickwinkel die beiden Pfosten der Tür zu stützen, als ob sie ohne sie nicht allein stehen würde. Doch niemand öffnete die Tür oder trat ein. Katharina stand hinter der geschlossenen Tür. Ich konnte sie hören. Gelassen sprach sie mich direkt an, als ob ich vor ihr stehen würde.

„Es ist meine Skitarka."

Diese Unterbrechung war den Wächtern nicht willkommen. Aber sie wussten auch, dass es niemand wagen würde, sie hier im Saal unnötig zu stören, erst recht keine Skitarka. Ich brauchte nichts weiter zu erklären, denn Harum nickte mir zu, wenn auch mit grimmigem Blick. Damit bedeuteten sie mir, dass sie diese Störung zuließen und ich mit ihr reden durfte. Sie warteten geduldig. Alles im Saal schwieg. Nur ich konnte sie hören und ich stand ruhig da und wartete, was sie zu sagen hatte.

„Sprich", rief ich zu den Toren.

„Vega, ich wollte nicht stören. Aber es ist wichtig. Wichtig für dich und dieses Gespräch. Die Menara haben frisches Blut und andere Sekrete aus dem Wald im Seenland untersuchen lassen. Sie konnten die Anwesenheit von wenigstens drei anderen Dämonen nachweisen neben dem einen, den wir gesehen haben. Die Resultate sind eindeutig. Es sind mindestens vier verschiedene Dämonen anwesend gewesen. Die Laborergebnisse lasse ich einen Menara vor den Gemächern der Wächter bereithalten, falls sie sie sehen wollen. Das wird dir helfen, deine Theorie zu untermauern. Aber, Vega, von dem Menschen keine Spur. Viel Glück, moja luba."

Eine riesige Erleichterung machte sich in mir breit und entließ mich etwas aus meiner Erstarrung. Ich nickte der geschlossenen Tür zu, ich hatte alles verstanden, wusste aber natürlich, dass Katharina mich nicht sehen konnte. Aber es war auch ein Zeichen für die Wächter, dass unser Zwiegespräch nun beendet war.

„Mir scheint, es war eine wichtige Nachricht für dich", richtete Nathan, der ebenfalls neben Harum stand, das Wort wieder an mich.

„Wächter, meine Skitarka und ich würden niemals an euren Fähigkeiten zweifeln. So viel steht fest. Dennoch hat Katharina Proben aus Bela Woda nehmen lassen, als die Menara aufgeräumt haben."

„Katharina hat Beweise für deine Behauptung?", fragte der Wächter Milan an der rechten Seite.

„Ja", antwortete ich, „wir können vier Dämonen nachweisen. Einen haben sie mit mir gemeinsam im Seenland erledigt. Die anderen drei können wir anhand der Bestimmung aus Blut und Sekreten nachweisen. Bitte, ihr müsst mir glauben. Es war ein strategisch geplanter Angriff von fünf Dämonen."

Alle Wächter standen nun mit nachdenklichen Gesichtern da. Nur einer nicht. Harum starrte mich an.

„Hmm", fauchte er wütend.

„Da ist noch mehr, hab ich recht? Was willst du uns noch sagen?"

Oh nein. Was verriet mein Gesicht jetzt wieder? Kito! Warum musste ich jetzt so stark an Kito denken? Ich darf ihn nicht verraten. Die Wächter dürfen nicht erfahren, wer er ist. Das könnte mir zum Verhängnis werden.

„Bitte Vega, behalte dein Pokerface und tu so, als ob du nicht wüsstest, wovon er redet", sagte ich mir.

„Was ist mit den Menschen, Vega?", fragte er weiter.

Ich starrte verwirrt zu Boden.

„Der junge Mann, der getötet wurde, gilt als vermisst."

Ich wurde unterbrochen.

„Wir werden uns im Anschluss des Gespräches um diese Angelegenheit kümmern. An der Stelle haben wir keinen Anlass, an deiner Geschichte zu zweifeln", sagte Dirak, ein recht kleiner Mann etwas weiter links, mit ruhiger, besonnener Stimme.

Als ich ihn ansah, nickte er mir zu. Ich nickte dankend zurück und fuhr fort.

„Der, von dem ich glaube, dass er ein Dämonenjünger ist, ist spurlos verschwunden. Ich weiß, eure Bedenken an dieser Stelle sind groß. Und dennoch, er hatte die beiden anderen Mitstudenten in den Wald geführt. Und ich weiß mit ziemlicher Sicherheit, dass er den Befehl zum Angriff gegeben hat. Ich bin mir da ganz sicher."

„Du hast recht, Vega. Es fällt uns tatsächlich schwer, das zu glauben. Es gibt nicht viele Menschen, die dumm genug sind zu glauben, dass sie etwas von einer Zusammenarbeit mit den Dämonen hätten. Er wäre uns sicher schon einmal aufgefallen. Aber gleich fünf Dämonen zu delegieren, ist schon etwas, wofür man

Erfahrung braucht. Erst recht als einfacher Mensch, wie du sagst."

„Ich weiß."

Ich musste wieder mit ihren Zweifeln kämpfen. Dennoch hatte ich noch eine Möglichkeit, sie zu überzeugen.

„Ich habe einen Zeugen."

Ein Raunen durchzog den Saal.

„Ich habe den dritten Studenten vor dem sicheren Tod bewahren können. Ich denke, er wird alles genau so erzählen, wie ich es heute vor euch getan habe."

Plötzlich kamen mir die Bilder des Angriffs wieder in den Sinn. Kitos entsetzten Blick, als er wahrscheinlich zum ersten Mal in seinem Leben Dämonen sah. Ein unerträglicher Anblick für jeden Menschen, wenn so ein räudiger Tölpel auf einen zukommt, um den Opfern Schmerzen und Qualen zuzufügen und ihnen dann vielleicht das Leben auszusaugen.

Die Angst in seinem Gesicht, als ich mich über ihn warf. Die Fassungslosigkeit und dann die grenzenlose Erleichterung, als auch der letzte Dämon besiegt war. Diese Bilder werden auch mich wahrscheinlich für den Rest meines Lebens verfolgen.

„Vega! Vega!", ertönte es leise in meinem Kopf. Die Wächter waren beunruhigt.

„Er ist hier. Ich habe ihn mit hierher gebracht. Es schadet nicht, wenn man mit den Menschen redet und versucht herauszufinden, ob sie mehr wissen. Ob sie vielleicht den Grund kennen, warum gerade sie ausgesucht wurden."

Milan, der bisher kaum etwas gesagt hatte, übernahm jetzt das Wort.

„Es ist riskant, jemanden einzuladen. Aber dennoch, denke ich, hast du richtig gehandelt. Meine Bedenken sind groß, weil so viele Dämonen sich unbemerkt im Seenland auslassen können. Hast du etwas über den jungen Mann in Erfahrung bringen können?"

„Nichts Außergewöhnliches."

Ich zwang mich, auf den Boden zu schauen. Bloß jetzt keine Fehler machen. Ich dachte an Katharinas Worte. Sie hatte bestimmt recht damit, wenn sie meinte, ich dürfte den Wächtern nichts von seiner Aura erzählen. Aber vorm Lügen hatte ich Panik. Ich war doch jetzt schon so weit, sie mussten mir jetzt ihre Aufmerksamkeit und Glauben schenken. Das durfte auf keinen Fall kaputt gemacht werden. Ich sollte nun kein Risiko eingehen. Daher tat ich gut daran, demutsvoll den Blick zu senken.

„Seine Familie stammt ursprünglich von hier. Er ist wieder hierher zurückgekehrt. Sein Name ist Kito und er lebt mit seinen Eltern in Barbuk. Er studiert ebenso in Bela Woda und macht auf mich einen ganz normalen Eindruck. Ich denke nicht, dass er jemals schon mal einen Dämon gesehen hat oder etwas mit ihnen zu tun gehabt hatte. Er kennt aber die Geschichten über uns. Er wusste auch gleich, wer ich war. Ich glaube, er war eher erschrocken über den Wahrheitsgehalt der alten überlieferten Geschichten, die er bis dahin nur als Erzählungen der Leute kannte.

Er macht auf mich einen ehrlichen Eindruck. Meiner Meinung nach werden wir aber mehr nicht von ihm erfahren können, einfach weil er nichts weiß."

„Was ist mit seiner Aura?", sprach Harum wieder aus der Mitte.

Ich riss mich zusammen. Was sollte ich jetzt sagen? Anlügen war für mich keine Option. Aber die Wahrheit musste ich dennoch umgehen.

151

„Sie ist stark, wird uns aber nicht über die Geschehnisse hinaus weiter helfen können."

„Das haben wir nicht gefragt."

Ich musste mich mehr anstrengen.

„Er hat nichts Böses im Sinn."

Dass ich nicht einfach lügen konnte, wurde mir nun offensichtlich zum Verhängnis. Ich konnte niemanden direkt ansehen und wurde immer nervöser.

„Warum weichst du der Frage aus? Was ist mit ihm?" Harum klang nun ungeduldig. Ich hatte mich verraten. Aber ich brachte dennoch kein Wort raus. Ich konnte es ihnen nicht sagen.

„Vega, wir erwarten nun eine klare Antwort."

Verzweifelt starrte ich weiter zu Boden. Warum konnte ich sie nicht einfach anlügen? Das hätte mir jetzt eine Menge Ärger erspart.

„Vega", die Worte wurden immer energischer, „es ist Zeit, dass ..."

„Er ist ein Schüler!", platzte es aus mir heraus und ich unterbrach zum ersten Mal die Wächter.

Ich hatte ein Tabu gebrochen. Was für ein dummer Fehler. Doch es blieb bedenklich still. Mehr als ich hatten sich wahrscheinlich die Wächter erschrocken, aber nicht über mein ungebührliches Verhalten, sondern über meine Antwort.

Es war eine seltsame Situation, die mich fast ein wenig amüsierte. Ich musste einen Blick riskieren. Zögerlich hob ich meinen Kopf. Gerade so, dass ich kurz in ihre Gesichter sehen konnte, ohne sie direkt länger anzusehen. Die jüngeren von ihnen schienen offensichtlich erschrocken über mein Verhalten zu sein. Glaubte ich zumindest. Aber den Älteren stand die Wut ins Gesicht geschrieben. Ich glaubte nicht, dass es an meinem Verhalten lag. Aber ich hatte ihnen gerade mitgeteilt, dass ich einem Schüler eine Herberge im Kloster angeboten hatte.

„Was!?"

Harum, der am zornigsten von allen war, wurde auch dementsprechend laut.

Ich entschied mich dafür, trotzdem ganz ruhig zu bleiben und zu erklären.

„Er ist ein Schüler. Ich vermute, sein Mentor ist ein Carny Skitar oder Skitarka. Seine Aura ist klar, gütig und rein. Doch sie ist belegt mit einem schwarzen Schatten."

Der Wächterin Kira war aufgefallen, dass ich über solche Informationen eigentlich gar nicht verfügen durfte.

„Woher weißt du von solchen Gestalten?"

Katharina hatte wohl recht, sie vertrauten niemandem.

„Meine Skitarka hat es mir erzählt. Ich wusste nicht, was ich dort gesehen hatte. Ich brauchte ihren Rat."

„Wen hast du noch gefragt? Wer weiß es noch?"

Christopher. Eigentlich hatte ich Christopher gefragt. Doch wie konnte ich ihn jetzt da raushalten? Er würde eine Menge Ärger bekommen, wenn ich jetzt seinen Namen nennen würde. Doch zum Glück unterbrachen sich die Wächter gegenseitig. Ich kam gar nicht dazu, ihnen darauf Antwort zu geben.

Harum war erbost darüber, dass Kito hier war.

„Du bringst den Schüler eines Carny Skitars mit ins Kloster und lässt ihn hier bei uns übernachten? Wie kannst du alle hier dermaßen in Gefahr bringen?" schnaubte er vor Wut.

‚Sei klug. Überlege gut, was du sagst. Was würde Katharina sagen?', ermahnte ich mich im Stillen.

„Nun, es war nie meine Absicht, jemanden in Gefahr zu bringen. Der Junge weiß offenbar nicht, wer er ist oder wer sein Freund ist. Er scheint noch nicht mal unsere Geschichte zu kennen. Wenn das stimmt, muss es einen Grund geben, warum ihm sein Mentor nichts erzählt. Er scheint ihn aber ausgewählt zu haben. Genau wie der Jünger im Wald. Vielleicht war es kein zufälliger Angriff. Wenn er aber doch etwas weiß und uns hinters Licht führen möchte, bin ich vorbereitet. Er wird von uns nichts erfahren, aber vielleicht kann ich ihm stattdessen geschickt sein Wissen entlocken.

So oder so, ich denke, wir müssen behutsam vorgehen, weil ich davon überzeugt bin, dass wir ihn noch brauchen werden."

Die Wächter diskutierten jetzt wild durcheinander, als ob ich nicht mehr anwesend war.

„Sie hat nicht ganz unrecht. Ihr eigensinniges Verhalten war zwar nicht korrekt, da sind wir uns einig, aber ich denke, sie hat vernünftige Argumente, wir sollten ihre Aussage ernst nehmen. Wir müssen mindestens die Geschehnisse untersuchen und alle Fakten prüfen."

„Mir scheint auch, dass sie vielleicht ein wenig übertreibt, aber wir uns der Sache auf jeden Fall annehmen sollten."

„Mir gefällt das nicht."

Sie sprachen fast alle gleichzeitig. Zu meiner Erleichterung stimmten sie mir mehrheitlich zu, auch wenn sie immer noch nicht vollständig überzeugt schienen.

„Sagt ihm aber nicht, wer oder was er ist. Aber ist es klug, ihn hierzubehalten? Auf jeden Fall sollte er weiterhin unter Beobachtung bleiben."

„Ja, Wächter. Ich könnte ihn zwar bitten, noch im Kloster zu bleiben, zumindest für eine Weile. Aber ich denke nicht, dass er dauerhaft hierbleiben wird. Er will wieder zurück zu seiner Familie."

„Dann muss er von uns immer wieder unter einem Vorwand hierher eingeladen werden. Sorgt dafür, dass er sich wohl fühlt. Vielleicht weiß er doch mehr. Lade ihn zum Herbstfest ein, freundet euch an. Wenn der Angriff tatsächlich so stattfand, wie du sagst, und vielleicht geplant war, muss es einen wichtigen Grund dafür geben. Wir müssen das in Erfahrung bringen. Vielleicht weiß der Junge doch mehr, als er selbst ahnt."

Ich sah jeden einzelnen Wächter an. Natürlich steckte mehr dahinter. Er war ein Schüler. Wenn ich es aber nun nicht schaffte, mehr zu erfahren?

Dennoch war ich erleichtert, dass sie mir nun doch vertrauten. Vielleicht würde endlich etwas passieren und die sich häufenden Überfälle wurden endlich untersucht.

„Wie ihr wollt, Wächter", antwortete ich.

Mir fiel ein Stein vom Herzen. Zum Glück nahm dieses Gespräch doch einen guten Ausgang. Ein Anfang war gemacht. Sie werden jetzt etwas aufmerksamer sein. Auch Katharina würde sehr froh über diese Nachricht sein.

„Nun, dann bedanken wir uns für deine Mühen. Wir werden uns jetzt zurückziehen und uns auch mit dem Engel des Seenlandes unterhalten. Es gibt einige Fragen zu klären. Seid auf der Hut, Vega."

Damit war die Audienz beendet. Ich trat einen Schritt zurück, runter von dem Podest, zog meine Kapuze wieder über den Kopf und verneigte mich vor ihnen.

„Ich wünsche euch noch einen schönen Aufenthalt hier in Sprjewja."

Sie verneigten sich ebenfalls. Dann drehte ich mich um und ging unter den Engeln auf die Tore zu. Dieses Mal öffneten sie sich von allein.

Das Gespräch ging mir auf dem Weg durch das Kloster in meine Räume noch einmal durch den Kopf. Ich war froh, dass es doch eigentlich recht gut verlaufen war, besser als erhofft. Eine Melodie riss mich abrupt aus meinen Gedanken. Da spielte doch jemand Gitarre! Das Musikzimmer war nicht weit. Eine schöne Melodie. Die Tür des Musikzimmers stand ein wenig offen. Ich versuchte, einen Blick hinein zu werfen.

„Na toll, er ist auch noch Musiker!"

Ich sah Kito mit einer Gitarre unter dem Arm auf einem alten Sessel sitzen. Ich fand es großartig und unheimlich zugleich. Wieso nur entdeckte ich immer mehr liebenswerte Eigenschaften an ihm? Jemand, der sich mit Musik ausdrücken kann, der nicht still sitzen bleiben kann, sobald ein gutes Lied erklingt, der in einem Fahrzeug die Anlage voll aufdreht und mitsingt, ohne sich zu schämen, wäre immer ein guter Freund für mich gewesen.

So schielte ich eine ganze Weile durch den Türspalt. Völlig regungslos, mit einer Hand an den Türrahmen gelehnt, beobachtete ich ihn. Ich verfolgte seine Hand- und Fingerbewegungen, wie sie sorgfältig ausgewählt über die Saiten des Instrumentes glitten. Die andere Hand bestimmte behutsam jeden einzelnen Ton und sein rechter Fuß gab einen leisen Takt vor.

Eine Haarsträhne hing ihm ins Gesicht, die er sich ab und an gedankenverloren hinter das Ohr streifte. Er arbeitete wohl gerade an einer neuen Melodie. Konzentriert fing er jedes Mal wieder von vorn an. Und dann begann er zu singen. Seine Stimme war klar, angenehm tief und weich. Sehr wohlklingend. Ich glaubte, ein Zitat von Goethe zu erkennen, in eine bezaubernde Musik verpackt. Ich vergaß alles um mich herum und hätte noch Stunden zuhören können. Seine Hände beobachten, wie sie arbeiteten, damit jeder Griff saß und die Saiten perfekt getroffen wurden. Sein weiches Gesicht, ganz in Einklang mit der sanften Melodie.

Meine sonst ständig um die gleichen Fragen kreisenden Gedanken waren wie weggepustet. Keine Erinnerung mehr an das, was gerade geschehen war.

„Einen schönen guten Tag."

Ein Menara ging an mir vorbei und grinste mich an. Ich erschrak so sehr, dass ich mit meinem Rücken und dem Kopf gegen die Wand stieß, als ich mich ruckartig umdrehte.

„Ha... Hallo", stotterte ich und merkte, wie mein Gesicht heiß wurde.

Ich war bestimmt wieder knallrot, und mein Herz schlug mir bis zum Hals. Luft, ich musste Luft holen. Der Menara verschwand in den nächsten Flur. Vor Erleichterung atmete ich aus und hielt einen Moment inne. Als ich wieder zu mir kam, stieß ich mich von der Wand ab und ging weiter meines Weges. Dabei erhaschte ich noch einmal einen Blick in das Musikzimmer. Kito saß immer noch auf dem alten Sessel und spielte in aller Ruhe auf der Gitarre.

Als ich merkte, dass ich in die falsche Richtung lief, drehte ich mich um und lief zurück in die richtige Richtung.

AUF HÖHE DES MUSIKZIMMERS SCHLOSS ICH MEINE AUGEN

Vorbereitungen

Es war schon Nacht, als ich auf das Dach des Klosters kletterte. An einen Schornstein gelehnt, die Arme um meine Beine geschlungen und den Kopf auf den Knien, saß ich da und versuchte, meinen immer wiederkehrenden Traum zu deuten. Es würde mir garantiert auch jetzt nicht gelingen, eine Antwort auf die Frage zu bekommen, wessen Baby ich dort die ganze Zeit sah.

Es war der gleiche Traum wie immer, doch langsam hatte ich das Gefühl, dass er klarer wurde. Seltsam war diesmal jedoch, dass viel mehr Federn durch die Luft schwebten. Kleine, flauschige, leicht glänzende, goldene Federchen, die bei jedem meiner Atemzüge zu tänzeln begannen. Das Baby amüsierte sich sehr darüber. Es versuchte sie zu greifen. Doch sie waren einfach zu leicht, so dass der sanfte Luftzug, den die kleinen Händchen verursachten, sie immer wieder entschweben ließ. Und jedes Mal kicherte das Baby vergnügt aufs Neue.

Es sind nie schlechte Träume. Im Gegenteil. Sie sind wunderschön. Die Erinnerungen an das Lachen, die feine zarte Stimme und das Kichern des Babys zauberten mir immer wieder ein Lächeln ins Gesicht.

Dennoch war ich traurig. Ich war einfach unglücklich, nicht zu wissen, warum ich ständig von einem Baby träumte. Es war die Ungewissheit, ob diese Träume vielleicht doch Erinnerungen an mein früheres Leben waren. Niemand kann das eindeutig sagen. Vielleicht kann unser Gehirn ja doch die eine oder andere Sequenz aus dem Leben vor dem Engeldasein wiedergeben. Und das war das Schlimmste. Schon allein die Vermutung, dass ich mich vielleicht doch an mein eigenes Baby erinnern könnte, trieb mir Tränen in die Augen. Die Vorstellung, ein Kind allein zurückgelassen zu haben, konnte einen wahnsinnig machen. Deshalb riet mir Katharina auch immer, nicht darüber nachzudenken. Nur, wer würde so etwas Schreckliches denn zulassen? Wer entriss denn bitte den Eltern ihre Kinder? Diese Träume konnten doch nur Erinnerungen an ein vergangenes Geschehen sein? Ich sah zu den Sternen, sah den Mond hell leuchten. Was, wenn es tatsächlich mein Kind war? Wie alt wäre es jetzt? Würde es genauso zum Abendhimmel schauen und die Sterne zählen? Würde es mich erkennen, wenn wir uns begegnen würden?

Nein, Katharina hatte wie immer recht. Es gab keinen Beweis dafür, dass diese Illusionen einst Realität waren. Trotzdem erinnerte ich mich wieder an das leise Kichern und wischte mir trotzig die Tränen aus den Augen.

Langsam ging auch schon die Sonne auf. Am weiten Horizont wurde es ganz gemächlich hell. Ein leichter roter Schimmer durchdrang die Hemisphäre. Einige Vögel begannen ihr morgendliches Gezwitscher. Im Dorf vernahm ich die ersten Stimmen. Die Leute waren eifrig dabei, das alljährig stattfindende Herbstfest vorzubereiten, auch wenn es noch sehr früh war und das Fest eigentlich von den Menara ausgerichtet wurde. Jeder aus dem Dorf half mit.

Im Laufe der Zeit ist das Herbstfest zu einer der größten Feierlichkeiten, ja schon zur festen Tradition in Sprjewja geworden. Unser Kloster veranstaltete seit Jahrzehnten dieses traditionelle Fest und Besucher aus der ganzen Welt kamen und feierten es mit uns gemeinsam. So halfen die Bewohner aus Hazow eifrig bei den Vorbereitungen. Es wurde viel Wert darauf gelegt, dass alles so beibehalten wurde, wie es schon unsere Vorfahren hielten. Denn dieses Fest zeigte die einst fast vergessenen Traditionen und Bräuche des einfachen Völkchens, das auch den Engeln ihre Sprache weitergab. Kaum einer von ihnen trug an diesem Tag die moderne Kleidung von heute. Es wurden Trachten getragen, die sich zwar im Laufe der Zeit verändert hatten, aber ihrem ursprünglichen Charme treu geblieben sind. Die Hauben der Mädchen und Frauen waren lange nicht mehr so groß und imposant, wie sie es ursprünglich hier gewesen sein mussten. Sie waren einfach zu schwer und unbequem gewesen. Drückten an den Ohren und bereiteten Kopfschmerzen am Ende eines Tages. Meist wurden sie nur noch wie Kopftücher um den Kopf gelegt. Doch blieb hinten die typische Dreiecksform mit der verzierten Spitze erhalten.

Und sie waren immer noch genau so farbenfroh und mit Stickereien verziert wie einst.

Die bunten Röcke, die ebenfalls mit Stickereien und einem Samtband rundherum verziert waren, passten sehr gut zu den zeitlos geschnittenen Blusen mit ihren leichten Puffärmeln.

Die Stickereien hatten sich aber in Form und Farbe verändert. So wurden die Schultertücher einst mit bunten Blumen und Ranken bestickt, was man hier und da noch vereinzelt bei den Trachtenträgerinnen sah. Doch die junge Mode ließ nun alles zu, egal ob es nun Blumen waren oder ganze Landschaften, Figuren oder Szenen aus den Lieblingsfilmen oder Tiere und Comicmotive. Es wurde alles Mögliche gestickt.

Die Jungen und Männer hingegen waren eher schlicht gekleidet. Hemd und Hose aus Leinen und dazu, natürlich auch bestickt, eine Weste. Es war Trend, dass Junge und Mädchen, die zusammengehörten oder gehören wollten, ihre Trachten mit den gleichen Stickereien verziert hatten.

Ich fand es schön, wenn solche Bräuche bewahrt wurden und sich alle dafür einsetzten, dass sie mit gelungenen Festen an die nächste Generation weitergegeben werden konnten.

Ich sah mich noch einmal um, es war alles ruhig. Die Sonne stieg immer höher und der letzte Hahn war erst einmal verstummt.

Da ich noch etwas zu erledigen hatte, bevor das Fest begann, wollte ich direkt über die Dächer zu meiner Werkstatt springen. Aber auf halbem Weg dahin hörte ich ein leises Schnaufen.

„Vega! Wie oft habe ich dir schon gesagt, dass du das lassen sollst. Wir haben wunderschöne Wege und Türen, die man alle benutzen kann. Hast du eine Ahnung, wie sich das von drinnen anhört? Wie laut das ist, wenn du auf den Dächern herumspringst?"

„Ehrlich gesagt, nein. Es springt ja sonst keiner drauf rum, wenn ich drin bin."

Und schon stand ich hinter ihr, ehe mich Katharina tatsächlich hätte verfolgen können. Ich duckte mich schnell, denn ich wusste, dass sie mir eine kleine Schelle verpassen wollte, und grinste sie wie ein Honigkuchenpferd an.

„Guten Morgen, Katharina."

„Sei nicht so frech, moja luba."

Doch statt der Schelle gab sie mir wie immer einen Kuss auf die Stirn.

„Du hast wieder geträumt, nicht wahr? Deshalb warst du wieder da oben."

Ich nickte versonnen.

„Du sollst doch ...", fing sie wieder mahnend an.

Doch ich unterbrach sie.

„Schon wieder vorbei. Alles in Ordnung. Entschuldige. Aber dort oben sind meine Gedanken einfach etwas freier."

„Ich verstehe. Aber warum musstest du denn wieder über die Dächer springen? Warum läufst du nicht wie jeder normale Mensch über Wege und durch Türen?!"

„Ich bin kein normaler Mensch", knurrte ich.

Sie schaute mich wieder warnend an.

„Ich wollte in meine Werkstatt. Dieser Weg schien mir der kürzeste zu sein."

„Vega!"

„Ich weiß. Nochmal, Entschuldigung."

„Kommst du nicht mit frühstücken?"

„Nein."

„Was hast du heute vor? Du gehst doch zum Herbstfest, oder? Deine Anwesenheit wird erwartet."

„Ja. Deshalb wollte ich in mein Imperium. Mein Rock ist noch nicht fertig. Das wollte ich noch schnell erledigen."

„Ich weiß immer noch nicht, ob das eine gute Idee ist, wieder in schwarzer Tracht zu erscheinen. Du kennst doch das Getratsche der Leute. Eine Tracht ist bunt und fröhlich. Gerade die älteren werden wieder ihre Köpfe zusammenstecken und über dich tuscheln."

„Na und? Seit wann kümmert uns das? Auf eine Tracht gehören ja wohl auch keine Superheldenstickereien oder Totenköpfe, wie es die Jugend heutzutage trägt. Also, warum sollte ich dann nicht meine Lieblingsfarbe Schwarz tragen dürfen?!"

„Du bist echt nicht das, was man einen typischen Engel nennen würde."

„Doch, aber eben ein schwarzer."

Ich grinste wieder. Dann drückte ich sie und wollte weiter.

„Vega, warte. Ich habe Kito eingeladen."

Ich zuckte zusammen, blieb stehen und holte tief Luft.

„Er ist gegangen", erklärte ich ihr, „warum also?"

„Weil die Wächter es so wollten. Wir dürfen sie nicht verärgern, Vega. Tu, was sie dir sagen, dann werden sie dir weiter zuhören."

„Wird er kommen?"

„Ich gehe davon aus, ja. Und wie ich ihn einschätze, wird er deinetwegen nicht aufgeben."

„Aber so, wie wir auseinander gegangen sind ..."

„Werdet ihr das Gespräch eben fortführen müssen. Vega, ihr hattet nicht mal einen Streit. Du hast ihm deine Meinung gesagt und gut. Er ist lediglich nach Hause gegangen, zu seiner Familie. Du musst ihn im Auge behalten. Rede mit ihm. Versuche seine Gedanken zu erfahren. Er könnte uns wirklich helfen. Wir müssen weiterkommen, bevor Schlimmeres passiert."

Ich nickte.

„Ich verstehe dich. Aber ..."

„Reiß dich einfach ein bisschen zusammen. Du schaffst das."

Wieder nickte ich, ich kannte ja meine Aufgabe. So vieles hing buchstäblich am seidenen Faden. Wie schnell konnte alles vorbei sein und wie schnell konnten die Dämonen unbemerkt ihre Angriffe planen und durchziehen. Ich hatte es selbst erlebt. Natürlich musste ich dranbleiben und etwas tun.

„Wir sehen uns nachher", sagte Katharina und legte dabei ihre Hand leicht auf meine Schulter. Sie suchte meinen Blick und mit einem Finger stupste sie gegen mein Kinn, um mir Mut zu machen. Ich lächelte ihr zu.

Ich schloss die Tore meines Imperiums und schmiss die Kaffeemaschine an. Ein Päckchen mit Solarplatten war gekommen und lag auf meiner Werkbank, mit einem Zettel versehen: „Ich dachte, es sollte vielleicht nicht draußen liegen bleiben". Und ein Smiley war drauf gemalt, sicherlich von einem der Menara. Niedlich.

Jetzt brauchte ich Stimmungsmusik. So startete ich auf meinem Player die Datei, die mir Mecke gegeben hatte. Das war genau das Richtige in dem Moment. Ein Ohrwurm nach dem anderen. Und jeder Titel war mit einer tollen Erinnerung verbunden.

Als der Kaffee fertig war, nahm ich die Tasse mit den Lichtschwertern, die jetzt von der Wärme des Kaffees zum Leuchten gebracht wurden, und setzte mich auf die Bank meiner Sitzecke. Aus einer anderen Bank holte ich meine Nähmaschine und den Beutel mit dem noch unfertigen Rock.

Ich bereitete alles vor. Eigentlich war der Rock fertig. Ein schöner dicker und fester schwarzer Stoff mit weichen Borsten am Saum. Bestickt war er mit einem traditionellen Blumenmuster rundherum, allerdings auch in Schwarz.

Es sah sehr gut aus. Dieses dezente Muster aus seidenen Fäden war, wie ich fand, sehr elegant. Was aber noch fehlte, war das schwarze Samtband, das üblicherweise den unteren Bereich des Rockes zierte. Das wollte ich noch schnell annähen.

Ich nahm einen großen Schluck von meinem Kaffee und fing an, das Band am Rock festzustecken. Gerade, als ich es annähen wollte, klopfte es. Zwei offensichtliche Frühaufsteher betraten den Raum.

„Mecke! Hannes! Was für eine Überraschung ... ihr, so früh schon am Morgen?", bemerkte ich sarkastisch.

„Guten Morgen, Schulschwänzerin."

Ach, Freitag, stimmt. Schule war ja auch noch!

„Ja, tut mir leid Jungs. Aber leider gehen meine Pflichten für das Herbstfest vor."

Entschuldigend zog ich meine Schultern hoch.

„Kommt ihr auch oder fahrt ihr lieber nach Bela Woda?"

„Nein, wir werden fahren. Ich habe Schiss, dass ich etwas Wichtiges verpasse. Nicht, dass ich dann mit dem Stoff nicht mehr hinterherkomme", sagte Mecke und goss sich und Hannes dabei einen Kaffee ein, um sich dann auf die andere Sitzbank in der Ecke zu setzen.

„Ja, ich auch", gestand Hannes, „das Fest ist mir persönlich jetzt auch nicht so wichtig."

„Okay, vielleicht könnt ihr mir dann ja berichten, was ich verpasst habe."

„Einen Riesenaufstand hast du verpasst vorige Woche."

„Ja", fiel Hannes Mecke ins Wort, „was war vorige Woche eigentlich mit dir los, Vega? Du bist auf einmal verschwunden."

„Und dann gab es diese Gerüchte von einem Waldbrand hinter der Schule", vervollständigte Hannes die Frage und zeichnete mit seinen Fingern Anführungszeichen in die Luft.

„Es gab einen Dämonenangriff hinter den Gebäuden im Wald."

Mehr mussten sie nicht wissen. Selbst das war eigentlich schon zu viel. Aber ich kannte Meckes Interesse an Dämonen. So konnte ich ihnen wenigstens die halbe Wahrheit sagen, auch wenn ich ihnen nicht alle Details verraten wollte.

„Wow, am hellen Tag, so nah an der Stadt, bei so vielen Leuten?", fragte Mecke.

Ich kniff meinen Mund zusammen und antwortete mit einem Nicken.

„Und das Feuer?", fragte Hannes.

„Na ja, eine Erklärung für die Verwüstung muss es ja geben."

„Ich hätte das zu gern gesehen", warf Mecke ein.

„Mecke, ein Schüler ist gestorben. Glaube mir. Du wärst nicht gern dabei gewesen."

Beide verstummten und ich wurde wieder ruhiger.

„Ich konnte ihm einfach nicht helfen."

Hannes legte seine Hand auf meine.

„Es war doch nicht deine Schuld."

„Ich weiß, Hannes. Aber es ist dennoch schwer, so etwas zu verdauen, wenn einem das passiert."

Fünf Minuten lang war es still. Jeder schlürfte in Gedanken versunken an seinem Kaffee. Dann versuchte es Mecke mit einer Ablenkung, um uns auf andere Gedanken zu bringen.

„Vega! Was um alles in der Welt tust du da eigentlich? Ist das da etwa eine Nähmaschine?"

Ich musste lachen.

„Ja, manchmal mache ich auch Mädchenkram."
Wir hatten dann doch noch einen unterhaltsamen Morgen,
bis die beiden wieder losmussten. Ein wenig arbeiten bis
zum Beginn des Unterrichts war für die beiden keine
Seltenheit. Meinen Rock hatte ich in der Zeit fertiggenäht.
„Jungs, das bleibt aber wie immer unter uns!"
„Was? Dass du Mädchenkram machst? Unsere Lippen
sind versiegelt", schwor Hannes und zwinkerte mir zu.
„Haut bloß ab! Macht's gut Kinders und bestellt schöne
Grüße. Ich gehe auch nicht davon aus, dass ich morgen
dabei sein werde". Frohgelaunt zwinkerte ich zurück.

Hazow war ein recht einfaches Dorf. Eigentlich brauchte
man nur eine Straße befahren und hatte das ganze Dorf
gesehen. Es gab kaum Abzweigungen und somit wenige
Nebenstraßen. Selbst diese waren dann nicht lang genug,
um sie wirklich als Straße bezeichnen zu können.
Der Großteil der Häuser waren alte, aber zum größten Teil
restaurierte Bauernhöfe in Form eines Dreiseitenhofes. Es
gab nur einige wenige Neubauten. So behielt dieses
kleine, charmante Dorf seinen ursprünglichen Charakter.
Auch wenn es hier nichts außer Häuser gab, keine
Möglichkeit zum Einkaufen, keine Eisdiele oder
Sonstiges, so waren doch die Bewohner, vielleicht auch
gerade deswegen, sehr zufrieden. Kopance war nicht weit,
um den Wocheneinkauf oder andere Bedürfnisse
abzudecken. Gerade deshalb war es in Hazow angenehm
ruhig.
Bis auf die Zeit der großen Feste im Dorf. Die Leute hier
hatten zwar gern auch ihre Ruhe, aber sie wussten auch,
wie man richtig feiert. Das waren die einzigen Zeiten, in

denen die Menara mit den Bewohnern gemeinsam etwas unternahmen und organisierten.

Die Vorbereitungen für das Herbstfest waren fast abgeschlossen. Im Kloster wuselten die Menara noch auf Hochtouren. Einige putzten noch die Flure und Wandteppiche, andere schmückten das Haupthaus, in dem ein Konzert stattfinden sollte, mit dem größten und wohl berühmtesten Chor in Sprjewja. Der Chor hatte wie immer altslawische Lieder längst vergangener Zeiten im Programm. Auch die jungen Leute fanden das keineswegs langweilig, sondern ließen sich gern von den Melodien mitreißen.

In einer halben Stunde würden die Sängerinnen und Sänger ihre Aufstellprobe haben, sich einsingen und ihre zum Teil selbst gebauten, aber originellen und historischen Instrumente einstimmen. In dieser Zeit machte ich mich meist fertig, um mich dann auf dem Fest unter das Volk zu mischen. Auch wenn mich nicht viele kannten und auch nur wenige über uns Bescheid wussten, war es doch meine Pflicht, mich zu zeigen. Es war eben ein Zeichen, dass es mir und dem Kloster gut ginge, sagte Katharina.

In wenigen Stunden würden die ersten Gäste aus anderen Gemeinden von Sprjewja zum dritten Höhepunkt des Jahres eintreffen und ebenso auch Gäste aus den anderen sechs Nachbarländern.

Obwohl es zur Mittagszeit noch sehr hell war, schalteten die Menara trotzdem schon die Beleuchtung für das Dorf ein. Eine Lichterkette nach der anderen erstrahlte, gedämpft, aber doch in wunderschönen, bunten Farben, die gesamte Hauptstraße entlang. Am Abend würde dieses Licht für eine romantische und fröhliche Atmosphäre sorgen. Denn nur diese Lichter würden dann in den Straßen von Hazow leuchten und mit den Sternen am Himmel und dem Mond um die Wette glitzern.

Viele kleine Einzelhändler hatten ihre Buden an der Straße aufgebaut und boten handwerkliche Produkte zum Verkauf an. Sie alle hatten ihre Stände liebevoll geschmückt und boten ihre Ware, meist bis auf die Straße ragend, auf kleineren Tischchen an. Ein paar Stände mit Gebäck, Getränken oder Pfannen mit warmen Speisen waren auch dabei.

Auf der Dorfanlage am Ende der Straße war eine große Bühne aufgebaut, auf der am frühen Abend verschiedene Bands spielten. Das gesamte Konzert wurde die Straße entlang mit Lautsprechern übertragen, so dass sich überall ausgelassene Stimmung ausbreitete.

Die meisten, die sich im Gedränge die Straße entlang durchschlagen konnten, blieben aber doch bei der Bühne hängen und sahen gutgelaunt den Musikern zu. Dank der Bierwagen an der einen oder anderen Stelle musste auch niemand verdursten.

Der Nachmittag jedoch war den alten Bräuchen gewidmet, die einst hier im Gebiet von Sprjewja gepflegt wurden.

So bereitete sich die Jugend des Dorfes auf den bekanntesten Brauch, das Hahnrupfen, vor. Die Jungen begannen mit Aufwärmübungen für Reiter und Pferd und trainierten schon einmal das Aufstellen im Steigbügel, um im schnellen Galopp unter dem extra dafür aufgestellten Torbogen durchzureiten. Die Geschicklichkeit zu Pferd bestand darin, sich ein Stückchen des Hahnes zu rupfen, welcher in die Mitte des Torbogens gehängt wurde. Die

Mädchen standen in der Zeit schon fertig angezogen in ihren wunderschönen, traditionellen Trachten am Rand des Geschehens. Auch sie zeigten später ihr Können in verschiedenen Geschicklichkeitsspielen, wie zum Beispiel im Froschkarren. Dabei sitzt ein kleiner Frosch auf einer Graskarre. Die Mädchen mussten die Karre eine vorbereitete Strecke entlang bugsieren, ohne dass der Frosch runterhüpft. Wenn er das doch macht, wird er kreischend von den Mädchen wieder eingefangen und weiter geht's.

Es war nun auch für mich an der Zeit, mich vorzubereiten. Ich nahm eine Dusche, wusch meine Haare und rasierte mir die Beine. Denn üblicherweise trug Frau eine Feinstrumpfhose unter ihrem Rock. Ich hasste Feinstrumpfhosen, beugte mich aber dem Willen der noch übriggebliebenen, wachsamen Alten. Ich wickelte mich in ein Handtuch ein und ging zum Waschbecken, um mich im Spiegel zu begutachten. Meine Gedanken schweiften ab und ich sah plötzlich Kito im Spiegel. Sah, wie er mich anlächelte. Ich tastete nach meinem Gesicht, um zu sehen, ob es mein eigenes Spiegelbild war. Nein, er war es tatsächlich. War es für mich nicht langsam an der Zeit, etwas Neues zuzulassen? Wollte ich das Leben eines Engels als alte Jungfer beenden? Warum sollte ich nicht meinen Gefühlen freien Lauf lassen, nachgeben und einfach leben? Ob er mich denn auch mochte? Oder war es nur Dankbarkeit, weil ich sein Leben gerettet hatte? Dann sah ich, wie sein Lächeln plötzlich verschwand. Panik machte sich in seinem Gesicht breit. Angst und Hysterie. Er schien in Flammen aufzugehen. Ich griff nach dem Spiegelbild, wollte ihm helfen. Doch er verschwand.

In diesem Augenblick wurde mir wieder klar, warum ich hier war. Ich hatte nun mal eine klare Aufgabe und ich würde auch ihm nicht helfen können, wenn ich diese nicht mit aller mir zur Verfügung stehenden Kraft und Intensität erfüllen würde. Ablenkungen konnte und wollte ich mir einfach nicht erlauben. Es stand zu viel auf dem Spiel. Zu viele Seelen, die an mich glaubten und deren Hoffnungen ich erfüllen musste. Ich hatte mich für diesen Weg entschieden. Nun musste ich ihn auch gehen. Für diesen Auftrag wurde ich geboren.

Eine Weile stand ich, eine Hand noch am Spiegel, und betrachtete nun wieder mein eigenes Gesicht. Aufmunternd nickte ich mir zu, um mir selbst Mut zu machen.

Ich trug etwas Make-up auf und föhnte meine Haare. Dann schlüpfte ich in meine Tracht und in die verhasste Feinstrumpfhose. Mein neuer Rock und die schwarze Satinbluse mit leichten Puffärmeln passten ausgezeichnet zusammen. Von Katharina hatte ich einmal eine schwarze Schürze im Blaudruckstil mit Blumenmuster bekommen. Diese trug ich nur zu besonderen Anlässen, da sie schon sehr alt war. Ich wollte sie schonen. Zum Schluss noch meine Riemchenpumps und fertig.

Genau im richtigen Augenblick, denn Katharina klopfte an meine Tür und öffnete sie. Hinter ihr schallten die Einsingübungen des Chores durch das Kloster, auch ohne Technik war er gut zu hören. Es stimmte mich froh, denn es würde nun zur Abwechslung mal ein freudiges Ereignis beginnen.

„Na, was sagst du zu meinem neuen Rock?"

„Er ist wie der alte, schwarz", sagte sie und grinste. „Nein, du siehst wie immer auch in Schwarz sehr gut aus." „Ich habe doch nur nach dem Rock gefragt. Aber danke. Du siehst übrigens auch wieder sehr schön aus."

Katharina trug, wie es sich für das Oberhaupt eines Klosters gehörte, die traditionelle Festtagstracht von Sprjewja aus früheren Zeiten. Sie wurde dafür von den Menara aufwändig angezogen. Gefühlte fünfhundert Nadeln hielten das ganze zusammen. Es durfte nichts verrutschen, musste den ganzen Tag perfekt sitzen. Über den in große Falten gelegten Rock aus schwerem Samt war noch eine aufwändig durch Häkelarbeiten vorbereitete weiße Schürze gebunden. Ein knallrotes Hüftband, welches vorn zu einer großen Schleife gebunden wurde, komplettierte alles. Auch sie sah toll aus, doch verlieh ihr die Tracht eine üppige Figur.

Das Besondere an ihrer Kleidung war die Haube auf ihrem Kopf, die je nach Dorf variierte. Je reicher das Dorf war, desto größer wurden die Hauben. Katharina trug eine riesige Haube.

„Schöne Strumpfhose", rief ich ihr zu.

„Schön, dass du deine trägst", bedankte sie sich bei mir.

„Ich bin mir meiner Pflichten durchaus bewusst."

„Da bin ich mir manchmal nicht so sicher."

„Ha, ha."

„Vergiss dein Kopftuch nicht, moja luba."

Ja, das hätte ich jetzt fast vergessen. Es lag noch in der Kommode am Fenster. Gerade, als ich das Schubfach öffnen wollte, schlich sich Christopher in meine Gedanken.

‚Hallohooooo meine Hübsche. Na, wir haben uns ja rausgeputzt.'

„Christopher", rief ich überrascht und drehte mich zu Katharina um.

Sie nickte, denn sie verstand.

„Du siehst mich doch gar nicht!"

‚Aber ich kann wie immer deine Gedanken sehen.'

„Wie komm ich denn zu der Ehre? Ich hoffe, es ist nichts passiert."

Ich wurde unruhig.

‚Nein, quatsch. Ich wollte dir nur ein schönes Fest heute wünschen.'

„Ach so, danke. Ja, Katharina und ich sind gerade auf dem Sprung. Wollten gerade los."

‚Sag ihr liebe Grüße von mir.'

„Liebe Grüße von Christopher, Katharina"

„Danke", nickte Katharina höflich, „ebenso."

„Also, kommst du dieses Jahr nicht?"

Nicht nur ich, auch die anderen Engel waren auf dem Herbstfest gern gesehen.

‚Nein. Es tut mir leid. Deshalb rief ich dich. Wir wurden alle angewiesen, in unseren Ländern zu bleiben. Die Wächter sehen ein erhöhtes Risiko für Angriffe. Ich denke, sie hören dir nun endlich zu.'

„Seit wann tust du, was dir die Wächter sagen?"

Er lachte.

‚Ich habe gleich ein Gespräch mit Harum. Es geht schon wieder um den Angriff bei uns, den du abgewehrt hast.'

„Ich kann förmlich sehen, moj luby, wie du die Augen verdrehst, Christopher."

‚Ich hab dich auch lieb. Haut schon ab. Sehen wir uns morgen?'

„Gern. Fühl dich eingeladen."

‚Dann bis morgen, moja luba. Und sei heut immer schön höflich.'

DITO. BIS MORGEN, CHRISTOPHER!

Herbstfest

Katharina schien es eilig zu haben. Ich hingegen dachte, je später wir uns blicken lassen würden, desto unproblematischer gestalteten sich die Höflichkeiten, die ich zu leisten hatte. Ich hätte in dem ganzen Trubel im Leben nicht mehr gewusst, wen ich schon begrüßt hatte und wen nicht. Der Chor sang sich noch immer ein. Die Tore des Klosters standen weit offen. Ich band mein Tuch um den Kopf und ging durch sie hindurch. Doch ich staunte nicht schlecht, was für ein Getümmel draußen bereits im Gange war. Ein Menara kam auf uns zu. Natürlich verneigte er sich vor mir, wer hätte das gedacht. Genervt schielte ich zu Katharina rüber, aber von ihr kam wie immer keine Regung.

„Heute wird alles ruhig bleiben. Es sind keinerlei Aktivitäten bekannt. Ich denke, ihr könnt die Feierlichkeiten in Ruhe und ausgiebig genießen", lächelte er und verschwand wieder im Kloster.

„Na dann", rieb ich mir die Hände und lächelte Katharina zu, „auf ins Getümmel."

Es wurde ein sehr schöner Herbsttag. Die Sonne strahlte und es war kaum ein Wölkchen am Himmel. Zwar wehte ein kräftiger Wind, aber das schien vor allem die Kinder nicht zu stören. Hinter den Häusern des Dorfes konnte man sie auf den aufgeweichten Feldern sehen, wie sie ihre teils selbstgebastelten Drachen steigen ließen. Die meisten von ihnen trugen Gummistiefel und kämpften sich durch den weichen matschigen Boden. Es war ein schönes

Herbstbild mit den kleinen bunten Kindern am Boden und den bunten Drachen am Himmel, die sich im Wind hin und her wiegten. Der würzige Duft, der von den Ständen aufstieg, machte mich ein wenig hungrig. Allerdings konnte ich mich gar nicht entscheiden. Es roch nach allem Möglichen, nach Süßem, nach Fisch oder Gebratenem, nach Gewürzen wie Knoblauch und vielem mehr. Aber Katharina hätte bestimmt gesagt, ich sollte erst einmal ohne Essensreste zwischen den Zähnen den Leuten begegnen. Also fragte ich gar nicht erst.

Wir gingen die Dorfstraße entlang. Leuten, die ich persönlich kannte, gab ich die Hand und begrüßte sie. Andere, die mich nur flüchtig kannten und auch nicht wussten, was ich war, nickten mir freundlich zu. Ich erwiderte diese Geste höflich. Gute Bekannte dagegen verwickelten mich in etwas längere Gespräche. Ich fragte sie nach ihren Sorgen oder Nöten, ob es ihnen gut ginge oder ob sie etwas brauchten, und lud sie alle ein, sich das Konzert des Chores im Kloster anzuhören. Ich versprach ihnen, dass sie in Sprjewja und besonders hier im Dorf in Sicherheit waren.

Einige von ihnen schüttelten missmutig ihren Kopf, als sie sahen, dass ich wieder einmal in schwarzer Tracht aufgetaucht war. Vor allem die ältere Generation konnte nicht verstehen, dass ich einfach nur sehr gern schwarz trug und mich in bunten Farben erkennbar unwohl fühlte. So auch der letzte weibliche Nachkomme der Familie Behla, eine wahnsinnig intelligente, liebherzige Frau. Die reizende, kleinwüchsige Frau Behla aus Lubin freute sich wie immer sehr, mich zu sehen. Ich staunte jedes Mal, dass sie trotz ihres hohen Alters noch immer Jahr für Jahr zum

Fest erschien. Und auch ich freute mich, sie dieses Jahr wieder bei uns begrüßen zu dürfen. Mit offenen Armen kam sie auf uns zu.

„Vega, Katharina, wie schön es ist, euch zu sehen. Katharina, du siehst wundervoll aus. Vega, moja luba, du natürlich auch. Aber muss es denn schon wieder schwarz sein? Es sieht immer aus, als würdest du Trauer tragen." Sie selbst war ebenfalls sehr adrett gekleidet. Die typische bunte Tracht aus Sprjewja mit einer ebenfalls sehr großen Haube. Mit der Haube wirkte sie gar nicht mehr so klein, aber ihre kreisrunde Brille auf ihrer kleinen Nase verriet, dass sie schon einige Jahre hinter sich gelassen hatte. Auf der anderen Straßenseite sah ich Anya mit ihren beiden Kindern. Sie versuchte vergeblich, beiden Sprösslingen gleichzeitig gerecht zu werden. Während sie sich mit dem einen Kind, was sie auf dem Arm trug, über die leckeren Eissorten im Wagen beugte und ein Eis kaufen wollte, zerrte das andere an ihrem Bein, weil es ein Karussell entdeckt hatte. Ich musste mir das Lachen verkneifen. Es war eine so typische Bilderbuchsituation. Aber Anya meisterte sie in aller Ruhe und mit einer Gelassenheit, wie es eben wohl nur eine Mutter in so einem Moment machen konnte. Ich wäre wahrscheinlich maßlos überfordert gewesen.

Ich entschuldigte mich bei Katharina und Frau Behla, wünschte Frau Behla noch alles erdenklich Gute und lief rüber zu Anya und ihren Kindern. Als ich ihr das Kind vom Arm nahm, war sie überrascht.

„Vega! Ach du meine Güte. Du kommst ja genau richtig." Sie strahlte. Jetzt konnte sie vernünftig ihr Portemonnaie aus der Tasche holen und in Ruhe bezahlen. Das Kind an ihrem Bein ließ von ihr ab und hing sich nun freudestrahlend an mich ran.

„Tante Vega", rief es.

Nun, ich war zwar nicht die Tante, aber das störte weder das Kind noch mich.

„Weißt du", sagte mir Dina, das Kind auf meinem Arm, „wir wollen mit dem Karussell da drüben fahren."

„Echt, ja? Aber kannst du das denn schon?"

Es lachte mich an und nickte wild entschlossen mit dem Kopf. So brachten wir die Kinder zu dem Karussell. Es war ein kleines, niedliches Fahrgestell mit Pferden und Kutschen, die sich einfach nur immer im Kreis drehten. Den kleinen Mathee hatten wir in eine Kutsche gesetzt, während Dina davor auf ein Pferd kletterte. Ich bezahlte die Runde für die beiden. Und jedes Mal, wenn sie an uns vorbeikamen, mussten wir natürlich ordnungsgemäß winken.

„Danke Vega, das wäre nicht nötig gewesen."

„Ich weiß. Stört doch aber auch nicht", lächelte ich sie an.

„Machst du mit den Kindern heute Abend wieder das Lagerfeuer?"

„Ja, die Menara haben Salzteig gemacht und Haselnussruten zurechtgeschnitten. Ich dachte mir, wir können dieses Jahr Stockbrot am Feuer machen."

„Schöne Idee."

„Ich hoffe. Ich wollte es mal versuchen. Dachte, es peppt die Sache noch ein wenig auf. Nur singen, trommeln und Gitarre spielen war mir zu eintönig."

„Nein, es ist immer eine schöne Sache."

„Na ja, wenn zu viele Kinder kommen, wird es natürlich nicht funktionieren."

„Ich denke, sie werden sich am Abend verteilen. Es wird schon klappen."

„Wir werden es ja sehen."

„Anya, da fällt mir gerade ein, dass ich den Tisch und die Stühle für dich, oder vielmehr für deine Kinder, fertig habe. Du musst sie sehen. Sie sind echt toll geworden." Wir lachten.

„Das glaube ich dir gern."

„Ich lasse sie dir nächste Woche bringen."

„Vielen Dank, Vega. Das ist echt nett. Ich bin gespannt, ob es tatsächlich was bringt", lachte sie.

Als ihre Kinder genug vom Drehen hatten, nahm ich den Kleinen wieder auf den Arm, Anya nahm die Große. So konnten wir noch gemütlich etwas durch die Straße bummeln.

Aber schon nach einigen Schritten stand mit einem Mal Kito vor mir. Er war tatsächlich gekommen. Und wie gut er wieder aussah. In schicken Schuhen, feiner Leinenhose und Hemd mit festlich bestickter Weste stand er da. Gekleidet, wie es bei uns Brauch war. Ich konnte es kaum fassen und schmunzelte. Er streckte seine Arme aus und drehte sich langsam um seine eigene Achse. Wow, es stand ihm ausgesprochen gut.

„Nicht schlecht", gestand ich ihm, während der kleine Zwerg auf meinem Arm rüber zu seiner Mutter kroch.

Kito verneigte sich vor mir. Klar, das musste ja sein.

„Du siehst in deiner Tracht aber auch ganz bezaubernd aus."

Er nahm meine Hand und drehte nun mich um meine Achse.

„Du hast viel Arbeit reingesteckt."

Ich wunderte mich. „Woher weißt du, dass ich es selbst gemacht hab?"

„Man sieht es", lachte er laut los.

„Echt?"

Das kam überraschend. Ich nahm meine Hand zurück und zuppelte an meinem Rock herum. Dabei hatte ich mir so viel Mühe gegeben.

„Nein, Spaß. Als mich Katharina eingeladen hat, habe ich sie gefragt, ob du normal gekleidet oder traditionell hier erscheinen wirst. Sie sagte mir, dass du gerade noch an deinem Rock nähst, damit dann deine Tracht vollständig fertig ist."

Ha ha. Schlechter Witz. Aber gut vorbereitet, musste ich gestehen.

„Vega, der Abschied vom letzten Frühstück ist nicht gerade gut verlaufen. Ich wollte mich dafür entschuldigen. Auch, weil ich einfach ohne ein Wort zu sagen gegangen bin. Das ist nicht meine Art. Entschuldige bitte. Ich bin einfach nach Hause gegangen."

Anya tippte mir auf die Schulter.

„Mir scheint, als hättet ihr was zu klären. Ich danke dir Vega."

„Wir sehen uns bestimmt noch Anya."

Ihre Kinder rannten auch schon los und sie musste ihnen wohl oder übel hinterherflitzen.

Ich musste mich dann auch entschuldigen.

„Mir tut es auch leid, Kito. Ich war wohl etwas ruppig. Auf bestimmte Sachen oder Fragen reagiere ich gewissermaßen allergisch. Kann sein, dass ich da etwas überreagiert habe."

„Etwas", grinste er. „Okay, keine Fragen über Freunde mehr."

„Keine Fragen über Freunde", bestätigte ich ihm.

„Hast du Lust, mit mir durch die Straße zu ziehen?"

„Ehrlich gesagt brauche ich dringend etwas zu essen. Ich habe einen solchen Hunger", gestand ich.

„Gut, was steuern wir an? Worauf hast du denn Hunger?"

„Fleisch. Definitiv was Richtiges."

Ich hielt meine Hand an den Bauch. Ich hatte wirklich großen Hunger.

Wir stoppten an einer Grillbude. Ein Riesenrost war in der Mitte aufgebaut, mit einer Schale voll heißer Glut darunter. Alles, was dort gegrillt wurde, sah verdammt lecker aus. Ich konnte mich bei der großen Auswahl nicht entscheiden. Wahrscheinlich waren meine Augen aber jetzt wieder größer als mein Magen.

Natürlich wurden wir bevorzugt bedient.

„Seid gegrüßt, Vega. Schön, dich bei uns zu sehen. Was wollt ihr beide denn essen?"

„Ich denke, ich nehme ein ganz normales Steak in Paprikamarinade und mit viel Zwiebeln."

Ich hoffte, dass meine Entscheidung richtig war. Und ich hätte wetten können, dass ich es bereut hätte, wenn ich gesehen hätte, was für eine Portion Kito bekommt.

„Zwei bitte", fügte er hinzu.

Na, Gott sei Dank, es gab nichts zu bereuen. Als hätte er meine Gedanken gelesen.

Wir bekamen unsere Steaks mit Brötchen überreicht.

„Was macht das?", fragte Kito schnell.

„Nein", bat ich ihn, „wirklich, das ist nicht nötig."

Der Grillmeister winkte jedoch ab.

„Vegas Gäste sind auch unsere Gäste."

Er reichte Kito strahlend die Hand und begrüßte auch ihn herzlich.

„Danke, ihr Lieben", rief ich allen am Stand zu.

„Und da stehst du nicht drauf, auf so eine Beachtung?"
rief Kito mir nach, als ich mich schon umdrehte, um weiter
die Straße entlang zu laufen.

„Na ja, ich gebe zu, dass es seine Vorteile haben kann. Ich
muss zumindest nie Bargeld dabei haben", scherzte ich
und kleckerte prompt mit Ketchup.

„War ja klar."

Ich verdrehte die Augen.

„Gott sei Dank nicht auf den Rock. Nur auf die Straße."

Kito musste sich das Lachen verkneifen.

Leider verging der Nachmittag viel zu schnell. Wir sind
doch nur durch eine einzige Straße geschlendert. Gut, wir
hatten hier und da an dem ein oder anderen Stand ein
Päuschen gemacht und uns angesehen, was verkauft
wurde. Wir haben auch viel gelacht und dabei ist die Zeit
wie im Nu verflogen. Und dieser schöne Tag endete mit
einem bezaubernden Abend.

Die Lichterketten leuchteten nun um die Wette und
verzauberten mit ihrem Glanz das kleine Dorf in ein
wahres Lichtermeer. Auch in den kleinen
Verkaufsständen kamen die Waren nun richtig zur
Geltung. Über die Lautsprecher schallte die Musik, die
von der Bühne kam.

An einem für mich besonderen Stand hielt ich noch mal
an. Sie boten Schmuck zur Vertreibung von Dämonen an.
Aus getrocknetem und geriebenem Johanniskraut stellten
sie ein sogenanntes ‚Pulver der Verbannung' her. Dieses
Pulver wurde in verschiedene Schmuckteile integriert
und sollte Schutz bieten, wenn man ihn am Körper trug.

Ich nahm ein Armband aus dünnen Lederschnüren. An
diesen war ein kleiner Anhänger geknotet. Ein Flügel, den

man aufklappen konnte. Wenn man ihn öffnete, sah man hinter einem winzigen Fensterchen das Pulver. Irgendwie fand ich gerade diesen Anhänger passend. Ich wollte Kito den Schmuck schenken, um zu testen, ob er irgendwie darauf reagierte. Insgeheim fürchtete ich mich davor, dass es eine Reaktion geben könnte. Etwa ein leichter Schmerz, ein Stechen oder irgendwas in der Art, was ihn vielleicht als Schüler verraten hätte. Dann wäre an dem, was Christopher gesagt hatte, vielleicht etwas dran.

Ich schloss den kleinen Anhänger und nickte dem Verkäufer zu. Er kannte mich und wusste, dass er sein Geld bekommen würde.

„Gib mir deinen Arm, Kito", sagte ich.

Er reichte ihn mir. Ich band ihm das Armband um. Als der kleine Flügel sein Handgelenk berührte, geschah jedoch nichts. Kein Zucken, keine Regung. Ich sah ihn an, aber es regte sich nichts, weder seine Mimik noch sein Blick verrieten etwas.

Gut. Ich war froh. Ich wusste nicht, was ich getan hätte, wenn mein Experiment geklappt hätte. Ein Gefühl der Erleichterung machte sich in mir breit.

„Was ist?", fragte Kito.

„Nichts", sagte ich, schüttelte den Kopf und knotete das Armband am Handgelenk fest.

„Es wird dich beschützen."

Er nahm den Arm hoch und sah dabei seine Hand an.

„Danke, Vega. Ich habe von den Kräften des Johanniskrautes gehört." Er schmunzelte.

Schon davon gehört also. Wahrscheinlich von seinem ‚Freund'.

„Warum ist dein Freund nicht mitgekommen, Kito?"

Ich musste nun langsam anfangen, etwas über ihn und seinen Carny Skitar herauszufinden. Die Wächter erwarteten das von mir.

„Welchen Freund meinst du?", fragte er mich verwundert.

„Na der, der sich so für unsere Wandteppiche interessieren würde. Es wäre doch heute ein guter Zeitpunkt gewesen, ihm die zu zeigen."

„Oh, er würde sie gern sehen. Und er würde auch dich bestimmt gern kennen lernen wollen."

„Aber? Warum hast du ihn dann nicht mitgebracht?"

„Er steht ganz und gar nicht auf solche Feierlichkeiten. So viele Leute auf einem Haufen sind nicht so sein Ding, weißt du."

Hmm, das konnte natürlich so sein. Es hätte aber genauso gut auch sein können, dass er tatsächlich ein Carny Skitar war und wusste, dass ich ihn als solchen sofort erkannt und entlarvt hätte. Die wichtigste Frage aber war, warum er seinem Schüler nichts über uns beibrachte? Oder war Kito einfach so clever und abgebrüht, dass er sich derart verstellen konnte? Aber warum?

Ach, warum, warum, warum. Ich hatte gerade absolut keine Lust, mich weiter mit diesen Fragen zu beschäftigen. Der Tag war einfach zu schön und ich wollte ihn hier nicht weiter aushorchen. Vielleicht sollte man ihn und seinen Freund stattdessen zu einem späteren Treffen überreden. Aber das musste nun wirklich nicht heute sein. Vielleicht war es wirklich so, dass sein Freund große Feste mied. Und die Gründe dafür waren mir gerade herzlich egal.

So schlenderten wir weiter Richtung Dorfplatz. Aus den Lautsprechern waren nun alte Volkslieder zu hören. Ein bekannter Sänger aus dem Bergland hatte jetzt auf der Bühne seinen Auftritt. Ich fand den ständigen Wechsel der Musikrichtungen etwas eigenartig. Die ganze Zeit dudelten Pop-Songs und dann der Schwenk zu Volksmusik und Schlagerhelden. Es war gar nicht so leicht, sich darauf einzulassen.

Ich musste aber zugeben, dass diese Vier-Viertel-Takt-Ohrwürmer schnell für gute Stimmung sorgten. Der Typ auf der Bühne schien auf jeden Fall sein Handwerk zu verstehen. Gekonnt begeisterte er sehr schnell sein Publikum. Man konnte ihn auch ohne Technik bis in die Straßen hören. Zugegeben, diese Musik war gerade sehr beliebt bei Alt und Jung, aber meine Musik war das nicht. Trotzdem hatte ich Respekt davor, wenn es jemand verstand, große Massen zu unterhalten.

Wir kamen langsam am Ende der Straße an. Hier bildeten die Marktbuden den Eingang zum Bereich des Dorfplatzes. Die Menschen rückten nun direkt vor der Bühne immer mehr zusammen. Viele von ihnen hatten Leuchtstäbe in den Händen und wirbelten im Takt damit wild durch die Luft. Riesige Strahler zeichneten Muster in den schwarzen Nachthimmel. Das Licht auf der Bühne schien mir allerdings nicht ganz zu wissen, wo es hin sollte.

Aber der Sänger dort oben auf dem Podest mit seiner Gitarre und in Lederhosen war wirklich niedlich. Mit einer Liveband im Hintergrund und Mädels im Stil der sechziger Jahre an den Mikrofonen gab er ein tolles Bild ab. Ich konnte schon verstehen, weshalb er so eine Anziehungskraft auf die Leute hatte. Hinter seinem Instrument versteckt, wirkte er eigentlich etwas schüchtern. Sein Auftreten aber war selbstsicher und fröhlich. Sein Lächeln und die leuchtenden Augen ließen die Mädels reihenweise dahinschmelzen. Mit seinem Charme hatte er Fans bei Jung und Alt. Auch ich wurde davon mitgerissen. Man bewegte sich unwillkürlich mit im Takt und bekommt das Grinsen nicht mehr aus dem Gesicht.

„Hulapalu", freute sich Kito, als er mir den Text des Liedes ins Ohr brüllte.

Das Lied kannte ich. Es war ein sehr erfolgreiches aus früheren Zeiten, das der junge Mann auf der Bühne gecovert hatte. Das war mit Sicherheit der Ohrwurm des Abends.

„Komm, wir tanzen."

Ist er verrückt geworden? Ich tanze doch nicht hier vor allen Leuten.

„Nein."

Doch Kito ließ nicht locker.

„Komm schon! Keiner wird uns beachten."

„Ich kann dazu nicht tanzen."

„Ich auch nicht", lachte er und nahm meine Hände.

„Warum fragst du mich denn dann?"

Er sprang im Takt herum und fing an, auch mich herumzuwirbeln. Etwas genervt konnte ich mich nicht wirklich zur Musik bewegen. Im Gegenteil. Ich war steif wie ein Brett.

Kito schüttelte meine Hände.

„Komm schon. Mach dich locker. Fühl die Musik, der Rest kommt von allein."

Doch ich hatte wirklich keine Lust zum Tanzen. Ich schloss meine Augen. Das Lied kannte jeder, auch ich. Also versuchte ich, es in mir aufzusaugen. Kito wirbelte immer noch herum, wobei er mich nicht losließ. Das war schon eine ziemlich dämliche Situation. Und immer wieder dieses „Hodijodijodije" dazu und das ganze Dorf grölte scheinbar mit.

Ja, es war lustig und ich fing langsam an, es zu genießen. Kito schüttelte weiter meine Hände und sprang auf und ab. Es sah albern aus. Ob ich wollte oder nicht, ich musste lachen. Ich wurde lockerer. Als er mich erneut herumdrehen wollte, konnte ich gar nicht mehr anders, ich sprang ebenfalls im Takt auf und ab. Wir kicherten beide wie zwei junge Teenager und hopsten über den Platz. Das war garantiert das Albernste, was ich je gemacht habe. Aber es machte so viel Spaß, dass ich gar nicht mehr aufhören wollte. Es war mir egal, dass wir uns wahrscheinlich dabei voll zum Löffel machten. Es war ein unbeschreiblich befreiendes Gefühl.

Auch wenn ich viel Energie besaß, so raubte mir dieses alberne Gehopse die Puste. Ich brauchte unbedingt eine Pause und wollte etwas trinken.

Immer noch lachend, rannten wir zu einem der Bierwagen am Rand des Platzes. Kito bestellte zwei Potsdamer für uns und bezahlte sie gleich.

Ich bedankte mich und wir stießen an.

„Auf einen schönen Abend."

Kito trank fast das halbe Glas in einem Zug aus.

„Auf einen schönen Abend", lachte ich und nahm auch einen kräftigen Schluck.

Eine Gruppe Dorfbewohner kam auf uns zu. Auch sie waren sehr gut gelaunt. Jeder Einzelne von ihnen begrüßte uns. Das empfand ich als sehr höflich. Obwohl sie Kito nicht kannten, wünschten sie auch ihm, genauso herzlich wie mir, einen schönen Abend. Das war nicht selbstverständlich. Aber sein einnehmendes, freundliches Wesen kam bei jedem gut an.

„Vega, was für ein wundervolles Fest."

„Schön, dass wir dich hier sehen dürfen, Liebes."

„Ganz toll Vega! Das haben die Menara hervorragend hinbekommen."

„Und die Darstellungen der Bräuche von der Jugend, stimmt's Didi, wieder hervorragend gelungen."

„Ich werd erst mal was zum Trinken bestellen. Mili, mein Schatz, willst du auch?"

Aufgekratzt redeten sie alle durcheinander. Ich lächelte und amüsierte mich über das aufgeregte Geschnatter der Leute.

Heimlich schlich ich mich von der Gruppe weg, in Kitos Nähe. Sie waren so mit sich beschäftigt, dass sie es gar nicht bemerkten.

„Komm, da drüben ist ein Lagerfeuer. Lass uns dorthin gehen."

Ich war einverstanden.

Wir nahmen unsere Gläser und gingen auf das Feuer zu.

Anya hatte sich dort einen kleinen Stand aufbauen lassen. Sie hatte Teig für Stockbrot portionsweise vorbereitet, auf Tüchern gelagert und verteilte sie nun an die Kinder. Dazu wickelte sie den gerollten Teig wie eine fette, aber kleine Schlange um Haselnussruten. Diese waren lang genug für die Kinder, so dass sie damit in einem sicheren Abstand die Stangen ins Feuer halten konnten. Und wie sie sich freuten, wenn ihr eigenes Brot fertig war.

Es war ein recht großes Feuer am Rande des Dorfplatzes. Es war windstill, so dass der Qualm kerzengerade nach oben stieg. Um das Feuer herum lagen große Baumstämme, die ideale Sitzmöglichkeiten boten. Hier war man weit genug von den künstlichen Lichtern des Festes entfernt. Man konnte jeden einzelnen Stern in dieser klaren Nacht sehen.

Anya freute sich, als wir an ihren Tisch traten.

„Vega, wie schön, dass du ... ihr hier vorbeischaut."

„Anya, darf ich vorstellen. Das ist Kito. Er kommt aus Barbuk und ist heute unser Gast."

Sie grinste mich an.

„Angenehm, Kito. Was für ein schöner Name."

„Anya macht sehr viel für unsere Kinder hier im Dorf. Sie ist sehr engagiert und lässt sich immer was Tolles für unsere Kinder einfallen, es wird nie langweilig."

„Freut mich Anya. Das mit dem Feuer und dem Brot ist eine schöne Sache. Können wir auch?"

„Gern, ihr müsst vielleicht nur einen Augenblick warten. Die Haselnussruten reichen leider nicht immer für alle gleichzeitig."

„Kein Problem, mach dir bitte keine Umstände."

Kito entdeckte eine Gitarre auf einem Stuhl in ihrem Stand.

„Wem gehört die?"

Er deutete mit seinem Blick drauf.

„Oh", sagte Anya. „Einer der Väter begleitet darauf ein paar Lieder zum Mitsingen. Der macht aber gerade drüben seine Trinkpause."

„Darf ich?" Kito streckte schon seine Hand aus, als würde er die Antwort bereits kennen.

Und tatsächlich, sie gab sie ihm.

Wir setzten uns auf einen der Stämme und Kito fing an, die Saiten zu zupfen.

„Machst du mit?", fragte er mich.

„Nun, das kommt darauf an, was du spielst."

Er schlug die Saiten an und begann. Ich beobachtete wieder seine Hände, wie sie die Musik aus dem Instrument zauberten. Leider konnte ich nicht viel hören, da das Feuer immer lauter knisterte. Trotzdem genoss ich in diesem Moment einfach nur diese herrliche Stimmung und ließ mich verzaubern.

Als er auch noch zu singen begann, schlug mein Herz vor Aufregung höher. Was für eine schöne, klare Stimme er doch hatte. Es war berührend, als die Kinder anfingen den Refrain mitzusingen. Sie hatten offensichtlich genauso viel Spaß wie wir.

So verbrachten wir eine ganze Weile am Feuer und ich lauschte seinen Liedern, genoss, wie er neben mir auf dem Stamm saß und so sicher und gekonnt mit der Gitarre ein Lied nach dem anderen für uns alle sang.

Nach einer Weile musste er eine Pause einlegen. Ich war immer noch verzückt von seiner Musik und starrte gedankenverloren auf die Flammen. Trotzdem sah ich, wie er um Worte rang.

„Überrascht es dich, dass ich heute hierher gekommen bin?"

„Nein", antwortete ich. „Aber ich muss gestehen, verblüfft war ich schon ein wenig, dich so traditionell angezogen zu sehen."

„Warum denn?"

„Nun ja, weißt du, Kito, du bist für mich ein Rätsel. Ich habe das Gefühl, deine Aura verrät nicht alles über dich. Dass du so traditionsbewusst sein kannst, hat mich schon etwas verwundert."

„Du denkst also, ich steh nicht so auf solch alten Kram?"

„Also, das Interesse junger Männer hält sich da immer etwas in Grenzen, denke ich."

„Tja, Vega, da muss ich dich enttäuschen. Die Vergangenheit und Geschichte dieser wunderschönen Welt interessieren mich ebenso wie dich."
Ich freute mich und ich war beeindruckt.

Er zupfte wieder leicht die Saiten der Gitarre, schaute versonnen ins Feuer und fing leise an zu sprechen:

„Es schlug mein Herz, geschwind zu Pferde!
Es war getan fast eh gedacht.
Der Abend wiegte schon die Erde,
Und an den Bergen hing die Nacht:
Schon stand im Nebelkleid die Eiche,
Ein aufgetürmter Riese, da,
Wo Finsternis aus dem Gesträuche
Mit hundert schwarzen Augen sah.

Der Mond von einem Wolkenhügel
Sah kläglich aus dem Duft hervor
Die Winde schwangen leise Flügel,
Umsausten schauerlich mein Ohr;
Die Nacht schuf tausend Ungeheuer,
Doch frisch und fröhlich war mein Mut:
In meinen Adern welches Feuer!
In meinem Herzen welche Glut!

Dich sah ich, und die milde Freude
Floß von dem süßen Blick auf mich;
Ganz war mein Herz an deiner Seite
Und jeder Atemzug für dich.
Ein rosenfarbenes Frühlingswetter
Umgab das liebliche Gesicht,
Und Zärtlichkeit für mich – ihr Götter!
Ich hofft es, ich verdient es nicht!

Doch ach, schon mit der Morgensonne
Verengt der Abschied mir das Herz:
In deinen Küssen welche Wonne!
In deinem Auge welcher Schmerz!
Ich ging, du standst und sahst zur Erden,
Und sahst mir nach mit nassem Blick:
Und doch, welch Glück, geliebt zu werden!
Und lieben, Götter, welch ein Glück!"

Ich war so gerührt, dass ich fast geheult hätte. Noch nie hatte jemand Goethe, den größten Poeten längst vergangener Zeiten, nur für mich rezitiert. Das Gedicht hätte ewig weitergehen können. Die Ruhe, die er dabei ausstrahlte, war unbeschreiblich. Seine schwarz gefärbte Aura war fast komplett erloschen.
Ich wollte diese Stille nicht unterbrechen.
„Du zitierst Goethe?"
„War das nicht Schiller?"

Machte er sich über mich lustig? Vielleicht bekam er selbst etwas Angst, da er merkte, was mit uns hier geschah. Schüchtern lächelten wir uns an. Er wurde mutiger und rutschte langsam immer näher an mich heran.

„Ich muss zugeben, ich bin ziemlich beeindruckt von eben", gestand ich.

Wir schauten uns sehr lange an, in seinen Augen spiegelte sich das Licht des Feuers und ich fand das ungeheuer aufregend.

„Und das Heu duftet so herrlich", flüsterte mir Kito leise ins Ohr, während er sich langsam meinem Gesicht näherte.

„Welches Heu?", flüsterte ich zurück.

„Der Himmel draußen muss schwarz wie ein Bahrtuch sein."

„Was redest du denn da?"

„Ich sehe nur noch den leuchtenden Mohn an deiner Brust …"

Moment mal, das kam mir doch bekannt vor. Er kam noch näher. Es begann langsam in meinem Bauch zu kribbeln, als hätte ich tausend Ameisen verschluckt. Dieser kurze Moment, in dem wir uns nun in die Augen sahen, kam mir wie eine Ewigkeit vor. Das Schlucken fiel mir schwer. Ich durfte nicht aufhören zu atmen, sonst wäre ich wahrscheinlich vom Stamm gerutscht. Ich wusste nicht, ob mir einfach nur so warm wurde oder ob es an der Hitze des Feuers lag. Ich hätte dahinschmelzen können.

„… und dein Herz hör ich schlagen", beendete er seinen Satz, nun mit geschlossenen Augen. Seine Lippen waren nur noch wenige Zentimeter von meinen entfernt. Ich konnte seinen Atem spüren.

„Nicht küssen, Melchior, nicht …", schoss es mir in den Sinn.

Plötzlich hörte ich, wie ein kleines Mädchen leise nach seiner Mama rief.

„Mami guck, Mami guck doch mal!"

Ich hielt inne. Öffnete die Augen und regte mich keinen Millimeter mehr. Meine Pupillen weiteten sich. Ich wurde hellhörig. Ich versuchte, meine Aufmerksamkeit nur auf die Stimme dieses Mädchens zu lenken. Vergaß die Leute um mich herum, blendete das Knistern des Feuers aus und musste vor allem meine gerade aufgekommenen, heftigen Gefühle unterdrücken. Ich spürte, dass etwas nicht stimmte.

„Mami guck! Der Wolf bewegt sich! Seine Augen leuchten ja!"

Blitzschnell drehte ich mich um und starrte in den Wald. Ich konnte aus der Richtung, aus der die Stimme des Mädchens kam, nichts erkennen. Es waren zu viele Bäume davor.

„Die Figuren leuchten!", schoss es mir durch den Kopf.

„Es ist Nacht und die Figuren reagieren. Dämonen sind hier!"

Panik erfasste mich, aber auch ein wenig Erleichterung machte sich in mir breit. Es funktionierte!

„Vega, was ist denn los?"

Ich konnte Kito hören, aber nicht mehr darauf reagieren. Ich sprang auf und stieß mich dabei vom Baumstamm, auf dem wir gesessen hatten, ab. Ich machte einen gewaltigen Satz und rannte noch etwas benommen, so schnell ich konnte, durch den Wald. Die Bäume waren bei der Geschwindigkeit kein Hindernis für mich. Aber ich musste auf meine Füße achten. Wurzeln und herumliegendes Gestrüpp konnten mir zum Verhängnis werden, wenn ich darüber stolperte oder darin hängen blieb.

Noch einen Satz. Dann konnte ich aus sicherer Entfernung den Radweg beobachten, an dem ich Rotkäppchen und den Wolf aufgestellt hatte.

Als ich fast lautlos auf dem Waldboden aufgekommen war, duckte ich mich in der schützenden Dunkelheit in ein Gebüsch. Mein Atem war ruhig, meine Sinne geschärft, mein Blickfeld weit.

Etwas weiter den Pfad herunter konnte ich das kleine plappernde Mädchen und dessen Mutter sehen. Sicher waren sie auf dem Nachhauseweg. Es ging ihnen offensichtlich gut. Anscheinend hatten sie noch nichts bemerkt.

Dann sah ich eine kleinere Gruppe Teenager, die ebenfalls auf dem Radweg unterwegs waren. Mit Sicherheit waren sie ebenfalls beim Herbstfest gewesen. Sie waren nicht gerade leise und schienen alkoholisiert. Aber sonst, nichts!

Bis es plötzlich anfing, auf dem Boden zu knistern. Es war nicht, als ob ein Tier durch den Wald liefe. Dafür waren die Abstände zwischen den Geräuschen zu regelmäßig. Etwas arbeitete sich sehr bedacht vorwärts. Aber ich konnte immer noch nichts erkennen. Ich schärfte meine Sinne und weitete meine Pupillen, damit ich mein Vermögen, im Dunkeln besser zu sehen, verstärken konnte. In diesem Augenblick begannen die Augen des Wolfes zu leuchten. Die Jungs, die sich gerade auf gleicher Höhe mit dem Wolf befanden, hatten sich lauthals über ihn amüsiert, so dass meine Ortung erschwert wurde.

Und dann sah ich es zwischen den Bäumen. Es schien, als ob sich eine unsichtbare Gaswolke, mit einem schwarzen Schatten umnebelt, langsam auf die Jugendlichen zubewegte. Ich konnte nur ihren schwachen Umriss erkennen. Doch meine Solarplatte schien die Strahlung aufzunehmen. Ich hatte keine Zweifel. Die unsichtbare Gaswolke anvisiert, rannte ich einfach darauf zu. So richtig hatte ich noch keinen Plan, was ich jetzt machen sollte. Ich versuchte, die Wolke zu packen, vielleicht würde etwas zum Vorschein kommen. Nichts. Es war einfach nichts da. Ich konnte weder etwas fühlen noch etwas hören.

Was war denn das für ein Ding? Wo war es hin?

Die Augen des Wolfes leuchteten noch. Es konnte nicht weit weg sein. Ich wollte die Jungs beschützen und lief auf sie zu. Ich glaubte nicht, dass sie etwas gesehen hatten. Aber ich wollte in ihrer Nähe sein, falls das Vieh auftauchen sollte.

So lief ich in Richtung Straße. Einer der Jungs hatte bemerkt, dass ich auf sie zu kam.

„Ist da jemand?"

„Ja", antwortete ich.

Als ich aus dem Wald trat, wollten die Jungs wohl gerade dumme Sprüche klopfen, die ihnen jedoch schnell im Halse steckenblieben. Ich sah oder hörte nichts, ihren entsetzten Blicken zufolge aber musste etwas sehr Großes hinter mir stehen. Es war ein beschissenes Gefühl, aber ich musste mich umdrehen und konnte nur hoffen, dass es nicht zu nah hinter mir stand und ich noch zum Gegenschlag ausholen konnte.

Sie deuteten mit ihren Händen entsetzt noch ein ganzes Stück über mir, es musste also ein riesiges Biest sein. Ich versuchte mich zu konzentrieren. Auch wenn ich nicht wusste, was mich jetzt erwartete, fing ich an, mein Engelsfeuer zu bündeln. Ich lud langsam meine Handflächen auf, sammelte aber genug Power, bereit für einen ersten Treffer.

Abrupt drehte ich mich blitzschnell um hundertachtzig Grad und merkte aber sehr schnell, dass ich schon gar keine Bewegungsfreiheit mehr hatte. Dieses riesige Ungetüm stand direkt hinter mir. Nun war es nicht mehr unsichtbar und stank bestialisch nach Schwefel. Wie hatte es das nur geschafft, so lange für das menschliche Auge unsichtbar zu bleiben? Irgendwie erinnerte mich das Vieh an Jabba the Hutt, eine überdimensionierte, genmanipulierte Nacktschnecke. Nur, dass dieses Exemplar hier kurze, stummelartige Tentakeln besaß, mit denen es sich zu bewegen schien. Es drückte sich an mich, als wollte es mich einfach überfahren. Da presste ich meine geladenen Hände gegen diesen schwabbeligen Körper und drängte es zurück in den Wald. Keine Ahnung, was ich da tat. Hauptsache weg von der Straße und den Jungs. So schob ich es weiter und immer tiefer hinein in den Wald. Es versuchte sich mit seinen kräftigen Fangarmen zu wehren. Es war sehr mächtig und ich hatte zu tun, es auch nur wenige Zentimeter zu bewegen. Da riss es sein Maul auf und eine riesige Höhle öffnete sich über meinem Kopf, eingerahmt von vielen winzig kleinen, spitzen Zähnen.

Ich konnte nicht mehr länger warten, hoffte einfach, dass der Abstand zum Radweg ausreiche. Meine gespeicherte Energie leitete ich nun zu meinen Händen und gab sie mit einem gewaltigen Stoß frei.

Als sich das blaue Licht in den Körper des Monstrums bohrte, suchte ich blitzschnell Deckung hinter einem Baum, bevor das Vieh in Millionen Einzelteile zerbarst. Was für ein ekelhafter Gestank. Ich musste würgen, obwohl meine Nase schon viel Ekligeres gerochen hatte. Mein Glück war, dass ich fast nichts abbekommen hatte. Ich hatte immer noch diese wunderschöne, alte Schürze an. Das hatte ich total vergessen.

„Vega!" schallte es durch den Wald.

„Kito!", schoss es mir durch den Kopf. Aber er war nicht allein. Ein paar Menara waren ihm gefolgt.

„Vega." Kito stand auf der anderen Seite der stinkenden Explosionsgrenze.

„Bleib da", befahl ich ihm und streckte meine Hand in seine Richtung aus.

Dann ging ich langsam zu ihm, um den Bereich herum. Die Menara zögerten gar nicht lange und begannen mit ihrer gewohnten Arbeit. Sie nahmen routiniert Proben von der übriggebliebenen Masse und bereiteten Flammenwerfer vor, um die Überreste zu beseitigen.

„Geht es dir gut? Du bist aber losgestürmt."

„Ja, alles gut."

„Na, du kannst ja vielleicht schnell umschalten."

„Ja ... ich ähm ..." stammelte ich. Ich war nur noch in der Lage, auf die Schweinerei hinter meinem Rücken zu deuten. Kito sah mich einfach nur an und nickte verständnisvoll.

Ich war völlig überdreht. Schließlich hatte Kito noch gerade versucht, mich zu küssen, und einen Augenblick später bin ich einfach davongesprungen, um Dämonen zu jagen. Aber diese Sache schien mir noch nicht beendet. Erst einmal musste ich aber meine flatternden Knie unter

Kontrolle behalten. Ratlos sah ich Kito an, aber er lächelte mir aufmunternd zu. Er nahm meine Hand und küsste sie ganz zärtlich. Was für ein Gentleman. Er beendete diese unangenehme Situation so verständnisvoll, versuchte nicht, sie krampfhaft fortzusetzen. Ich war maßlos erstaunt und so erleichtert. Keine unangenehme Situation, die uns später vielleicht als Peinlichkeit in Erinnerung bleiben würde.

Doch genau in diesem Augenblick wurde mir wieder bewusst, dass ich mich von meinen Gefühlen ablenken ließ. So schön sie auch waren, aber ich hatte eine Aufgabe zu erfüllen. Ich musste bei der Sache bleiben.

Als sich wenig später alles etwas beruhigt hatte, ließen wir die Menara allein. Kito begleitete mich zurück zum Kloster. Trotz dieses turbulenten Tages war es sehr ruhig. Der Weg war nicht mit Lichterketten beleuchtet wie auf der Dorfstraße, aber unser Heimweg wurde vom Mondlicht erhellt. Ich begutachtete meine wertvolle Schürze, doch zum Glück ist sie heil geblieben.

„Heute keine Aktivitäten, haben sie gesagt. Keine. Und jetzt wäre fast meine alte Schürze drauf gegangen."

„Sie ist dir wohl heilig?"

„Ich habe sie von Katharina, ja."

„Sie ist wunderschön. Du im Übrigen auch."

Ich schmunzelte und hielt einen Moment inne. Wie nett von ihm. Aber diese Gefühle konnte ich nicht zulassen. Ich brauchte eine Ablenkung. Wir kamen an meiner ersten geschnitzten Figur vorbei. Der große Engel mit ausgebreiteten Flügeln, den ich hier aufstellen ließ. Ich blieb stehen und wollte ihn Kito zeigen.

„Weißt du, warum ich so schnell weggelaufen bin? Ich habe ein Kind gehört. Ein kleines Mädchen, das sich über meine überall im Wald aufgestellten Figuren freute. Weil zum Beispiel bei dem Wolf dort hinten die Augen leuchten. Bei dem Engel hier funkeln die Flügel."

„Er ist wohl kaputt."

„Nein, es funktioniert nur am Tag. Oder, wenn ein Dämon in der Nähe ist."

„Ich verstehe."

Ich erklärte ihm, was es mit den Figuren auf sich hatte und dass ich froh war, dass meine Konstruktion funktionierte und ihren Zweck erfüllte.

Es amüsierte ihn offensichtlich, dass ich mich selbst über meine Arbeiten so freute.

„Ich denke, ich muss dich wirklich meinem Freund vorstellen. Du und was du tust, das wird ihn umhauen."

„Also hast du ihm doch von mir erzählt und was ich bin?"

„Ja. Entschuldige. Aber er ist immer für mich da. Er kennt sich aus in deiner Welt. Ich ... musste mit jemandem darüber reden. Die Viecher ... Wie du uns verteidigt hast ... das blaue Feuer ... Ich habe so etwas noch nie gesehen. Ich habe ihm alles erzählt."

Schuldbewusst sah er mich an und hielt dabei immer noch meine Hand.

„Ich wollte dir natürlich keinen Ärger machen. Ich weiß, dass ihr lieber unter euch seid und kein großes Gewese um euch macht."

„Nein, schon gut. Wir sind kein Geheimnis, Kito."

Wir standen schließlich vor dem Tor des Klosters. Ob er von mir erwartete, dass ich ihn überrede zu bleiben? Doch das schien mir keine gute Idee mehr zu sein. Ich musste versuchen, wieder einen vernünftigen Abstand zu gewinnen. So handelte ich schnell, um keine unangenehme Situation aufkommen zu lassen.

„Danke, dass du mich nach Hause begleitet hast."

„Sehr gern. Ich könnte jetzt sagen, dass dich ja jemand beschützen musste, aber ich befürchte, das kannst du sehr gut allein."

Ich lächelte ihn an. Und schon setzte mein Verstand wieder aus und schickte alle guten Vorsätze von eben zur Hölle. Ich sah ihm in die Augen und konnte meinen Blick nicht abwenden.

Hastig gab ich ihm einen kleinen Kuss auf die Wange und wandte mich schnell von ihm ab. Ich musste mich zwingen, durch das Tor zu laufen und mich auf keinen Fall umzudrehen. Jeder weitere Blick von ihm hätte mich wahrscheinlich dahinschmelzen lassen.

Statt zu meinen Räumen zu laufen, sprang ich auf das Dach des Klosters und beobachtete Kito, wie er langsam zum Dorf zurückkehrte und zu seinem Motorrad ging. Ich setzte mich auf den Dachfirst und ließ meine Beine über den Dachrand baumeln. Kito ließ sich natürlich Zeit. Er schien nachdenklich zu sein, trödelte, als er die Münch Mammut vom Schloss befreite. Im Geiste sah ich noch einmal die Bilder vom Lagerfeuer, wie er auf der Gitarre spielte, sein Gesicht, seine Augen, seine verführerischen Lippen. Der Klang seiner Wahnsinnsstimme hallte erneut in meinen Ohren. Bei dem Gedanken an einen Kuss von ihm musste ich lächeln. Im gleichen Augenblick lächelte auch Kito.

HATTE ER VIELLEICHT DIE GLEICHEN GEDANKEN?

Verrat

Die Sonne schien mir ins Gesicht. Wie spät war es denn? Wie lange bin ich schon nicht mehr von der Sonne geweckt worden? Seit wann konnte ich denn bitte so tief und vor allem so ungewöhnlich lange schlafen? Ich starrte auf den Wecker. Kurz vor halb zehn. Ich konnte mich nicht daran erinnern, jemals bis halb zehn geschlafen zu haben.

Und ich war gut gelaunt. Es musste am schönen Abend gelegen haben, dass sich Glückshormone in meinem Körper breitmachen konnten.

Ich wusste, Katharina würde mich zum Frühstück erwarten. Garantiert hatte sie auch tausend Fragen im Kopf, die sie alle beantwortet haben wollte.

So stand ich ganz gemächlich auf und versuchte, mich für den Rest der Welt etwas ansehnlich zu gestalten, indem ich meine morgendlichen Rituale im Badezimmer zelebrierte. Ich hatte Lust auf mein Lieblingskleid. Es war natürlich ein langes, schwarzes Kleid, aber mit bunten, geblümten Totenköpfen. Die Menara hatten Mühe, es immer so aussehen zu lassen, dass es wie neu wirkte, da ich es andauernd trug. Ich liebte es.

Als ich das Esszimmer betrat, sah ich zunächst nur Katharina dort sitzen. Doch sie schien sich gerade mit jemandem unterhalten zu haben. So ging ich weiter ins Zimmer. Welche Überraschung.

„Christopher!"

„Na, guten Morgen, moja luba."

Er stand auf, um mich zu begrüßen. Dabei schloss er mich in seine Arme.

„Christopher, wie schön dich zu sehen. Du bist ja früh unterwegs."

„Wir haben uns lange nicht gesehen. Ich dachte, ich nutze diesen Tag."

„Das ist schön."

Wir genossen den kurzen Moment für uns. Ich freute mich aufrichtig, ihn zu sehen. Es war eine schöne Überraschung, dass er schon so früh hierhergekommen war.

Ich ließ ihn los, hätte ihn aber auch noch Stunden so drücken können. Meine Freude war wohl kaum zu übersehen und ich wollte auch meine gute Laune nicht unterdrücken.

Katharina ergriff das Wort.

„Du strahlst ja heute so, Vega."

„Guten Morgen, Katharina."

Ich gab ihr einen Kuss auf die Stirn und drückte sie ebenfalls kurz. Dann nahmen Christopher und ich neben ihr Platz. Eine Menara kam und schenkte uns Kaffee ein.

„Danke."

„Danke."

Katharina rückte etwas mit ihrem Stuhl nach hinten. So konnte sie mich besser begutachten.

„Was ist?"

„Nun, moja luba, deine gute Laune ist ansteckend. Du hast dich gestern davongeschlichen, oder? Zumindest habe ich dich nicht mehr auf dem Fest gesehen."

„Doch, ich war da. Die ganze Zeit."

„Also, beim Hahnrupfen hast du mit Abwesenheit geglänzt. Du hast was verpasst. Es war ein spannendes

204

Turnier dieses Jahr. Marco, von dem Bauernhof am anderen Dorfende, ist erster König geworden."

„Der Lange?"

„Ja, und seine Freundin hat sich darüber noch mehr gefreut als er selbst. Dabei hat er sie beim Tanz nicht einmal erkannt."

„Hat ihm denn keiner gezeigt, wie man schummelt?", bemerkte Christopher.

Katharina warf ihm einen strengen Blick zu. Sie mochte es überhaupt nicht, wenn jemand die strengen Regeln durch Mogeln brach.

„Was?"

Christopher hob seine Hände, dabei gleichzeitig mit den Schultern zuckend, in die Luft.

„Heutzutage schummelt doch jeder, um die Liebste auszuwählen."

Er lachte. Verschmitzt drehte sich Katharina zu mir um.

„Apropos Liebster. War Kito gestern nun da?"

„Liebster? Wieso Liebster?"

Hellhörig geworden spitzte Christopher die Ohren.

„Nicht Liebster!"

Ich warf Katharina einen ernsten Blick rüber.

„Aber ja, Kito war da. Du hattest ihn schließlich eingeladen. Und wir haben uns unterwegs Zeit gelassen. Erst, als es dunkel wurde, waren wir auf dem Dorfplatz."

Wieder gingen mir die Bilder vom Vorabend durch den Kopf und ich musste grinsen.

„Wow, wow, wow. Mir scheint, als hätte ich hier voll was verpasst?"

„Das denke ich auch", stimmte Katharina ihm zu.

„Nein. Es ist nichts passiert. Nichts. Nicht mal ein Kuss."

Ich sah beide unschuldig an, wie ein kleines Mädchen. War es doch die Wahrheit. Doch ein kleines Lächeln huschte mir über die Lippen.

„Aber du stehst auf ihn."

„Christopher. Ich kann mir das nicht leisten. Zugegeben, es war ein wunderschöner Abend. Ich bereue auch nicht, die Bräuche verpasst zu haben. Ich stelle aber fest, dass ich mir Gedanken mache. Gedanken um Sachen, die sein könnten oder auch nicht. Es sind Gedanken, die mich definitiv ablenken. Ich weiß nicht, ob ich dann noch richtig handeln kann, wenn ich sie zulasse. Aber sie sind schön. Also ja, ich habe Glücksgefühle, wenn ich an ihn denke."

„Vega, warte. Reden wir über den Schüler?"

„Ja."

„Also hatte ich recht! Du magst ihn."

„Das ist möglich."

„Vega", unterbrach uns Katharina, „Du sagst, es ist nichts passiert? Aber du bist doch jetzt schon ganz durcheinander."

Christopher lachte.

„Also, ich finde das süß."

„Süß?"

Katharina klang empört.

„Das ist mein Ernst. Du hattest einen schönen Abend. Aber allein das bringt dich schon durcheinander. Du musst bei der Sache bleiben. Du bist ein Engel. Du hast Verpflichtungen. Die Lage lässt gerade keine schönen Abende zu."

„Sie hat recht."

Christopher wurde ernst und stimmte ihr nun zu. Er lehnte sich näher an mich heran.

„Ich befürchte, deine Skitarka macht sich zu Recht Sorgen. Der junge Mann ist der Schüler eines Carny Skitar. Es wird sich nicht ändern. Wir können ihm nicht trauen. Vega, er nutzt dich aus. Wir wissen nicht, was er will."

„Nein, das glaube ich nicht."

„Hast du etwas in Erfahrung bringen können?", wollte Katharina nun wissen.

„Er redet immer von seinem Freund und dass er mich ihm vorstellen möchte."

Christopher lehnte sich wieder zurück.

„Das ist er. Ich frage mich nur, was er von dir will."

„Nein. Ich vertraue ihm. Seine Aura wird heller!"

„Ich weiß nicht, Vega. Er ist und bleibt ein Schüler."

Katharina stand auf und stützte nachdenklich ihre Hände auf dem Tisch ab. Ich wusste, dass sie anders darüber dachte. Sie war der Meinung, dass man einem Carny Skitar durchaus trauen kann. Aber deshalb würde sie sich niemals mit einem Engel streiten. Vermutlich suchte sie nach den richtigen Worten. Jeder hatte seine Meinung und jede wurde von ihr respektiert. Sie stand immer zu mir. Gab mir Ratschläge und half mir, wann immer sie konnte. Niemals geriet sie dabei in Streit. Und niemals würde sie einem Engel widersprechen.

„Vega, du musst an ihm dranbleiben. Auch wir müssen in Erfahrung bringen, was die beiden von uns erwarten. Aber hüte dich vor deinen Gefühlen. Er muss ein Freund bleiben. Hörst du. Nur ein Freund. Lass dich nicht von deinen Gefühlen blenden. Christopher hat recht. Sei vorsichtig."

Sie kam auf mich zu und hielt eine Hand an meine Wange.

„Es fällt mir nicht leicht das zu sagen, moja luba. Glaub mir. Dein Lächeln im Gesicht verrät mir, dass du glücklich bist. Ich habe dich noch nie so gesehen."

Ein Menara klopfte an die Tür.

„Verzeiht die Störung. Ich habe Nachrichten für euch." Er verneigte sich. Katharina ging auf ihn zu. Sie nahm ihm einen Zettel ab.

„Ich habe noch eine Nachricht."

Katharina hielt die Hand auf.

„Sie ist für den Engel des Seenlandes."

Er gab den Zettel Christopher. Dann ging er wieder.

Katharina entfaltete ihre Nachricht zuerst.

„Sie schließen die Tore."

„Was?"

Hieß es das, was sie sagte? Solange ich mich erinnern konnte, standen die Tore immer offen.

„Was heißt das?"

„Sie werden niemanden aus der Bevölkerung mehr ins Kloster lassen. Anscheinend werden Aktivitäten nahe dem Dorf bestimmt. Es ist in so einem Fall eine ganz normale Prozedur. Die Wächter wollen sich hier bald erneut versammeln."

Sie sah uns an.

„Das ist es, was ich meine. Du kannst dich auf dein Baugefühl verlassen. Ich denke, sie haben etwas erkannt. Sie glauben dir, Vega."

Christopher hatte seine Nachricht auch gelesen.

„Bei mir ist es ähnlich. Ich muss zurück ins Seenland. Einige Wächter wollen mich sprechen. Offenbar geht es unter anderem schon wieder um den Angriff im Wald, von dem ich nichts bemerkt hatte."

Die Stimmung war nun sehr bedrückend. Plötzlich fiel es mir schwer zu lächeln. Ich bereute gerade ein wenig mein so viel gepriesenes, tolles Bauchgefühl. Ich war vielleicht sogar ein wenig böse auf meinen Bauch.

„Ich hoffe, wir wiederholen unseren Tag. Doch befürchte ich, dass wir uns erstmal um deinen neuen Freund kümmern müssen. Und deinen Bauch."

Er zwinkerte mir zu, drückte mich und verabschiedete sich von Katharina.

„Lass uns rausgehen, Katharina. Ich will nachsehen, was los ist."

„Wir werden ins Dorf gehen. Vielleicht hat jemand was bemerkt. Die Menara sind auch aktiv in Sprjewja."

Wir liefen durch die Tore des Klosters. Und tatsächlich wurden sie hinter uns gleich wieder geschlossen. Ich hatte ein mulmiges Gefühl. Das hatte ich noch nie erlebt. Aber nützte es denn tatsächlich was? Die Dämonen der Finsternis würden sich doch nicht durch Tore zurückhalten lassen. Vielleicht war es nur eine symbolische Geste, um die Bewohner zu warnen und zu beruhigen. Aber würde nicht gerade das Panik verursachen? Vielleicht nicht gleich Panik, aber würde es die Dorfbewohner nicht ängstigen? Schließlich wurden die Klöster früher wjelika murja genannt. Was soviel bedeutete wie große Mauer. Heute konnte man aber oft die Bezeichnung smojta murja, finstere Mauer, hören.

Ich wollte Katharina fragen. Aber sie blieb stehen. Wir standen vielleicht fünfzig Meter vom Tor entfernt. Ihr Blick schweifte von links langsam nach rechts. Sie beobachtete die Umgebung.

„Vega, siehst du etwas?"

Verwundert sah ich sie an. Aber ich merkte, dass ihr die Frage ernst war. So sah ich mich ebenfalls um. Nichts. Es war wie ausgestorben. Keine Menschenseele war zu sehen. Das ganze Dorf wirkte wie ausgestorben. Kaum ein Geräusch war zu hören. Der morgendliche Nebel hatte sich noch nicht verzogen. Er schien an dem Tag in den Wäldern festzuhängen.

„Nein."

„Diesmal habe ich ein komisches Bauchgefühl."

„Kann man sich denn auf deinen Bauch verlassen?"

„Normalerweise schon."

„Aber hier ist nichts. Es ist vielleicht ein wenig düster, aber mehr auch nicht."

„Ich weiß nicht, Vega. Die Wächter stellten Aktivitäten fest. Ich kann fühlen, dass etwas nicht stimmt."

„Sie sprachen von Sprjewja. Sprjewja ist groß. Es muss nichts hier passieren. Ich sehe nichts. Höre auch nichts. Soll ich mich auf die Jagd begeben?"

„Nein, nein. Wir bleiben hier. Ich denke, wir sollten ins Dorf. Menschen können auch manchmal besonders empfindsam sein. Vielleicht hat tatsächlich jemand etwas beobachtet."

Katharina hatte bestimmt wie immer recht. Obwohl ich mir dieses Mal Sorgen um ihr Bauchgefühl machte. Wie anstrengend das für sie sein musste, wenn ich ihr immer wieder von meinem erzählte. Es wunderte mich, dass sie noch keine Sorgenfalten im Gesicht hatte oder graue Haare bekam.

Wir liefen den Radweg entlang in Richtung Dorf. Die Figuren, an denen wir vorbeiliefen, zeigten keine Regung. Das war gut so. Das Wetter war nicht gerade schön. Aber es war zu diesem Zeitpunkt äußerst günstig, dass die

Solarzellen nicht mit Sonnenenergie versorgt wurden. Vielleicht könnten sie so nützlich sein bei der Suche nach dämonischen Aktivitäten. Keine von ihnen reagierte.

Als wir uns aber dem Dorf näherten, hätte ich schwören können, dass ich Kito hörte, wie er mich rief. Mein Herz machte einen kleinen Sprung und meine Lippen verzogen sich zu einem kleinen verräterischen Lächeln.

„Warte, Katharina!"

Ich hielt sie zurück.

„Was ist? Sind sie hier?"

„Nein, entschuldige. Ich wollte dich nicht erschrecken."

Ich schloss meine Augen, um besser hören zu können und meine Sinne zu schärfen. Und tatsächlich. Er schien auf uns zuzukommen und rief nach mir.

„Kito ruft."

Katharina drehte sich um. Dann sah ich ihn. Ein schönes Gefühl, ihn wiederzusehen, trotz dieser merkwürdigen Situation gerade.

„Er scheint sehr aufgeregt zu sein."

Schließlich konnte auch Katharina ihn sehen.

„Warte, Vega, bitte warte!"

Er kam auf uns zugerannt. Er war außer Atem und schnappte fast bei jedem Wort nach Luft.

„Wir wollten zu dir. Waren beim Kloster. Man hat uns gesagt, ihr seid gerade weg, auf dem Weg ins Dorf. Blöde Idee, hinterherzurennen!"

„Hey", grinste ich. „Beruhige dich doch erst einmal. Du bist ja ganz außer Atem."

„Na, renn du doch mal, so unsportlich und unvorbereitet wie ich bin, den ganzen Radweg lang."

„Kein Problem."

„Ha, ha!"

Kito schnappte immer noch nach Luft.

„Wer ist denn wir?", bemerkte Katharina.

„Ich möchte dir, oder euch, meinen Freund vorstellen, Salvan. Er sagt, dass es an der Zeit ist. Was auch immer er damit meint.

Puh, warum sind wir nicht mit dem Fahrzeug weitergefahren?!"

Er lachte.

„Kito, das ist ja schön", unterbrach ich ihn, „aber es ist gerade ein etwas unpassender Zeitpunkt."

Doch ich konnte seinen Freund schon in der Ferne sehen. Er lief zügig, rannte aber nicht.

„Er sagt, es ist wichtig."

Als er näherkam, erstarrte ich. Ich drängte Katharina langsam hinter mich, um sie so beschützen zu können. Der Mann, der auf uns zukam, erschreckte mich. Eine so perfekte Verwandlung hatte ich noch nie gesehen. Normalerweise konnte ich einen Dämon in Menschengestalt auch ohne Aura erkennen. Sie hatten immer Fehler. Doch dieser war so gut in eine menschliche Hülle gepackt, dass ihn nur seine schwarze, boshafte Aura verriet. Die Aura eines Dämons. Es lief mir eiskalt den Rücken herunter. Diese perfekte Tarnung, die Vertrauenswürdigkeit vortäuschen sollte, machte mir Angst. Doch als er vor uns stand, spürte ich die Wärme, die er trotz seines boshaften Erscheinens ausstrahlte. Dennoch war ich mir unsicher. Ich nahm eine ganz leichte Angriffsposition ein. Stellte meinen linken Fuß, nur für den Fall der Fälle, etwas nach hinten, um meinen Körper im Gleichgewicht halten zu können, falls da was auf uns zukommt.

„Schon gut", flüsterte Katharina.

Sie hatte gut reden. Auf so etwas war ich nicht vorbereitet. Das hatte ich mir anders vorgestellt mit dem Carny Skitar. Nicht so perfekt und auch nicht mehr so dunkel. Ich denke, mein leicht panischer Blick in Kitos Richtung hätte ihn fast verraten. Sicher war es keine gute Idee, ihn jetzt vor Kito bloßzustellen. Also riss ich mich zusammen, auch wenn ich mich um ihn ängstigte.

Der Carny Skitar bemerkte meine Nervosität.

„Bitte", sagte er in einem überraschend ruhigen Ton. Dabei versuchte er, mich mit leichten Handbewegungen zu beruhigen.

„Bitte, es ist wichtig."

Er wiederholte sich. Doch offensichtlich wollte er sich nicht vor Kito verraten.

Ich kann gar nicht beschreiben, wie nervös ich war. Für mich war es keine leichte Aufgabe, einem Dämon zu vertrauen. Es war ein Gefühl, dass mir völlig gegen meinen natürlichen Instinkt ging. Auch wenn es Kito gut ging und Katharina ihm offenbar Vertrauen schenkte, konnte ich mich nicht beruhigen und blieb angespannt und aufmerksam.

Der Fremde versuchte mich immer noch mit seinen Blicken zu besänftigen. Ich hingegen versuchte irgendwie vorherzusehen, was er nun vorhatte. Mein Blick wechselte zwischen ihm und Kito.

Doch Kito merkte wahrscheinlich, dass etwas nicht stimmte.

„Was ist denn los mit euch beiden? Kennt ihr euch etwa?"

Doch ehe einer von uns antworten konnte, wurde ich abgelenkt. Eine der Solarzellen reagierte. Das Knusperhäuschen fing an zu lachen. Ich wusste, es war zu leise für Katharina und Kito. Doch sein Freund schien es ebenfalls zu hören. Denn er drehte sich zu dem Geräusch um.

Er wurde nun hektisch. Schien sehr aufgeregt oder sogar nervös zu sein.

„Schnell, bitte. Ihr müsst mir zuhören! Ich war im Bergland, bei der Skitarka. Bitte, sie ist eine Freundin. Es ist wichtig. Für euch. Für uns. Für alle. Ich habe ihr ..." Er wurde unterbrochen. Ein höllisches Gebrüll durchbrach die Stille des Waldes. Ein unerträgliches Geräusch, welches im Hintergrund den Klang wie von kratzenden, quietschenden Fingernägeln auf einer Tafel hatte. Wir alle hielten uns die Ohren zu. Ich blickte in den Wald und versuchte das Geräusch zu orten. Doch es kam aus allen Richtungen.

Dann wieder. Ein lautes Geheule gefolgt von einem sehr lauten Donner.

Ich kannte es sehr wohl. Der Carny Skitar offenbar auch.

„Höllentrolle!", gab ich den anderen zu verstehen.

„Höllentrolle!", bestätigte er.

Diese riesigen, grobmotorischen Ungeheuer galten als die bissigen Hunde der Höllenfürsten. Sie wurden immer dann freigelassen, wenn niedere Aufgaben zu erfüllen waren. Wie etwa eine Entführung, oder einfach nur ein Mord.

Ihre Stärke war, mit ihrem Höllenlärm den Menschen solche Angst einzujagen, dass sie erstarrten und die Trolle dann mit ihnen machen konnten, was sie wollten. Das sabbernde, scharfe Gebiss wirkte größer als das ganze Gesicht. Mit ihren winzigen Augen schienen sie überhaupt nichts sehen zu können, aber ihr Gehör war so fein, dass sie eine Ameise auf dem Boden laufen hören konnten. Mit ihren übergroßen Keulen donnerten sie so stark auf den Boden, dass dieser erbebte und die Menschen keinen Halt mehr auf ihm fanden. Bei dem ohrenbetäubenden Donnern dazu stand niemand freiwillig wieder auf.

„Es sind drei."

„Nein, vier", korrigierte ich den Carny Skitar.

Aus vier Richtungen konnte ich Schritte wahrnehmen. Aschenputtels Schuh fing an zu glitzern.

„Und sie sind verdammt schnell", musste ich zu meinem eigenen Entsetzen gestehen.

Ich ließ Katharina ganz dicht hinter mir und beobachtete weiterhin den Wald. Wir bewegten uns langsam in Kitos Richtung. Auch ihn wollte ich beschützen. Wie würde sich nun sein Freund verhalten? Ich versuchte seinen Gesichtsausdruck zu deuten. Aber ich konnte nur leichte Panik darin erkennen. Er musste mir jetzt einfach helfen. Ich brauchte seine Unterstützung. Es waren zu viele, die ich gleichzeitig beschützen musste. Das bereitete mir große Sorgen. Und dann ... wurde es still.

Mit einem Satz kam der erste Troll auf den Weg gesprungen, zerstörte dabei mit seinem Gewicht die Straße und rannte auf uns zu. Wenn ich ihm jetzt entgegentreten würde, wären die anderen ungeschützt. Ich musste warten, ob Kitos Freund etwas unternahm. Doch er rührte sich nicht.

Ich begann, meine Magie in meinem Körper zu sammeln. Jetzt aber schnell. Ich benötigte wahrscheinlich nicht viel, denn ihre Größe und ihr angsteinflößendes Äußeres waren eigentlich schon alles, was diese Höllentrolle ausmachte. Gut, sie waren stark. Aber nicht schnell genug.

So sammelte ich in meinen Händen einen Strahl aus Engelsfeuer, den ich wie ein Schwert benutzen konnte. Ich wartete, bis der Troll uns ganz nah war. Kito, sein Freund und Katharina versteckten sich dicht hinter meinem Rücken.

„Seht euch auch nach hinten um", schrie ich Katharina entgegen, denn der Troll war bereits so laut, dass ich Angst haben musste, dass sie mich vielleicht nicht mehr verstand.

Mit einem Satz hob er seine Keule und wagte einen großen Sprung in unsere Richtung. Da ich die anderen Mistviecher aber noch nicht genau ausfindig machen konnte, durfte ich meine Position nicht verlassen. So sprang ich im richtigen Moment einfach nur nach oben und holte Schwung, indem ich mich zweimal um die eigene Achse drehte. Meinen Energiestrahl hielt ich fest in beiden Händen. Bereit, ihn dem Biest in den Leib zu jagen. Doch in dem Moment sah ich von hinten einen zweiten Troll auf uns zu springen. Dieser holte seitlich mit seiner Keule Schwung.

So musste ich dem ersten Angreifer erst den Kopf abschlagen und dann versuchen, mit einer erneuten Drehung den anderen zu erledigen. Doch ich erwischte beide nicht richtig. Der Schwung hatte von vornherein nicht für beide gereicht. So schlitzte ich dem einen nur die Kehle auf. Was aber ausreichte, er fiel zu Boden und blieb regungslos liegen.

Doch der andere wich lediglich ein paar Schritte zurück, als ich ihm etwas den Bauch aufriss. Ein schrecklicher Schrei entfuhr seiner Kehle. Unschön fiel nun auch ich zu Boden. Denn das Engelsfeuer, was ich dabei verlor, war zu schwach gegen zwei von ihnen und ich verlor das Gleichgewicht. Ein dritter Troll mischte sich nun ein und packte den Carny Skitar. Kito wollte ihn losreißen, doch der Troll schleuderte ihn zur Seite. Ich war nicht schnell genug an ihm dran, um ihn festzuhalten. So flog er ein paar Meter in den Wald hinein und landete hart auf dem Boden. Der Troll brüllte. Panik ergriff mich und blockierte damit meinen Körper und meinen Verstand. Kito! Doch er bewegte sich.

Ich konnte mich nicht konzentrieren. Katharina! Ich sah mich um, während ich erneut mein Engelsfeuer zu laden begann. Katharina entdeckte den vierten Troll und nahm eine Abwehrstellung ein. Ich jedoch wusste nicht, ob ich Kito dort liegen lassen konnte. Ich wusste nicht, warum sich der Carny Skitar nicht einfach befreite. Meine Gedanken wirbelten zu sehr durcheinander.

„Warum tust du nichts?", schrie ich ihn an.

Doch er konnte nicht antworten. Er rang verzweifelt nach Luft, als ihm der Troll mit seinen Händen die Kehle abschnürte. Katharina benötigte ebenfalls meine Hilfe, denn der Troll, der auf sie zuging, holte bereits aus, um sie zu packen. So sprang ich auf ihn zu. Benutzte meine blauen Flammen wieder als Ballform in jeder Hand, sprang hoch in Richtung Katharina, machte eine Rolle in der Luft und landete auf dem Rücken des Trolls. Ich hielt meine Hände an seine Schläfen. Dabei hatte ich Mühe, mich auf diesem Monster halten zu können.

Ich hörte Katharina.

„Er kann nichts tun! Er hat keine Kräfte mehr! Sie verschwinden, wenn du nicht für deine Aufgabe lebst!"

Das hätte mir doch aber auch schon mal jemand vorher sagen können.

Geballt versuchte ich meine Kraft aus beiden Händen in den Kopf des Trolls fließen zu lassen, um seinen Schädel zum Explodieren zu bringen. Da sah ich, dass sich der Skitar nicht befreien konnte. Er wurde erneut auf den Boden gehauen. Bewusstlos lag er im Sand. Ich erschrak, musste ihm helfen.

„Katharina! Kito!", mit meinem Blick deutete ich auf ihn. „Geh zu ihm!"

Endlich zerschellte der dämliche Körper des Höllentrolls in tausende Fetzen. Ich sprang von ihm ab.

Ich war noch nicht am Boden aufgekommen. Den Troll, dem ich den Bauch aufgeschlitzt hatte, konnte ich noch mit einer triefend nassen Hand sehen. Was war das? Seine Klaue streifte meinen Bauch und hinterließ dabei eine tiefe Wunde. Ich schrie wie am Spieß, als ich den Boden mit meinen Füßen berührte. Noch nie hatte ich solche Schmerzen verspürt. Noch nie hatte mich jemand so sehr erwischt, dass es mir den Atem verschlug. Ich wurde schon oft verletzt, aber ich heilte schnell. Ich erlitt normalerweise nicht solche Qualen. So rang ich nach Luft und hielt meinen Bauch. Ich konnte spüren, wie mir warmes Blut den Arm runter lief. Zum ersten Mal hatte ich Angst. Was würden die Trolle jetzt mit Kito und Katharina anstellen?

Im selben Augenblick wurde auch schon das Viech auf Kito aufmerksam. Er grummelte etwas vor sich hin. Schließlich stieß er sein Stummelbein noch einmal in meinen Bauch. Ich sackte zusammen und konnte mich nicht mehr bewegen. Allmählich wurde mir schwarz vor

Augen. Ich bemerkte, dass mein Kreislauf zusammenbrach. Der Troll ließ von mir ab, als ich mich nicht mehr bewegte, und lief nun auf Kito und Katharina zu. Ich wollte ihn anbrüllen, dass er zurückkommen sollte, um weiter mit mir zu kämpfen. Aber mir fehlte die Kraft dazu. Nicht mal ein Wort brachte ich mehr heraus. Ich brauchte Hilfe. Ich würde es wohl nicht mehr schaffen. ‚Vega! Was ist denn bei dir los?'

Gott, pure Erleichterung durchzog meinen Leib, als ich Christophers panische Stimme in meinem Kopf vernahm.

„Christopher ich ..."

Nicht mal in Gedanken konnte ich noch einen klaren Satz rausbringen. Aber das war auch nicht nötig. Denn die Verbindung zwischen mir und meinem Freund war bereits wieder unterbrochen. Vermutlich hatte er den Spiegel schon wieder losgelassen und war auf dem Weg hierher. Nein, nicht vermutlich. Ich war mir da ganz sicher.

Ich hoffte nur, dass es nicht zu spät war, war aber dennoch froh, dass er überhaupt ausgerechnet jetzt über die magische Kraft des Spiegels das Gespräch mit mir gesucht hatte.

Die Hoffnung, dass Christopher sich so schnell er nur konnte zu uns auf den Weg machen würde oder jemandem Bescheid geben konnte, gab mir die Kraft, mich in Katharinas und Kitos Richtung zu bewegen. Meine Hand strich über den Boden. Ich konnte den Sand zwischen meinen Fingern spüren, während mein Gesicht noch auf der harten kalten Straße lag.

Ich blickte in die entsetzten Gesichter meiner beiden Freunde, als der Troll ihnen schon ganz nah war. Katharina stellte sich schützend vor Kito, wobei er ebenfalls auf alles gefasst zu sein schien. Sie schauten zwischen mir und dem Troll hin und her. Doch dann ließ Kito seinen Blick nicht mehr von mir. Ich glaube, er rief sogar meinen Namen. Aber ich hatte keine wirkliche Wahrnehmungskraft mehr.

Seine Blicke waren voller Sorge. Ich musste ihn beschützen. Ich musste sie beide beschützen. Mit der Hoffnung in meinen Gedanken und der Erde unter meiner Hand spürte ich, dass ich noch einen Funken Energie aus mir herausholen konnte. Ich musste zumindest versuchen, sie mit einem Schutz zu umnebeln. Dafür war nicht viel Energie notwendig.

Es kam mir so vor, als würde mir Energie durch die Erde von außen zugeführt. Aber ich war wohl nicht mehr so ganz bei Verstand. Dachte auch nicht darüber nach. Denn ich nutzte sie einfach. Je mehr, desto besser.

Ich konnte nun meine Handfläche in Kitos Richtung halten. Ein leuchtend blauer Nebel trat aus ihr heraus und schlängelte sich wie eine Schlange zu meinen Freunden, gerade als der Troll vor ihnen stand.

,Kito!'

War mein letzter Gedanke, als ich plötzlich müder wurde. Das Schutzschild versuchte ich noch aufrechtzuhalten und hoffte, dass es ausreichen würde. Erschöpft schloss ich nun meine Augen.

„Vega, nein!"

Kito schrie.

Katharina war ebenfalls sehr aufgeregt.

„Bleib hier! Sie schützt uns!"

DANN WURDE ES DUNKEL

Heilung

Stille. Frieden. Absolute Ruhe umgab mich. Ich fühlte mich so leer. Ungewöhnlich schwach. Da war kein Drang, mich bewegen zu müssen. Einfach nur liegen bleiben. Keine Ahnung was passiert war, keine Ahnung wo ich war, keine Ahnung wann es war. Einfach nur still daliegen und nichts tun. Das Lachen eines Kindes hallte in meinem Kopf. Die Sonne durchdrang meine Augenlider. Zumindest schien die Welt nicht untergegangen zu sein. Das Kind brabbelte nun ein paar unverständliche Laute. Doch ich verstand es nicht. Musste ich auch nicht. Ich lag nur da und versuchte, ihm zuzuhören und etwas aus dem Gebrabbel zu verstehen. Dann lachte es wieder. Das Gebrabbel entwickelte sich langsam zu einem Gespräch. Zwei oder mehrere Personen schienen sich zu unterhalten und verdrängten nach einer Weile das Geräusch des Kindes. Es klang alles sehr verzerrt, doch ich bemühte mich jetzt nicht mehr, etwas zu verstehen. Es war mir wieder egal. Einfach nur liegen bleiben. Nach einer Weile, mal wurde geredet und mal war es ruhig, wurden die Stimmen immer klarer. Sicherlich hätte ich mich auch schon regen können. Tat es aber nicht. Ich wusste nicht, was ich machen sollte. Mein Kopf war so leer. Keine Erinnerungen, warum ich hier so rum lag. Alles, was ich noch wusste, war, dass das hier so gerade nicht normal war. Ich hätte hier nicht so still liegen sollen. Und ich sollte mich auch gar nicht an irgendwelchen Gesprächen beteiligen.

Instinktiv wusste ich, dass etwas nicht stimmte, verspürte aber trotzdem keinerlei Bedürfnis, etwas an dieser Situation zu ändern. Die Stimmen klangen warm. Es waren jetzt definitiv zwei Personen, die sich unterhielten. Langsam fing mein Gehirn an zu arbeiten. Ich dachte nach. Diese Stimmen waren mir wohl bekannt. Katharina und Kito befanden sich im selben Raum. Katharina war also da und unterhielt sich mit Kito. Bei dem Gedanken an ihn durchströmte mich ein leichtes Glücksgefühl. Doch irgendetwas sagte mir, dass ich mir Sorgen um die beiden machen müsste. So gab mein Verstand meinem Körper wieder den Befehl, mich zu bewegen. Mein Gesicht zog sich besorgt einige Millimeter zusammen. Nur für einen kurzen Moment. Denn dann spürte ich einen Schmerz, der sich quer über meinen Bauch zog. Doch ich konnte mich noch immer nicht regen. Da waren nur dieses Stechen und das Gefühl der Sorge. Was war denn nur passiert?

Ich versuchte nun dem Gespräch zu folgen. Die Wörter wurden klarer. Vielleicht konnte ich etwas erfahren. Einfach nur zuhören. Das konnte doch nun wirklich nicht so schwer sein.

„Es ist unheilbar."

Ich verstand es. Verstand jedes Wort, was Katharina sagte. Ihre Stimme klang wundervoll. Ruhig. Also warum machte ich mir dann Sorgen?

„Aber ganz im Ernst, wie kann man denn freiwillig zu solch einem Monster werden? Was müssen das denn für Menschen sein?"

Es schien ein ganz ungezwungenes Gespräch zwischen den beiden. Erleichterung machte sich in mir breit, als ich auch Kito so besonnen und ruhig hörte.

„Weißt du, sie scheinen mir nicht gerade intelligent. Kein normaler Mensch würde sich so in die Irre führen lassen."

„Wie meinst du das?"

„Nun, Kito, am Anfang bekommen sie Macht. Sie werden etwas stärker. Bekommen zwei, drei Kreaturen zum Herumkommandieren zur Seite gestellt. Sie erfüllen ihre Aufträge, bringen Menschen in Gefahr oder töten sie sogar, nur weil sie an ein dämliches Versprechen glauben. Es wird ihnen gesagt, dass sie zu einem Teil von etwas Großem gehören, dass sie zu mehr bestimmt sind. Wenn ein Dämonenfürst die Hölle auf die Erde bringt, werden sie die einzigen Überlebenden und Teil einer neuen Ära mit großer Macht sein. Dafür sollen sie ihnen helfen. Sie werden Dämonenjünger."

„Aber die lassen doch niemanden am Leben."

„Genau."

„Und denkst du, der Typ aus unserer Schule war so jemand? Vega hatte da was erwähnt. Der kam mir schon nicht ganz helle vor."

„Sie denkt, ja."

Schule ... Dämonenjünger ... Höllentrolle ... So langsam fielen mir ein paar Sachen wieder ein. Ich fing an, nach Erinnerungsfetzen in meinem Kopf zu kramen.

„Aber warum behaupten die Wächter, dass sie schwach ist? Was hat das mit den Jüngern zu tun?"

Was? Was ist denn nur passiert? Ich musste irgendwie versagt haben. Ich wusste schon immer, dass die Wächter mich für zu jung und unerfahren hielten und nicht viel von meinem Bauchgefühl hielten. Aber sie behaupteten tatsächlich, ich sei schwach? Ich strengte mich an. Suchte verzweifelt nach Bildern. Der Schmerz in meinem Bauch wurde stärker. Das war nicht gerade hilfreich, wenn man nachdenken musste.

Katharina sprach weiter. Ich hörte ihr zu.

„Sie tötet keine Menschen."

„Aber das machen andere Engel doch auch nicht."

Genau.

„Sie tötet *keine*. Das heißt, auch keine, die sich der anderen Seite verschworen haben. Ich hatte dir beschrieben, dass die gute Seele der Menschen verschwindet, die ein Bündnis mit der Hölle eingehen. Sie sind nicht mehr sie selbst und können auch nicht mehr zurückgeholt werden. Sie werden nie wieder zu dem Menschen, der sie einst waren. Sie bleiben auf immer böse und sind eine große Gefahr für uns alle."

„Unheilbar?"

„Unheilbar."

„Aber das ist doch was Gutes, wenn sie keine Menschen tötet."

„Nicht bei uns. Sowohl die Wächter wie auch die Engel setzen solche Menschen mit Dämonen gleich und Dämonen werden schließlich von den Engeln gejagt und getötet. Vega jedoch ist die Einzige, die sich grundsätzlich weigert. Noch nie hat sie einen getötet. Sie weiß, dass diese Menschen nicht mehr bekehrt werden können, denkt jedoch, dass sie immer noch ein Anrecht auf eine gerechte Verurteilung haben und weggesperrt gehören. Es gibt einige Engel, die derselben Ansicht sind. Aber sie bemühen sich nicht darum, Dämonenjünger am Leben zu lassen. Wie die meisten töten sie die Jünger, bevor die Menara Mühe mit ihnen haben."

„Und das dürfen sie so einfach?"

Katharina schwieg einen Moment, bevor sie ihm antwortete.

„Das mag für dich schwer begreiflich sein, aber wer sollte sie denn aufhalten?"

„Also, alle tun es. Nur Vega nicht. Und das macht sie zu einem schwachen Engel? Komische Ansicht. Also, mir hat sie schon zum zweiten Mal das Leben gerettet. Für mich ist sie etwas Besonderes."

Das berührte mein Herz. Eine kleine Träne füllte mein Auge und lief schließlich über meine Wange.

„Ich stimme dir zu, Kito. Von dem Moment an, als ich sie gefunden hatte, wusste ich, dass sie etwas ganz Besonderes ist. Sie hat ein großes Herz und ist sehr stark. Manchmal ist sie aber auch etwas verrückt und nervt. Vor allem dann, wenn sie so tut, als würde sie noch schlafen!"

Ups. Die blöde Träne hatte mich wohl verraten.

Und plötzlich brachen alle Erinnerungen über mich herein. Ich wusste wieder, was geschehen war. Konnte mich genau an die Trolle erinnern. Vor allem an den Troll mit dem triefenden Arm, der mir einen Kratzer am Bauch verpasst hatte. Kito und Katharina! Offensichtlich schien es den beiden gut zu gehen. Sie konnten sich prima unterhalten. Hatte mein Schild gehalten? Hatte Christopher rechtzeitig Hilfe besorgen können, oder war er selbst sogar rechtzeitig dagewesen? Was ist mit Kitos Freund? Was ist aus den Trollen geworden? Und wieder sah ich das Bild vor mir, wie einer der Trolle mir den Bauch aufriss. Der Schmerz erfüllte wieder meinen Körper, meine Hände ballten sich zu Fäusten. Aber es fiel mir noch immer schwer, mich wirklich zu bewegen. Ich verkrampfte. Schnappte nach Luft.

Eine Hand hielt plötzlich meine rechte Hand. Eine andere streichelte meine Stirn. Plötzlich konnte ich tief einatmen und im gleichen Augenblick auch meine Augen öffnen.

„Ganz ruhig, moja luba. Du bist verletzt." Katharina schaute mich an und hielt mich fest. Ich wurde ruhiger und konnte wieder ganz normal Luft holen. Doch die Schmerzen ließen nicht nach.

„Oh Gott, was um alles in der Welt hatte der Troll da am Arm?"

„Bleibe ruhig, Vega. Es ist halb so schlimm." Das sagte sie so einfach. Sie gab mir einen Becher. Es roch nach Johanniskraut. Nicht ihr Ernst, oder?

„Trink das. Es wird dir helfen." Na ja, schlimmer konnte es ja nicht werden. Und tatsächlich. Zumindest konnte ich wieder einen klaren Gedanken fassen und nicht nur an den Schmerz in meinem Leib denken.

Jetzt sah ich sie beide. Katharina saß auf meinem Bett. Wir waren in meinem Schlafraum. Sie hielt immer noch meine Hand. Kito stand hinter ihr. Er schien sehr erleichtert. Es freute mich sehr, dass er auch hier war, obwohl ich mir nicht ganz sicher war, ob ich jetzt gerade auch gut genug aussah, um ihm gegenüberzutreten. Aber wer weiß, wie lange er mich schon so gesehen hatte.

„Du wurdest vergiftet", versuchte er meine Frage zu beantworten.

„Wie bitte?"

„Kito hat recht. Er hatte seinen Arm in Gift getränkt. Christopher hat es bemerkt und eine Probe von deiner Wunde nehmen lassen. Es wurde bereits untersucht."

„Ja, und?"

„Für Menschen scheint es tödlich zu sein. Dämonen reagieren auch auf das Zeug. Aber Trolle nehmen offenbar keinen Schaden, wenn sie damit in Berührung kommen."

Ich hatte eine schlimme Befürchtung.

„Sie gingen also davon aus, dass ich ihnen in die Quere kommen würde?"

„Die Vermutung liegt nahe. Auf jeden Fall können wir davon ausgehen, dass das Gift für dich bestimmt war. Es hätte dich nicht getötet, aber in jedem Fall aufgehalten. Deine Wundheilung wurde dadurch gestoppt."

Ich hob meine Decke. Doch es war alles verbunden und bedeckt.

„Wir haben die Wunde gereinigt. Du heilst. Aber leider nur sehr langsam."

„Was ist mit den Trollen? Wie habt ihr ...?"

Kito begann zu erzählen.

„Ich, nein, wir hatten solche Angst um dich. Als du am Boden lagst, dachte ich, jetzt ist es vorbei. Ich wollte zu dir, aber Katharina hielt mich zurück. Sie sagte, du würdest uns noch beschützen. Der Troll jedenfalls wusste das wohl auch. Der traute sich nicht ran an uns. Lief einen großen Bogen um uns herum."

„Die Menara kamen und machten einen höllischen Lärm. Sie sind geflohen."

„Sie haben Salvan nicht losgelassen."

Ich konnte sehen, wie sehr es Kito mitnahm. Er musste wirklich gelitten haben. Es tat mir so wahnsinnig leid. Ich wusste nicht, ob er noch gelebt hatte, nachdem ihn einer der Trolle so zugerichtet hatte.

Es war unbequem. Ich wollte mich setzen, doch hatte ich Mühe, mich aufzurichten. Katharina half mir und packte ein paar Kissen hinter mich.

„Was ist mit ihm?"

Ich versuchte so vorsichtig wie möglich zu fragen. Hätte auch auf eine Antwort verzichtet.

„Dein Freund, der Engel aus dem Seenland, ist mit seinen Leuten hinterher. Sie haben ihn bis heute nicht gefunden."

„Bis heute?", ertönte es erneut in meinem Kopf.

„Wie lange liege ich denn schon hier?" Es war doch erst gestern, dass uns die Höllentrolle auf dem Radweg auflauerten.

Katharina erklärte mir, dass ich bereits seit vier Tagen hier lag. Das konnte ich kaum glauben. Ich verstummte, mir fehlten die Worte. Ich sah Kito an. Ihm ging es offensichtlich schlechter als mir. Wie es aussah, hatte er seinen Freund verloren. Ich mochte gar nicht daran denken, wenn es ihn getroffen hätte.

Er schien sehr mitgenommen zu sein. Fassungslos stand er da. Dann sah er mich ebenfalls an.

Katharina stand auf.

„Ich werde den Menara Bescheid geben, dass du wach bist, und die Wächter informieren."

Sie legte tröstend eine Hand auf Kitos Schulter.

„Kümmer dich gut um sie."

Dabei lächelte sie ihn an. Er nickte.

Als sich die Tür hinter ihr schloss, setzte sich Kito an den Rand meines Bettes. Den Kopf hielt er noch immer gesenkt.

„Es tut mir so leid, Vega. Das habe ich alles nicht gewusst."

„Es ist doch nicht deine Schuld."

„Du glaubst also nicht, dass wir das so geplant hatten?"

„Natürlich nicht!"

Wer glaubte denn sowas? Der Carny Skitar hatte seine Kräfte verloren. Wer würde sich denn bitte in dem Zustand mit einem Troll anlegen? Es war nur sehr merkwürdig, dass die höllischen Kreaturen einen Angriff versuchten, bei dem Kito schon wieder beteiligt war.

„Weißt du, warum sie dich schon wieder angegriffen haben?"

„Nein, warum? Meinst Du, Sie wollten mich angreifen? Du glaubst also auch nicht, dass es ein Zufall war?"

Ich schwieg und senkte nachdenklich den Kopf. Wenn er von nichts wusste, gut. Wenn er aber schon Genaueres wusste, wollte ich ihm nicht unnötig viel verraten und ihm damit noch mehr Sorgen bereiten.

Vielleicht sollte ich noch jeglichen Gesprächen aus dem Weg gehen.

„Nun", stotterte ich, „ein Angriff ist Zufall, der zweite dann wohl nicht."

Er schien nachdenklich und ich wusste nicht, ob ihm diese Antwort genügte.

Ich wollte aufstehen. Ein stechender Schmerz jagte durch meinen Körper. Ich konnte es gar nicht verstehen. Warum heilten meine Wunden denn auf einmal so langsam? Was musste das für ein scheiß Zeug gewesen sein, mit dem mich das Monster erwischt hat. Ich bekam kaum Luft. Jedes Mal, wenn ich einatmen wollte, zerrte der Schmerz in meinem Körper. Ich hob meine Decke an, um noch einmal nachzusehen, wie es aussah. Es war ein ordentlicher Verband. Allerdings trat das Blut bereits aus. Ich stöhnte.

„Was ist?", fragte Kito besorgt.

„Es tut weh. Der Verband hält nicht. Ich muss ihn wechseln."

„Warte. Nicht. Ich werde jemanden holen."

„Ach, quatsch. Es wird gehen. Ich mach das selbst."

Immer jemanden holen. Selbst jetzt hatte ich keine Lust auf Hilfe. Meine ungewohnte Schwäche musste ich mir selbst erst einmal eingestehen. Es war schon schwer genug für mich, dass Katharina und Kito mich so sahen. Ich war immer stark und jetzt fielen mir selbst kleinste Bewegungen schwer. Lange genug hatte ich rumgelegen. Das würde ich jetzt schaffen. Außerdem wollte ich sehen, wie sehr es mich wirklich getroffen hatte. Eigentlich wäre es schön gewesen, wenn Kito gegangen wäre. Ich ertrug es kaum, so mitleidig von ihm angesehen zu werden. Aber ich konnte mich nicht einmal hinsetzen, ohne dass mich ein höllischer Schmerz durchbohrte. Kito half mir, mich aufzusetzen. Vielleicht sollte er doch besser bleiben. Er stützte mich, als ich vor den Spiegel trat. Ich zog mein Top etwas nach oben, um den ganzen Verband sehen zu können.

„Das ist mir noch nie passiert."

„Manche denken, dass sie dich vergiften wollten und hofften, Dich töten zu können."

Ein Wunder, dass er mich verstanden hatte, so leise wie ich sprach.

„Du wirst wieder, Vega. Aber du hast uns einen ganz schönen Schrecken eingejagt."

Er kam näher und stand nun genau hinter mir. Seine Hand legte er sanft auf meinen Rücken. Dann versuchte ich den Verband zu lösen. Vorsichtig öffnete ich den Clip, der ihn zusammenhielt. Ich wickelte langsam das mit Blut getränkte Tuch von meinem Bauch. Es schmerzte. Doch ich versuchte stark zu bleiben und keine Miene zu verziehen.

Das Wundtuch klebte an der Verletzung fest. Als ich es ablöste, entfuhr mir ein Stöhnen.

„Warte!"

Kito trat zwischen mich und den Spiegel. Doch ich hatte das Tuch bereits entfernt. Ein großer Schnitt klaffte in meinem Bauch. Blut sickerte hervor. Aber es sah schlimmer aus, als es war. Hoffte ich.

Mit seinen Fingern fuhr Kito vorsichtig an der Wunde entlang. Seine Nähe war wie ein Schmerzmittel. Ich spürte nichts außer seiner Berührung und konnte auf einmal frei durchatmen. Er dagegen sah mitgenommen aus. Schien sich Sorgen zu machen.

„Es tut mir so leid", flüsterte er.

Ich schüttelte nur den Kopf.

„Nein, das muss es nicht. Hilfst du mir bitte einen neuen Verband umzulegen?"

Er nickte. Von einem kleinen Tisch unter dem Fenster nahm er ein neues Wundtuch und einen Verband. Offenbar war alles für mich vorbereitet worden. Ich nahm ihm das Tuch aus der Hand und legte es auf die Schnittwunde. Dann setzte ich den Verband an. Er half mir, ihn um meinen Körper zu wickeln. Dabei kam er mir extrem nahe. Jedes Mal, wenn er sich vorbeugte, um den Verband um meinen Körper zu wickeln, meinte ich, die zarte Haut seiner Wange auf meiner zu spüren. Mir wurde auf einmal so warm. Das machte mich nervös. Meine Knie wurden weich wie Butter. Das Herz schlug mir bis zum Halse, während mir das Atmen nun wieder schwer fiel.

Er rückte noch näher und wirkte ganz ruhig dabei.

„Dein Freund …" Ich wollte ausweichen.

„Mach dir um ihn jetzt keine Sorgen. Wir kümmern uns erst mal um dich", murmelte Kito.

Er sah mich an. Ich war wie gelähmt. Wie gut er doch aussah. Plötzlich standen wir beide einfach nur da. Keiner regte sich. Ich konnte meinen Blick nicht mehr von ihm abwenden. Seine Lippen. Wie warm sie wohl sein mussten. Sein Gesicht näherte sich meinem. Wieder spürte ich seinen Atem. Ganz vorsichtig legte er seine Hand an meinen Hals. Dieses Gefühl genoss ich so sehr, dass ich meine Augen schloss. Ich fühlte sein Herz. Sanft zog er meinen Kopf zu sich heran. Seine warmen, weichen Lippen trafen auf meine. Er küsste mich. So sicher wie in diesem Moment habe ich mich noch nie gefühlt. Ein endloses Gefühl der Erleichterung und des Glücks.

UND DIE ZEIT BLIEB STEHEN

Reue

Ein paar Tage noch, die mir zum Ausruhen blieben. Kito besuchte mich. Jeden Tag. Er brachte mich zum Lachen; auch wenn ich immer noch Schmerzen hatte, ignorierte ich das gekonnt. Trotz meiner Schmerzen war das die wohl schönste Zeit in meinem bisherigen Leben. Er brachte mir Gedichte mit, meist von Goethe. Ab und an las er sie vor. Oder er spielte mit seiner Gitarre und sang verträumt vor sich hin. Zwischendurch, wenn Katharina nicht da war und auch keine Menara die Ruhe störten, küssten wir uns, alberten herum und küssten uns wieder. Ich wünschte mir, dass diese Zeit nie endet. Ich genoss jede Sekunde mit ihm und jeden Kuss so sehr und konnte an nichts anderes mehr denken. Es war eine besondere Zeit, in der ich einfach nur mal für mich sein konnte. Für mich und Kito. Von mir aus hätte das ewig so weitergehen können, so albern es sich auch anhörte. Aber sich ständig zu sorgen oder räudigen Viechern hinterherzujagen, war eben die schlechtere Alternative, um sich die Zeit zu vertreiben.

Doch leider war eben genau das mein Leben. Die paar Tage ausnahmsloses Glücksgefühl konnten daran nichts ändern.

Die Wunde war mittlerweile gut verheilt. Als das Gift endlich ausgewaschen war, heilte alles wie immer viel schneller. Alles was blieb, war eine Narbe. Auch wenn die Wunden heilten, Kratzer und Narben blieben eben doch zurück. Und jede einzelne erinnerte mich stets daran, warum ich diesen Kampf führen musste. Es erinnerte

mich auch daran, dass ich mich nicht von meiner Aufgabe ablenken lassen durfte. Ich musste nun wieder in das reale Leben eintauchen. Doch bekam ich Kito nun nicht mehr aus meinem Kopf. Jedes Mal, wenn ich an ihn dachte, strahlte ich innerlich und konnte diese Glückseligkeit kaum verbergen. Unentwegt stahl sich ein kleines Lächeln auf mein Gesicht. Seine Wärme und seine weiche Haut konnte ich jederzeit spüren, auch wenn er gar nicht da war. Es war, als wäre ich nun komplett. Ich hatte nie bemerkt, dass etwas fehlte. Aber dieses Gefühl, seit dem Kuss, fühlte sich stark an. Es gehörte zu mir.
Er gehörte zu mir.

Seit ein paar Stunden saß Katharina mit zwei der Wächtern zusammen. Es wurde viel gesprochen in den letzten Tagen. Ich fragte mich, wie es sein konnte, dass sie Kito hier noch immer duldeten. Nach allem, was passiert war, hätten die Wächter allen Grund gehabt, ihm zu misstrauen und aus dem Kloster zu verbannen. Ich wusste, dass Katharina einen sehr großen Einfluss auf sie hatte, und ich war gespannt auf ihre Erklärung.
Ich ging zum Fenster und sah hinaus. Ein ungewöhnlicher Trubel herrschte überall im Kloster. Erstaunlich viele Menara waren unterwegs und wuselten von einem Ende zum anderen. Sie alle schienen viel zu tun zu haben und wirkten aufgeregt. Mein Verdacht hatte sich wohl bestätigt. Aber warum waren denn hier alle so aufgebracht? Machten sie sich woanders keine Sorgen? Oder sah es dort vielleicht genauso aus? Ich hatte eine Menge Fragen.
Es klopfte an der Tür.

„Ja."

„Vega, schön, du bist auf."

„Katharina, ich habe gerade an dich gedacht."

„Sollte ich vielleicht wieder gehen?"

„Nein", lachte ich, „natürlich nicht."

„Wo ist Kito?"

„Er kommt heute später. Ich glaube, er wollte sich den Menara heute anschließen." Und nachdenklich fügte ich hinzu: „Ich kann mir gar nicht vorstellen, wie das wohl sein mag, seinen besten Freund so zu sehen und danach nicht zu wissen, was mit ihm ist."

„Sie werden ihn finden. Wir werden in Erfahrung bringen, was sie mit ihm vorhaben. Es wird nicht nur in Sprjewja nach ihm gesucht."

„Ja, ich weiß, Kito hat es mir erzählt. Er ist sehr dankbar dafür. Auch wenn er keine Ahnung davon hat, dass er nicht seinetwegen gesucht wird."

„Du vertraust ihm."

„Ja."

„Aber du hast ihm nichts gesagt."

„Nein."

Ich belog Kito zwar nicht, aber das Schweigen missfiel mir dennoch mindestens genau so sehr wie das Verbreiten einer Lüge. Ich konnte nicht mal mehr sagen, aus welchem Grund ich es tat. Um ihm die Sorgen zu ersparen und ihn nicht zu verwirren? Die Frage, warum ihm der Carny Skitar zwar sein Vertrauen schenkte, aber nichts über uns lehrte, war sicherlich berechtigt. Vielleicht dachte ich aber auch tatsächlich, ich könne mehr erfahren, wenn ich es nicht direkt ansprechen würde und somit dem Wunsch der Wächter nachkäme? So oder so. Ich wusste, dass beide

Antworten falsch waren, und war trotzdem überzeugt, dass ich ihm schon längst hätte alles erzählen müssen.

„Du hast deine Gründe, moja luba."

Sie reichte mir ein Glas Wasser von dem kleinen Tischchen unter dem Fenster.

„Du bist sehr glücklich mit ihm. Ich sehe, dass er dir guttut."

„Aber?"

„Nichts aber. Bewahre dieses Gefühl in deinem Herzen. Es ist ein wichtiger Teil des Lebens. Schön, dich so zu sehen."

„Du vertraust ihm?"

„Ja. Ich habe die Angst in seinen Augen gesehen. Die gleiche Angst, von der du mir beim ersten Mal erzählt hast. Er war hin- und hergerissen zwischen dir und seinem Freund. Er hat nicht verstanden, was passiert ist. Als du regungslos am Boden lagst, musste ich ihn fast niederprügeln, damit er in deinem Schutzschild bleibt. Ich denke nicht, dass er wusste, was er tat. Das hätte er nie gewollt. Seine Angst war echt."

„Was ist mit den anderen?"

„Was denkst du? Sie misstrauen ihm jetzt mehr denn je."

„Warum ist er dann noch hier?"

„Ich habe mich dafür eingesetzt. Da er offensichtlich auch noch nichts weiter mitbekommen hat. Seine Aura wird heller und er ist die einzige Verbindung, die uns noch bleibt."

Sie nahm meine Hand und lächelte.

„Er ist nicht von deiner Seite gewichen. Die ganze Zeit nicht, als du hier verletzt gelegen hast. Obwohl sein Freund entführt wurde und Christopher nicht gerade freundlich zu ihm war."

„Christopher", murmelte ich, „ich bin ihm so dankbar."
„Er ist gar nicht begeistert, dass dich Kito jeden Tag besucht. Er glaubt, dass er ganz genau weiß, was er tut und uns den Dämonen zum Fraß vorgeworfen hat. Weißt du, er beobachtet ihn sehr streng."

„Du hast ihm alles über mich erzählt, nicht wahr?"

„Wie gesagt, Vega, er ist echt. Du traust ihm und ich auch. Mach dir um ihn keine Sorgen."

„Mache ich nicht. Aber es wirft natürlich kein gutes Licht auf ihn."

„Deshalb musst du mit den Wächtern reden. Und auch Christopher wirst du überzeugen."

Zum Glück blieb mir eine förmliche Unterredung mit den Wächtern erspart. Zum einen waren nur zwei von ihnen hier in Sprjewja zur Überwachung geblieben und zum anderen wurden andere Hörer und Redner zugelassen. Das Kloster hatte einen Raum, in dem dringliche Sachen von mehreren Parteien an einem runden Tisch besprochen werden konnten. Ich stellte mir immer vor, dass dies ein Überbleibsel aus den Sagen um König Arthur war. Ritter gab es nur in Märchen, dennoch erfreute mich die Vorstellung, dass einst starke und weise Personen ihre Schwerter an der Mitte des Tisches ausgerichtet ablegten und gemeinsam um Lösungen von Problemen rangen.

Als ich mich an den Tisch setzte, hätte ich auch gern ein Schwert gezogen und es dort platziert. Wobei ich dann doch für die modernere Variante des Lichtschwertes plädiert hätte.

Ich schmunzelte.

„Es tut mir leid, dass ich euch in euren Gedanken stören muss, Vega, aber ich denke, wir nehmen die Lage hier alle sehr ernst."

Katharina legte ihre Hand auf meine. Ich wurde aus meinen Gedanken gerissen und befand mich wieder in der Realität.

„Verzeiht."

Ich sah mich um. Zwei der Wächter, Harum und Nathan, Christophers Skitar und drei Menara saßen um den Tisch herum und warteten darauf, dass einer nun das Wort ergriff und die Runde eröffnete.

„Witaj", begann Harum nun das Gespräch.

„Witaj in Sprjewja", begrüßte ich alle Anwesenden.

„Es tut mir leid, dass nur wir anwesend sein können. Aber im Moment werden in vielen Bereichen der Welt Ereignisse zusammengetragen, die von großer Bedeutung für uns sein könnten. Die Anwesenheit einiger Wächter in den anderen Teilen ist sehr dringlich. So müssen wir hier in Sprjewja alles zusammentragen und uns über Verfahren und Konsequenzen allein einigen."

„Warum hier?", wollte ich, wahrscheinlich zu hastig, wissen.

„Uns scheint, der Ursprung der Ungleichmäßigkeiten liegt hier in Sprjewja, bei euch."

Ein mulmiges Gefühl überkam mich. Mein Bauchgefühl, dass die Höllenfürsten etwas im Schilde führten, schien sich ja nun zu bestätigen. Aber ausgerechnet hier? Schlechter Film. Warum denn nicht im Seenland bei Christopher? Der hatte viel mehr Erfahrung als ich. Das war bestimmt der Knackpunkt. Wenn man eins und eins zusammenzählte, war das wohl eine logische Erklärung.

„Nun", übernahm Nathan, „es scheint, euch geht es wieder besser. Wie geht es eurer Wunde? Habt ihr euch erholen können?"

„Danke, es geht mir gut."

Harum beschrieb den Sachverhalt. Er erläuterte noch einmal den Angriff der Höllentrolle auf dem Radweg und beschrieb das Geschehene anhand von Katharinas und Kitos Aussagen. Dabei wirkte er ebenfalls sehr misstrauisch Kito gegenüber. Katharina und auch die Menara nickten ihm immer mal wieder zustimmend zu. Er schien dies auch zu begrüßen, um seine Darstellung den anderen gegenüber glaubhaft zu machen. Ebenso las er verschiedene Berichte und Zusammenfassungen über den Verbleib des Carny Skitars vor und erläuterte weitere Vorhaben.

Von mir erwarteten sie keine Wiederholungen und Schilderungen von dem Angriff. Doch einige Analysen hätten sie gern von mir.

„Das Dämonenaufkommen in Sprjewja hat zugenommen. Mir scheint, als hättest du mit deinem Bauchgefühl ein gutes Gespür für die jetzige Situation."

So, wie Harum das jetzt sagte, gefiel es mir gar nicht. Ich und garantiert auch jeder andere an diesem Tisch konnten seinen Sarkasmus heraushören.

„Doch leider fehlt es dir immer noch an Erfahrung. Es könnte also sein, dass sie es wissen. Sie nutzen es aus. Deshalb kommen sie vermehrt hierher."

Katharina war empört.

„Ich denke nicht, dass Vega jemals einen Zweifel daran ließ, wie viel Erfolg sie bei der Jagd der Dämonen erzielt. Niemals hat sie einen Dämon entkommen lassen und

Jünger hat sie immer enttarnt und dem Gericht freigegeben."

Harum schmunzelte. Das erboste mich. Jeder wusste, was dieses schon fast fiese Grinsen zu bedeuten hatte.

„Ich töte die Jünger nicht. Ich werde sie nie töten. Egal wie alt ich bin. Jeder hat sein Gericht verdient." Ich sprach leise und mit Bedacht. Ich wollte keinen Ärger an diesem Tisch hervorrufen.

Nathan legte seine Hand auf Harums Arm und übernahm das Wort.

„Nun, Vega, was denkst du, warum haben sie Höllentrolle auf Hazow losgelassen? Die Vermutung liegt doch nahe, dass dein neuer Freund und sein Carny Skitar die Trolle genau zu euch geführt haben."

„Verzeiht, aber nein. Das denke ich nicht. Der Carny Skitar hatte seine Macht verloren. Er konnte sich nicht wehren. Warum sollte er sich so einer Gefahr aussetzen, wenn er uns täuschen wollte?"

„Nun, Trolle sind sehr eigenwillige Biester. Wir sind uns sicher, er glaubte, sie kontrollieren zu können. Er hatte sich vielleicht damit übernommen."

„Ach, das macht doch gar keinen Sinn! Er hatte keine Kräfte mehr. Nicht, weil er unser Vertrauen gewinnen und uns damit täuschen wollte, sondern weil er einfach keine mehr hatte."

„Vega", flüsterte Katharina an meiner Seite, „beruhige dich ein wenig."

Ich holte erst einmal tief Luft, meine gute Laune hatten sie mir gründlich verdorben. Dennoch versuchte ich, mich zusammenzunehmen. Ich dachte wieder an Kito. Freute mich schon darauf, ihn wiederzusehen.

„Wenn sie es nun auf Kito abgesehen hatten? Aus welchen Gründen auch immer. Ihr habt sicher recht, dass es kein Zufall sein kann, wenn bei Zusammenkünften mit ihm und mir Dämonen angreifen. Aber erstens ist es eben nicht immer der Fall. Und zweitens war der erste Angriff im Seenland. Sie konnten nicht wissen, dass ich ihnen folgen werde und Christopher nicht anwesend sein würde."

Alle, außer den Wächtern, stimmten mir mit Nicken und Gemurmel zu. Das ermutigte mich, meinen Gedanken fortzuführen.

„Die Höllentrolle haben den Carny Skitar nicht getötet. Sie haben ihn entführt. Ihr sagtet selbst gerade, dass sie sehr eigenwillig sind. Sie brauchen ihn noch. Garantiert."

In diesem Augenblick öffnete sich die Tür und Christopher kam herein und mit ihm die Wächterin Kira und zwei seiner Menara.

„Ihr werdet nicht glauben, was ich habe."

„Christopher!"

Da war sie wieder, meine gute Laune. Ich war so erleichtert, dass er da war. Ein Freund, der vernünftig über ein ernstes Thema mit mir reden konnte und mich nicht schon von vornherein abgestempelt hatte. Ich war natürlich froh, dass auch Katharina an meiner Seite war. Aber ein Engel blieb ein Engel. Und wenn er nun auch noch angesehener war als ich, fühlte ich mich selbst schon ein wenig stärker.

Er kam direkt auf mich zu und fiel mir in die Arme.

„Moja luba, wie geht es dir? Bin ich vielleicht froh, dich hier gesund und munter vorzufinden."

„Christopher, du hast ja keine Ahnung, wie schön es ist, auch dich zu sehen!"

„Wieder das Übliche?"

241

Damit spielte er natürlich auf das leidige Thema zwischen mir und den Wächtern an, wie schwach und närrisch ich doch wäre.

„Das Übliche", seufzte ich.

„Aber schön, ich sehe, es geht dir gut."

Er grinste mich frech an. Freute sich aber offensichtlich ehrlich, mich wiederzusehen.

Kira nahm neben ihresgleichen Platz.

„Witaj", konnte man sie tuscheln hören.

Als Christopher schließlich auf den Tisch klopfte, begrüßte ihn Harum.

„Witaj in Sprjewja, Christopher. Schön, dass ihr nun doch erscheint."

„Wir haben noch auf etwas Wichtiges gewartet."

Er fuchtelte mit altem Papier in seiner Hand herum. Armand, sein Skitar, klopfte ihm auf die Schulter.

„Kannst du es lesen?"

„Nicht alles, aber es reicht, um den Inhalt zu verstehen."

„Bitte", richtete Nathan das Wort an die beiden, „erklärt euch."

Christopher faltete das Papier in seinen Händen auseinander. Es schien sehr alt und morsch zu sein. Mehrere alte Zettel legte er nun vor sich auf den Tisch.

„Das sind einige der verschollenen Puzzleteile. Das ist, wonach wir schon ewig suchen. Das sind die Schriften, die das Geheimnis offenbaren, wie es einem Höllenfürsten gelingen kann, so viel Macht zu erlangen, dass er seinen eigenen Meister hintergehen kann."

Eine betäubende Stille trat ein. Wir waren alle wie gelähmt. Wir mussten erst einmal verdauen, was Christopher da redete.

Das war das wichtigste Schriftstück der Geschichte. Dieses Schreiben konnte die Welt verändern. Wenn es in die falschen Hände gelangte, könnte die Erde, so wie wir sie kennen, aufhören zu existieren. So wichtig, wie dieses Papier für uns war, so gefährlich war es auch, seine Geheimnisse zu offenbaren. Geheimnisse gelangen immer in die falschen Hände. Das war wie ein Naturgesetz. Davor konnte sich keiner schützen. So sehr man sich auch bemühte.

Doch dieses Geheimnis war für eine sehr lange Zeit verborgen geblieben und nun schien es erneut das Licht der Welt zu erblicken. Ein Schauer durchfuhr meinen Körper.

„Das Papier ist in einem so schlechten Zustand, dass es kaum zu entziffern ist. Meine Menara haben es bearbeitet und versucht, die Schrift wieder lesbar zu machen. Wie gesagt, es kommt nicht alles zum Vorschein, aber es reicht, um die meisten Textpassagen entziffern zu können."

Christopher sah mich an, als wollte er mir etwas mitteilen, das er aber nicht laut aussprechen konnte.

„Wo hast du sie her?", flüsterte ich schon fast. Ich wollte nicht laut reden, als hätte ich Angst, das Papier dabei zu zerstören.

„Als wir im Bergland nach der noch immer verschwundenen Skitarka gesucht haben, haben wir ihre Räumlichkeiten auf Hinweise durchsucht. Sie hatte die Schriften im Kamin versteckt. Ein Glück, dass den noch niemand in Betrieb genommen hatte. Dann hätten wir wohl lange suchen können."

„Wie verschwunden? Seit wann denn?"

Es dauerte, bis ich dieses eine kleine Detail in meinem Kopf verarbeitet hatte und begriff, was Christopher da gerade gesagt hatte. Offenbar hatte man es nicht für nötig gehalten, mich darüber zu informieren.

„Warum", doch ich unterbrach meinen Satz. Während ich strenge Blicke von den Wächtern erntete, legte Katharina mir beruhigend ihre Hand auf meine Schulter. Ich wusste gleich, dass es wohl besser war, mich nicht auf einen Disput einzulassen und ihre Ignoranz wieder einmal hinzunehmen. Doch am liebsten wäre ich vor Wut und Enttäuschung geplatzt.

Die anderen setzten ihr Gespräch fort. Katharina rückte etwas näher an mich heran, neigte ihren Kopf in meine Richtung und flüsterte mir ins Ohr.

„Sie ist wohl zur gleichen Zeit verschwunden, als uns die Höllentrolle angegriffen haben."

Ich warf ihr einen entsetzten Blick zu. Und das war keine wichtige Nachricht für mich?

„Sie wurde zuletzt gesehen, als sie auf dem Weg hierher zu uns war. Bis heute keine Spur von ihr."

Wie fürchterlich. Was hatte ich denn bitte noch alles verpasst? Es ließ mir keine Ruhe, dass es niemand für nötig gehalten hatte, mir dieses winzig kleine Detail mitzuteilen, welches doch eine große Bedeutung für mich und den Rest der Welt hatte. Nicht, dass ich jetzt irgendeinen Zusammenhang zwischen all den Ereignissen erkennen könnte. Im Gegenteil. Alles schien noch sinnloser und verworrener zu sein.

Christopher hatte nun alle Schriften auf dem Tisch ausgebreitet. Ich warf einen Blick darauf und hörte ihm aufmerksam zu, welche Geheimnisse diese Papiere eventuell noch preisgeben konnten. Er erzählte es wie eine alte Saga, wie die Mythen um Krabat, den Lutken oder den Schlangenkönig. Es faszinierte alle in diesem Raum so sehr, dass niemand es wagte, ihn zu unterbrechen. Verschiedene überlieferte Legenden erzählten über die Vernichtung der Erde durch die Giganten. Eine erwähnte einen Mönch, welcher im Schutthaufen seines Klosters das Inferno überlebte. Oben auf der Halde aber stand der Teufel und beobachtete die Engel. So war der verschüttete Mönch dem Teufel sehr nahe und konnte die Gespräche belauschen, welche der Höllenmeister führte. Er soll das Erlebte mit all seinen Geheimnissen niedergeschrieben haben. Doch aus Angst, dass dieses Wissen einmal in falsche Hände gelangen könnte, verschlüsselte er die Schriften, zerlegte sie in Einzelteile und ließ sie auf der ganzen Welt verstecken. Wahnsinn, dass nun anscheinend wirklich ein Teil dieser Schriften vor uns lag. Womöglich war die Hölle der Erde jetzt näher, als wir alle bisher angenommen hatten. Frühe Wächter hatten herausgefunden, dass der Teufel nach seinem Versuch, die Erde zu vernichten, seine Macht in verschiedene Hände gelegt hatte. Er erhob sieben seiner treuesten und stärksten Gefährten auf den Rang eines Höllenfürsten und ließ ihnen freie Hand. Dem Teufel war es egal, was mit der Erde geschah, doch seine Höllenfürsten hatten immer schon nach mehr Macht und Größe gestrebt. Versuchte einer von ihnen den Meister zu hintergehen und seinen Platz einzunehmen? Ein himmlisches Geschöpf sollte der Unterwelt dazu dienen, ihr die notwendige Macht zu verleihen und das Begehren danach, die Herrschaft zu übernehmen, erfüllen.

Irgendetwas sagte Christopher dann noch über ein starkes schwarzes und ein schwaches helles Licht.

„Und genau das ist es. Das ist es, was wir vermutet hatten", sprach Harum.

„Der Höllenfürst muss stark sein. Wissen wir, wer es ist? Das Dämonenaufkommen hier in Sprjewja ist nicht mehr zu leugnen. Ob er nun von den Schriften weiß oder nicht. Er wird sich so oder so den schwächsten Engel suchen."

Alles starrte mich an. Ich wäre am liebsten im Boden versunken. Doch mir schien, sie hatten einfach recht.

„Und ihr vermutet ...", ich senkte meinen Kopf und wurde leiser.

„Ihr vermutet, ich werde dieses schwache Licht, dieser schwache Engel sein."

Christopher stand auf, kam an meinen Platz, drehte mich zur Seite und nahm meine Hände.

„Vega, moja luba. Das ist nicht deine Schuld. Jemand ist nun mal der Jüngste und Unerfahrenste von uns. Nebenbei versuchst du ein menschliches, ein normales Leben zu führen. Du tötest deren Jünger nicht. Das bedeutet nicht, dass du schwach bist. Das bedeutet nur, dass man dich für schwach hält. Wenn das die Wächter von dir denken, denkt es vermutlich auch ein Höllenfürst. Vielleicht geht er davon aus, dass er dich bekehren kann."

Er legte seine Stirn an meine und flüsterte so leise, dass vermutlich nur ich ihn verstehen konnte.

„Es ist nicht deine Schuld. Du bist eine bemerkenswerte Person mit eigenen Ansichten und einer starken Intuition. Bewahre dir diese Eigenschaften. Sie müssen nicht schlecht sein. Sie können dir zu Großem verhelfen."

Plötzlich wurde mir etwas klar. Blitzartige Erinnerungen zogen mir durch den Kopf. Mir wurde warm und kalt zugleich. Ich neigte meinen Kopf zu Christophers Ohr und flüsterte ihm zu.

„Ich glaube, er hat mich getestet."

„Was meinst du?"

„Ich glaube, ich bin ihm irgendwie schon begegnet."
Entsetzt von der Erinnerung schaute ich ihn an.
„Ich erinnere mich an einen Kampf. Ich dachte, ich hätte einen Dämon getötet. Er grinste die ganze Zeit. Ich glaubte, jemand sprach zu mir. Er hat mich getestet!"
Christopher sah mich genauso entsetzt an, wie ich mich fühlte.

„Pscht", versuchte er mich dennoch zu beruhigen und nicht zu viel Aufmerksamkeit auf uns zu lenken. „Denk immer daran, ich glaube an dich. Ob das nun stimmt oder nicht. Ob du dich nun anpasst oder nicht. Vielleicht sind deine Veränderungen der Schlüssel. Denn es fehlt etwas in den Schriften."

Er sprach nun wieder lauter, damit ihn alle hörten.

„Das Ende der Schriften scheint zu fehlen. Das letzte Blatt wurde offenbar entfernt. Es ist möglich, dass der Schluss eine Wendung der Absichten der Hölle herbeiführen könnte. Doch dieser letzte Teil konnte nicht gefunden werden. Vielleicht wurde er auch schon vor langer Zeit versteckt."

„Nun", Nathan wirkte nachdenklich, „wir können auch nicht mit Sicherheit wissen, dass es beim letzten Mal genau so geschehen ist, als ein Höllenfürst seinen Meister hintergehen wollte. Vielleicht ist dieser Weg nur einer von vielen Möglichkeiten, die wir alle nicht kennen. Das Einzige, was wir mit Sicherheit sagen können, ist, dass wir aufmerksam bleiben müssen. Denn nun beginnt sich das Rätsel zu lösen. Wir werden hier in Sprjewja bleiben. Es gibt keinen Zweifel, dass sich hier der Mittelpunkt der Geschehnisse befindet."

Während er das sagte, durchbohrte mich sein strenger Blick. Nicht böse, eher besorgt um mich. Aber ob er sich nun um mich sorgte oder um das Land oder um die ganze Welt, war mir in diesem Augenblick herzlich egal. Ich sah nur, dass er Gefühle zeigte. Das hatte ich noch nie vorher bei einem Wächter gesehen und das machte mir Mut.

Eine Menara betrat den Raum. Ich hatte sie gar nicht klopfen hören. Stand die Tür etwa noch offen? Sie verneigte sich.

„Ich habe eine Nachricht für Armand, den Skitar aus dem Seenland. Eure Menara aus dem Kloster haben sie uns eben zukommen lassen."

Sie gab ihm den Zettel und verließ genauso geräuschlos, wie sie gekommen war, wieder den Raum.

Armand las rasch die Nachricht und stand auf, um auch uns in Kenntnis zu setzen.

„Wie wir eben in Erfahrung bringen konnten, wurde der Carny Skitar in einem Wald nahe der Grenze zum Seenland gefunden."

Er sprach nun leiser. Seine nächsten Worte schienen ihm nicht so leicht zu fallen.

„Sein schlaffer Körper wurde mit Stricken an einen Baum befestigt. Er... muss wohl brutal gefoltert worden sein, so wie seine menschliche Hülle aussah."

Er hielt kurz inne. Es war offensichtlich, dass er noch mehr sagen wollte. Doch es fiel ihm offenbar schwer.

„Man konnte ihn noch winseln hören, kurz bevor er ... starb. Auch wenn wohl nicht jedes Wort verständlich war, ist aber klar, dass ... er von den Schriften wusste. Offenbar hat er bei der Folter alles preisgegeben."

Harum stand auf und stützte seine Fäuste auf den Tisch.

„Dann ist es amtlich. Wir können keinem Carny Skitar vertrauen. Er und sein Schüler Kito haben uns verraten." Das war ungeheuerlich! Wie konnte er nur so etwas behaupten? Er wusste nichts über Salvan oder über Kito. Wir konnten deren wahre Absichten nicht in Erfahrung bringen. Es erboste mich, dass er einfach seine eigenen, haltlosen Schlussfolgerungen so im Raum stehen ließ.

„Niemand kann einer Folter der Hölle widerstehen. Wenn er etwas gewusst hat, *wenn*", betonte ich erneut, „dann hat er sich mit Sicherheit tapfer bis zum Schluss gewehrt." Eine andere mögliche Erklärung schoss mir plötzlich durch den Kopf. Was, wenn sie gar nicht hinter Kitos Freund her waren, sondern hinter unseren Skitarkas?

„Sie haben zur gleichen Zeit angegriffen. Nicht wahr? Was ist, wenn sie von den Schriften erfahren haben? Wenn sie nun wussten, dass eine Skitarka die Schriften hat? Möglicherweise wussten sie aber nicht, welche Skitarka die Schriften besitzt. Ich habe unsere beschützt. Vielleicht dachten die Trolle, besser irgendeinen Carny Skitar mitnehmen als niemanden."

„Aber sie töten. Sie lassen niemanden am Leben", fauchte mich Harum an.

„Er weiß was, da bin ich mir sicher."

Erinnerungen quälten mich. Kitos Freund hatte doch von der Skitarka aus dem Bergland gesprochen. Er wollte uns etwas über sie sagen und hatte dann leider seinen Satz nicht mehr beenden können.

Nathan mischte sich ein.

„Wenn sie nur die Schriften wollten, würde es erklären, warum sie nur Trolle geschickt haben. Es ist doch möglich, dass die Skitarka ebenfalls von ihnen entführt wurde."

Er versuchte, unsere Anspannung etwas zu entschärfen und überlegte laut meinen Ansatz weiter.

„Nein!"

Ich sprach nun wieder ruhiger, da ich mich durch Nathans Zuspruch nicht mehr so allein in meiner Überzeugung fühlte. „Sie hätte sich wehren können. Trolle sind kein großes Übel."

„Das haben wir gesehen. Sieh mal auf deine Narbe", knirschte Harum.

„Das war das Gift", verteidigte mich Christopher, „Vega wurde vergiftet. Katharina verlässt nicht ohne Vega das Kloster. Sie werden das wissen. Vielleicht hatten sie es tatsächlich auf deine Skitarka abgesehen."

Mir schmeckte das ganze Gespräch überhaupt nicht. Wir standen alle da und hatten nichts. Nichts außer den Schriften und vage Vermutungen.

„Das sind doch alles nur Spekulationen. Wir wissen rein gar nichts, tappen völlig im Dunkeln", platzte ich heraus.

Vor Aufregung stand ich auf und wirbelte um meinen Stuhl herum.

Plötzlich stand Kito in der Tür und ich erstarrte vor Schreck. Wie er dastand. Ohne jede Regung und ohne ein Wort. Dieses Bild werde ich nie vergessen. Er sah mich an. Ich konnte seinen Blick nicht deuten. Der Blick war leer, er war wütend, enttäuscht oder alles auf einmal. Seine Aura verriet ebenfalls nichts. Als ob er gerade nichts fühlte. Er stand einfach nur da.

Warum um alles in der Welt war die Tür immer noch offen? Wie viel hatte er denn jetzt gehört? Egal. Es war offensichtlich zu viel. Er schien Bescheid zu wissen.

„Kito", ich flüsterte, war so entsetzt, dass mir die Luft zum Atmen fehlte.

So hätte er das alles nicht erfahren dürfen. Ich hätte es ihm persönlich sagen sollen. Schon längst. Doch das war nun zu spät.

Die anderen Wächter und Engel aus der Runde beachtete Kito nicht, er starrte nur mich an. Dann drehte er sich einfach um und lief in den Flur.

„Kito!"

Meine Stimme war wieder da und ich rief ihm nun laut hinterher. Christopher hielt mich fest, aber ich war fest entschlossen, ihm nachzulaufen. Ich wollte ihm alles erklären. Wollte um Verzeihung bitten. Wollte ihn zurückholen. Doch ich wusste, dass ich dafür den richtigen Moment verpasst hatte. Von Anfang an hätte ich mit offenen Karten spielen sollen.

Ich befreite mich aus Christophers Händen, lief ihm nach und rief immer wieder seinen Namen. Doch vergebens. Er blieb einfach nicht stehen. Selbst von Weitem konnte ich nun eindeutig Wut und Trauer in seiner Aura sehen. Es war so verständlich für mich. Aber ich hatte keine Ahnung, wie ich dem hätte gegenübertreten sollen.

„Jetzt bleib doch mal stehen! Kito, bitte."

Plötzlich blieb er tatsächlich stehen, den Rücken weiterhin mir zugewandt. Sein Kopf blieb gesenkt.

„Es tut mir leid, ich ..." Ich konnte meinen Satz nicht beenden. Denn mit einem Mal drehte er sich wütend zu mir um.

„Es tut dir leid!?"

Er wurde sehr laut.

„Es tut dir leid!?"

Ich wich ihm aus und machte einen Schritt nach hinten. Es tat weh, ihn so zu sehen. Es tat weh, dass ich ihn so verletzt hatte. Die Wut und das Entsetzen in seinen Augen schmerzten mich. Warum hatte ich ihm das nicht erspart? „Was tut dir denn leid?"

Er kam wieder auf mich zu. Gestikulierte mit seinen Armen, als wollte er mich schubsen. Ich wich wieder einen Schritt zurück. Auf keinen Fall wollte ich mich ihm entgegenstellen und ließ somit seine Wut über mich ergehen. „Dass du etwas über mich weißt, was ich nicht wusste? Dass du mich als Köder den Wölfen zum Fraß vorgeworfen hast? Dass du wusstest, was mit Salvan passiert ist?"

Er drängte mich weiter an die Wand und ich konnte nun nicht mehr ausweichen. Aber was bitte redete er denn da? Wie konnte er denn sowas von mir denken? Nach all dem, was zwischen uns passiert ist?

„Du hast mich die ganze Zeit belogen!"

„Nein Kito, das ist nicht wahr."

„Du wusstest, was ich bin."

„Warum schreist du mich denn so an?"

„Mein Freund wurde gefoltert, ich weiß nicht, ob er noch lebt. Was glaubst du, wie ich mich jetzt fühle?"

Tränen schossen ihm in die Augen.

„Du wusstest es. Du hast es die ganze Zeit verheimlicht. Salvan ist mein Freund. Du hättest es mir sagen müssen!"

„Kito, das ist nicht wahr. Sie haben es gerade erst erfahren. Wir haben jetzt zum ersten Mal darüber gesprochen."

Ich versuchte ihn zu beruhigen. Sprach leise. Als ihm eine Träne über das Gesicht lief, wollte ich sie wegwischen. Doch er hielt meine Hand fest und sah mir immer noch wutentbrannt in die Augen.

„Du bist ein Schüler. Dein Freund, dein Meister, war einst ein Dämon. Doch er hat sich für eine andere Sache entschieden. Unsere Sache. Ich denke, er wollte uns helfen. Ich weiß nicht, was er mit dir gemacht hat oder mit dir vorhatte. Er hatte dich lediglich unter seinem Schutz. Aber er hat dir nichts gesagt. Das ist komisch. Ich wusste nicht, was ich davon halten sollte. Bitte versteh mich. Deinen Meister nennt man hier Carny Skitar. Es gibt nur wenige, die solchen Abtrünnigen ihr Vertrauen schenken."

„Dann hast du mich benutzt. Ihr braucht Antworten!"

„Nein Kito, das stimmt nicht."

„Du wolltest mich beeinflussen, um zu sehen, wie die Dämonen reagieren? Da hattest du wohl sehr recht mit der Vermutung, dass die Angriffe kein Zufall waren."

„Kito, bitte. Du musst mir glauben. Ich wusste nichts! Ich hatte und habe noch immer keine Ahnung, was die Dämonen von dir wollen. Ich wollte dich doch nur beschützen."

„Beschützen? Nun Madam, das ist dir ja wohl prima gelungen!"

Madam? So wie er das betonte, war es wohl nicht gerade höflich gemeint. Ich wurde wütend auf ihn. Warum wollte er mir denn nur nicht zuhören. Ich hätte ihm alles erklären können.

„Weißt du was? Ja! Ja, ich hätte dir alles sagen können. Aber deine Aura ist dunkel! Du hast nicht den blassesten Schimmer, wie schwer es einem Engel fallen muss, jemandem zu vertrauen, der so dunkel ist."

Nun wurde ich auch wütend und lehnte mich ihm entgegen.

„Letztlich habe ich dir vertraut, habe dich in mein Leben gelassen, habe es zugelassen, dass du mich durcheinanderbringst. Ich habe für dich viel riskiert, so dass ich mich nicht mehr richtig auf meine Aufgabe konzentrieren kann!"

„Nun, wir wissen ja nun beide, wohin uns das geführt hat. Wegen dir haben sie ihn mitgenommen und gefoltert. Keiner weiß, was er für Schmerzen erleiden musste."

Erneut liefen ihm die Tränen über sein Gesicht. Doch ich war so fassungslos, dass er mir die Schuld für das Elend gab.

„Wie kannst du es wagen? Ich habe die ganze Zeit versucht, dich zu beschützen!"

Ich entriss mich seiner Umklammerung. Sein Gesicht kam meinem noch einmal gefährlich nahe und dabei ließ er mich nicht aus den Augen.

„Ich will dich nicht mehr sehen!"

Wütend schubste er mich zurück gegen die Wand und kehrte mir wieder den Rücken zu.

„Wo willst du denn hin? Bleib hier!"

Doch er drehte sich nicht mehr um, lief einfach weiter und sprach ganz leise.

„Ich werde vielleicht meinem Ruf gerecht werden und dem folgen, was man mir voraussagt."

Zorn und Wut ließen seine Aura wieder verdunkeln.

Er hob eine Hand und machte eine einzige Bewegung, als wolle er winken. Doch es war eben kein Hallo, sondern ein auf Nimmerwiedersehen.

Ich zitterte und meine Wut wandelte sich in Angst. Ich biss mir auf die Lippen, damit ich nicht laut losheulen musste. Ich hatte ihn verloren. Warum hatte ich nicht, wie schon die ganze Zeit, einfach meine Klappe gehalten? Ich hatte es nur schlimmer gemacht.

Ich schaute ihm immer noch nach, auch wenn er schon lange nicht mehr zu sehen war.

UND KÄMPFTE GEGEN MEINE ANGST

Gelungene Ablenkung

Der Wecker klingelte zum wiederholten Male. Es interessierte mich nicht. Ich ließ ihn klingeln. Überhörte das nervige Geräusch. Ich musste nicht aufstehen, an einem Samstagmorgen. Vor allem nicht so früh. Am liebsten hätte ich alles geschlossen, die Türen, die Fenster und Vorhänge, meine Augen. Nur das Bett und ich. Schlafen. Ganz viel schlafen. Doch Katharina würde mir eher in den Hintern treten, als mich hier liegen zu lassen. Geh zum Studium, hat sie gesagt. Lenk dich ab, triff deine Freunde.

Ich wusste nicht, ob mich das tatsächlich ablenken würde. Meine Gedanken waren immer nur bei einem Menschen. Bei Kito, von dem ich nichts mehr gehört hatte, seit er wutentbrannt weggerannt war.

Erstaunlicherweise war es seit diesem Tag ruhiger geworden in Sprjewja. Natürlich schoben es die Wächter auf Kitos Verschwinden und fühlten sich durch sein Fernbleiben nur bestätigt. Die große Bombe würde aber noch platzen. Das wussten sie. Und es hatte vermutlich auch nichts mit Kito zu tun. Niemand wusste, was die Höllenfürsten ausheckten und ob dies nur die Ruhe vor dem Sturm war. Alles was uns blieb, war abzuwarten. Ihren nächsten Schritt vorauszusagen war wohl niemandem vorherbestimmt. Auch nicht den Wächtern. So blieb ihnen nichts anderes übrig, als sich hier in Sprjewja, beim schwächsten Glied in der Kette, zu versammeln und abzuwarten, Ereignisse auszuwerten und sich für den Fall der Fälle vorzubereiten. Sie taten gerade so, als könnten sie selbst vor das Böse treten und es vernichten. Aber alle wussten, wer sich dem stellen muss. Wir Engel. Die gesamte Last lag auf unseren Schultern. Wenn nur einer von uns versagte, wäre die gesamte Menschheit und diese Welt in großer Gefahr. Einer von uns. Und alle dachten dasselbe. Sie dachten an mich.

Erstaunlicherweise wollte auch Christopher mir das Studium als Ablenkung schmackhaft machen. Er belächelte nun nicht mehr, dass ich meinen Kopf mit unnützen Sachen füttern wollte. Ich war jedoch nicht sicher, ob er es tatsächlich als Ablenkung für mich empfand oder es eher begrüßen würde, wenn ich Sprjewja verließe.

Ich wühlte nach meinem Telefon unter meinem Kopfkissen. Als ich es gefunden hatte, hielt ich es über mein Gesicht. So konnte ich mit meinen noch müden, kleinen Augen am besten sehen. Aber es war nichts zu sehen. Keine Nachricht.

So öffnete ich den Messenger, gab Kitos Nummer ein und verfasste, schon wieder, eine Nachricht.

BITTE SAG WAS, ICH VERMISSE DICH WAHNSINNIG

LASS ES MICH DOCH
BITTE ERKLÄREN. KOMM
ZURÜCK.

heute

KITO, BITTE MELDE DICH.
ES TUT MIR LEID.

Obwohl ich wusste, dass sie auch dieses Mal unbeantwortet bleiben würde, sendete ich sie ab. Gott, wie er mir fehlte. Es war unerträglich für mich, auf einmal gar nichts mehr von ihm zu hören. Es brachte mich schier zur Verzweiflung, weil ich genau gewusst hatte, dass sowas passieren könnte. Ich hatte zu viel zugelassen und jetzt war ich verletzt, vermisste ihn und war völlig durcheinander. So was hätte mir als Engel nicht passieren dürfen, erst recht nicht ausgerechnet jetzt! Jetzt, wo ich sowieso schon genug Schwierigkeiten hatte, mich zu beweisen.

Aber nein. Die Zeit, in der ich mit ihm zusammen war, war zu schön, als dass ich dieses Gefühl hätte missen wollen. Auch ohne Happy End machte dieses Gefühl des Glücks diese Welt etwas schöner für mich. Immer wieder schoben sich einzelne Bilder vor mein inneres Auge, sein Gitarrenspiel, das Lagerfeuer, sein Kuss, als er mir half, meinen Verband zu wechseln.

Ich starrte auf meine unbeantworteten Nachrichten. Ich wusste nicht einmal, ob er sie überhaupt gelesen hatte. Aber ich hoffte es. Wenn er sie wenigstens gelesen hätte, würde er vielleicht merken, dass er mir nicht egal war und dass ich immer noch auf ihn warten würde. Doch beschlich mich immer mehr die Furcht, dass er tatsächlich sehr wütend auf mich war und nichts mehr von mir wissen wollte. Aber ich konnte es jetzt nicht mehr ändern. So gab ich nicht auf und schrieb ihm eben, jeden Tag aufs Neue, Nachrichten.

Als ich das Esszimmer betrat, war es leer. Das war ungewöhnlich. Denn Katharina saß morgens eigentlich immer schon vor mir hier und wartete auf mich. Ich wollte gerade eine Menara rufen, als ich Stimmen hörte. Diese Stimmen waren mir sehr wohl bekannt. Offensichtlich hatte Katharina wieder meine Fahrgemeinschaft organisiert, denn Mecke und Hannes traten mit ihr in den Raum.

„Mecke! Hannes! Mit euch habe ich ja gar nicht gerechnet."

„Wow, Vega, du siehst schlimm aus."

„Nein, nicht schlimm."

Hannes stieß Mecke mit seinem Ellbogen in die Seite.

„Etwas fertig mit der Welt, vielleicht. Aber nicht schlimm."

Was für eine schöne Überraschung. Die war Katharina gelungen.

„Guten Morgen, Vega."

Sie gab mir einen Kuss auf die Stirn.

„Setzt euch Jungs. Ich hoffe, es ist okay für dich, moja luba. Ich habe die beiden zum Frühstück eingeladen."

„Ja klar, ich freu mich."

Das tat ich wirklich. Gerade in dem Moment, als ich die beiden sah, fühlte sich alles wieder etwas normaler an. „Vielleicht könnt ihr euch noch ein wenig austauschen, damit du wieder Anschluss findest."

„Ach", warf Hannes beruhigend ein, „sie hat gar nichts verpasst. So richtig kommen wir nicht voran. Haufen Ausfall und so."

„Aber ich denke, *wir* haben was verpasst", bemerkte Mecke.

Das war mir auch klar. Die Gerüchteküche da draußen musste brodeln. Gerade richtig für ihn. Seine Neugierde wunderte mich nicht. Ein klein wenig amüsierte es mich. Doch ich sah zu Katharina. Ich wusste, dass es ihr missfallen würde, wenn ich den beiden zu viel erzählte. Ich lächelte sie daher beruhigend an und gab ihr zu verstehen, dass sie sich immer auf mich verlassen konnte. So wollte ich zunächst in Erfahrung bringen, was im Land so geredet wurde.

„Mecke, was denkst du denn verpasst zu haben?"

„Komm schon, Vega. Das Feuer brennt, verstehst du? Die Gerüchteküche brodelt! Du kannst mir doch nichts vormachen. Du warst jetzt ein paar Mal schon nicht mehr mit in Bela Woda. Seit dem Herbstfest, um genau zu sein. Es hieß immer, du bist krank."

Er zeichnete Anführungszeichen mit seinen Fingern in die Luft.

„Es tut mir leid, dich enttäuschen zu müssen, Mecke. Aber ich war tatsächlich krank."

„Natürlich. Engel werden krank. Seit wann das denn bitte?"

Die beiden genossen vergnügt ihr Frühstück. Das Frühstück hier war auch dreimal besser, als es sich früh beim Bäcker zusammenkratzen zu müssen. Wir hatten reichlich Auswahl hier. Komfortabler, als im Fahrzeug zu essen oder in der Schule. Doch ich wusste auch, dass Mecke nicht lockerlassen würde. Ich ließ Katharina nicht aus den Augen, während ich mit ihm sprach. Reine Vorsichtsmaßnahme, um in ihrem Blick zu bemerken, wenn ich zu viel erzählte.

„Schon gut. Ja, es hat mich erwischt. Richtig erwischt. Also, ähm ..., der Höllentroll meine ich. Hat mir den Bauch aufgeschlitzt. Mit viel Blut und so."

Ich musste grinsen, weil Katharina jetzt ihre Augen verdrehte.

„Und das kann dich so lange umhauen?"

„Nein, eigentlich nicht."

„Ja, also?"

Mecke ließ nicht locker.

„Na ja, sie lassen sich eben auch mal was Neues einfallen. Das Mistvieh hatte seinen Arm offenbar mit Gift präpariert. Es heilte dieses Mal irgendwie nicht gut."

„Gott Vega, ist alles wieder in Ordnung?"

Hannes schien besorgter zu sein als Mecke. Der wiederum wirkte eher begeistert, weil die Story für ihn immer aufregender wurde.

„Alles gut."

Ich lächelte. Und grinste dann Mecke an. Ich wusste, er würde nicht locker lassen und weiterbohren.

„Also, was denkst du, dein Gefühl, dass vermehrt Dämonen in Sprjewja auftauchen, hat dich nicht getäuscht, oder?"

Ups. Spätestens jetzt merkte Katharina, dass ich den beiden bereits zu viel erzählt hatte. Und ihr Gesichtsausdruck sagte mir in dem Moment genau das. Eine Mischung aus: Was hab ich dir gesagt, warum weihst du Menschen so weit ein? Hör an dieser Stelle lieber auf, bevor noch etwas passiert! Und: Das ist doch jetzt nicht dein Ernst! Ich wollte vom Thema ablenken und schaute auf die Uhr. „Wir müssen los. Die Zeit rennt. Ich will nicht gleich wieder zu spät kommen."

Ich nahm mein halbes Brötchen, das ich mir mit Marmelade geschmiert hatte, und verließ das Esszimmer jetzt doch eiliger, als ich es ursprünglich vorgehabt hatte.

Mecke fuhr. Das war vermutlich das Beste. Denn ich verfiel schon wieder in meine Gedanken an Kito. Ich war wieder auf dem Weg zur Schule, wieder überquerte ich die Brücke zum Seenland und wieder hatte ich ein ganz mieses Bauchgefühl. Und das bei diesem bezaubernden Sonnenaufgang. Es war ein wirklich schöner Herbsttag und der erste Frost legte sich übers Land. Die mit Eiskristallen benetzte Natur zeigte sich an diesem Tag wieder von ihrer schönsten Seite. Es funkelte und glitzerte jedes Mal so wunderschön, wenn sich das Licht der frühen Sonnenstrahlen in den Kristallen brach. Ich hörte sein Lachen, ich vermisste es so wahnsinnig. Mir fehlte seine Nähe. Da konnte mich auch leider nicht dieses atemberaubende Panorama aus dem Seenland trösten.

„Es war wohl nicht sehr schlau von mir, in Anwesenheit deiner Freundin über Dämonen zu reden?", Mecke sah kurz in den Rückspiegel, „sorry. Ich hoffe, du bekommst jetzt keinen Ärger."

Ich schmunzelte, fand es irgendwie niedlich, dass er sich Gedanken machte.

„Ach was. Warum sollte ich denn bitte Ärger bekommen? Von wem denn?"

Mecke sprach nun etwas leiser, so, als wollte er seine Gedanken nicht wirklich laut aussprechen, aber trotzdem von uns noch gehört werden.

„Na ja, offensichtlich von den Höllentrollen."

Gute Antwort.

Wieder lunschte er in den Rückspiegel. Hoffnungsvoll sah er mich an. Natürlich wollte er mehr von der Geschichte hören. Ich lachte.

„Du wirst eh keine Ruhe geben, oder?"

„Nope."

„Dachte ich mir."

Da ich offenbar sowieso nicht um diese Unterhaltung herumkam, setzte ich mich etwas bequemer in Richtung der beiden, die vorn im Fahrzeug saßen. Ich rutschte in die Mitte der Rückbank, legte meine Arme auf deren Rücklehnen und konnte mich so besser zu ihnen neigen.

„Ja, Mecke, auf mein Bauchgefühl kann ich mich wohl verlassen. Da geht was vor sich."

Natürlich wollte ich ihm nicht alles erzählen. Wäre auch gar nicht gegangen. Das Wissen über die Schriften, welches einige von uns nun hatten, könnte tödlich sein. Niemals würde ich Menschen einer solchen Gefahr aussetzen.

So ließ ich mich auf ein kleines Frage-und-Antwort-Spiel ein, wobei ich meine Antworten mit Bedacht wählte. Um etwas Zeit zu schinden, beschrieb ich eher ausführlich und schillernd den Dämon, und die Höllentrolle, denen ich begegnet war. Das war sowieso das, was Mecke am meisten interessierte. Ich erwähnte auch das Herbstfest, erzählte jedoch nichts von Kito. Ich konnte seinen Namen nicht in den Mund nehmen. Nur schon der Gedanke an ihn füllte mein Herz mit Leere und Trauer.

Aber ich erzählte ihnen von Christopher, wie er uns schließlich gerettet hatte.

„Und? Denkst du, das war's jetzt? Denkst du, das war alles?"

„Nein, ich denke, da kommt noch was Heftiges auf uns zu."

„Was Heftiges?", wiederholte Hannes.

„Ja, ich glaub schon. Es mag ruhiger geworden sein. Aber ich denke, es ist die berühmte Ruhe vor dem Sturm."

Stille. Die beiden Jungs wirkten jetzt doch sehr ernst und nachdenklich. Fast schon besorgt. Na, hoffentlich hatte ich ihnen doch nicht zu viel gesagt.

„Aber ich werde euch beide schon beschützen", lachte ich und klopfte dabei beiden gleichzeitig auf die Schultern.

Mecke parkte auf dem Schulgelände. Ein paar Kommilitonen warteten bereits vor dem Eingang des Gebäudes. Einige mit Kaffee in der Hand, andere mit Zigarette oder beidem.

Betty und Sonya freuten sich ebenfalls mich zu sehen und dem Unterricht nun wieder mit mir gemeinsam zu folgen.

Als wir reingingen, legte Betty ihren Arm um meine Schultern und grinste mich an.

„Was ist?"

„Weißt du Vega, seit du nicht mehr da warst, war der Neue auch nicht mehr da. Was hast du mit ihm gemacht?"

Sie freute sich schelmisch, doch mir zerriss es innerlich das Herz. Denn Kito war nun wirklich nicht mehr da.

Ich versuchte, die Situation zu überspielen und grinste zurück.

„Och … wir hatten eine schöne Zeit."

Ich hatte nicht einmal gelogen. Aber glauben würde sie es mir trotzdem nicht. Da konnte ich beruhigt die Wahrheit sagen, ohne Gefahr zu laufen, von den beiden Mädels aus meiner Klasse mit Fragen durchlöchert zu werden.

„Ich wusste es", kicherte sie und betrat den Klassenraum. Ich setzte mich an meinem gewohnten Platz. Doch dem Unterricht mochte ich nicht folgen. Es interessierte mich auch überhaupt nicht, was der Professor an die Tafel brachte, welche Bilder er an die Wand projizierte oder welche Unterlagen er austeilte. Teilnahmslos saß ich einfach nur da und rührte mich nicht. Vielleicht war es doch keine gute Idee, wieder hierherzukommen. Ich konnte doch von hier aus gar nichts ausrichten.

Auch in der Pause, als wir uns alle versammelt hatten, konnte ich mich an den Gesprächen nicht beteiligen. Ich sah Kito, als wir uns noch nicht kannten, wie er bei den anderen Mitstudenten stand und die ganze Zeit auf sein Telefon starrte.

Doch mittlerweile versammelten sich einfach zu viele Studenten hier, so dass ich glücklicherweise aus meinen trübsinnigen Gedanken gerissen wurde. Ich tat so, als würde mich das Gespräch der anderen wahnsinnig interessieren. Also versuchte ich ihren für mich belanglosen Themen zuzuhören.

Plötzlich stand er da. Entsetzt starrte ich völlig fassungslos in seine Richtung. Durch die Menge der Studenten konnte ich ihn genau sehen. Den Dämonenjünger! Genau der Typ, der mir im Wald entwischt war. Er stand einfach nur da, bewegte sich keinen Millimeter, sah mich scharf an und grinste dabei höhnisch. Zorn stieg in mir auf. Wut. Hass, den ich nicht mehr kontrollieren konnte. Was er getan hatte, konnte ich niemals mehr vergessen oder verzeihen. Mir wurde so heiß, als ob ich gleich in Flammen aufgehen würde. So gern wollte ich mich jetzt auf ihn stürzen und mit meinem Engelsfeuer durchbohren. Doch wäre ich dann auch nicht besser als er. Meine Hände waren zu Fäusten geballt, als ich gerade losstürmen wollte.

„Vega, was ist?"

Betty stellte sich mir in den Weg. Ich war mir sicher, dass sie das nicht mit Absicht tat, aber fast hätte ich sie dafür ordentlich angeranzt.

„Du siehst aus, als hättest du einen Geist gesehen."

Ich schob sie etwas zur Seite. Aber der Typ war weg. Er stand einfach nicht mehr dort, wo er gerade noch war. Als hätte er sich in Luft aufgelöst. Ich wurde panisch. Ich wollte ihn. Ich sah mich überall um. Schärfte meine Sehfähigkeit, hörte auf jedes noch so verdächtige Geräusch. Nichts.

„Ja, hab ich!"

Ich ließ die Gruppe zurück und lief wie wirr über den Hof. Nichts. Als ob er eben doch nicht da gestanden hatte. Aber er war da gewesen und hatte mich dreckig angegrinst. Mein Gefühl sagte mir, dass mein blöder Bauch mich nicht getäuscht hatte. Doch ich war nicht sicher, ob der Typ tatsächlich da war oder mir meine Fantasie und Vorstellungskraft vielleicht nur einen Streich spielten und mich hinters Licht führten. Nein, ich war mir sicher. Er hatte vor mir gestanden. Und seine schwarze Aura hatte ihn verraten. Ich hatte ein mieses Gefühl bei der Sache und wurde schon wieder unruhig. Warum zur Hölle hatte er sich gezeigt und ist nun verschwunden? Das machte doch keinen Sinn.

Hatte es vielleicht etwas mit Kito zu tun? Verdammt, ich wusste nicht, was er mit dieser Aktion bezwecken wollte. In meinem Kopf brodelte es. Ich spielte dutzend Szenarien gleichzeitig durch, doch keine erschien mir logisch.

Ich lief in das Schulgebäude. Wollte dort meine Sachen holen und beschloss, zurück nach Sprjewja zu gehen, um mit Katharina zu reden. Auf dem Weg dorthin holte ich mein Telefon aus der Tasche. Immer noch keine Nachricht von ihm. Vor lauter Sorge konnte ich es nicht lassen, ihm erneut zu schreiben.

> ICH MACHE MIR GROßE
> SORGEN. BITTE, ETWAS
> STIMMT NICHT.

Mit Sicherheit würde er auch auf diese Nachricht von mir nicht reagieren. Aber möglicherweise ließ er sich doch warnen. Vielleicht hatte er es zumindest gelesen.

Als ich den Raum betrat, war er leer. Na ja, das Wetter war auch zu schön, um drinnen zu bleiben. Wer hätte das wohl nicht genossen.

Hannes und Mecke waren mir gefolgt. Gerade als ich meine Sachen packte, stürmten sie ebenfalls den Raum.

„Stimmt was nicht?"

Doch Hannes antwortete, bevor ich es tun konnte.

„Es stimmt tatsächlich was nicht. Schaut mal."

267

Er starrte zur Tafel. Ich folgte seinem Blick.

„Was zum ...?"

Jemand hatte etwas an die Tafel geschrieben. Etwas, was offensichtlich nicht von uns kam und auch nichts mit dem Stoff zu tun hatte, den wir gerade im Unterricht durchgenommen hatten.

In großen Buchstaben hatte sich irgendjemand an einem kleinen Gedicht versucht.

Mecke las es laut vor.

Wenn morgen die Sonne wird ohne Schein
Als kalter Koerper den Himmel zieren
Liebe und Mut Menschen verlieren
Dann wird Leben auch bald erloschen sein

Jeder von uns starrte auf das Geschriebene und versuchte wahrscheinlich, daraus schlau zu werden.

„Wow", ergriff Hannes das Wort, „ich habe zwar keinen blassen Schimmer, was das bedeuten soll, aber gut klingt das auf jeden Fall nicht."

Ich stimmte dem jedenfalls zu und wusste genau, wer das geschrieben hatte. Doch was sollte das? Was wollte er denn damit sagen?

„Ich weiß auch nicht", flüsterte ich. Doch dann fiel es mir wie Schuppen von den Augen. Es war zu einfach, um es zu sehen. Wer um seine Bedeutung nicht wusste, hätte es auch nie für eine Nachricht gehalten.

Die ersten Buchstaben der Zeilen waren das Geheimnis. Nun wusste ich, was er mit diesem dämlichen Spruch bezweckte. Ich wusste, wo er hingegangen war und wo ich ihn finden würde.

„Wischt das ab! Bleibt hier!"

Es tat mir gleich wieder leid, wie ich die beiden anherrschte. Ich war so wütend, doch die beiden konnten nun wirklich nichts dafür.

„Bitte", fügte ich leiser hinzu.

Alles was noch auf dem Tisch lag, stopfte ich in meinen Rucksack, schmiss ihn mir um und lief zügig aus dem Zimmer. Ich verließ das Schulgelände und rannte in den Wald zu der Stelle, wo letztes Mal die fünf Riesen vor mir gestanden hatten. Doch von einem Dämon war zum Glück keine Spur. Ich konnte nichts riechen und nichts hören. Wie dumm und kopflos war ich denn aber jetzt schon wieder? Warum rannte ich, ohne über die Folgen nachzudenken, hierher? Blind vor Wut begab ich mich wieder einmal in große Gefahr. Ich hatte beim letzten Mal offensichtlich nichts gelernt.

Ich wollte wenigstens Katharina Bescheid geben, holte mein Handy aus der Tasche und hielt inne. Ich wiederholte meinen Gedanken von eben. Ich konnte nichts riechen und nichts hören. Wirklich nichts. Nicht einmal Vögel oder Insekten, die im Waldboden oder in den Bäumen herum kreuchten. Es war zu still. Ich sah mich um. Der Wald hatte meine volle Aufmerksamkeit. Jemand trat auf einen Zweig. Ich wandte mich genau in diese Richtung und der Dämonenjünger trat hinter einem Baum hervor. Er lächelte arrogant.

„Hallo Vega."

Er wirkte amüsiert. Dabei musste er doch wissen, dass ich gefährlich für ihn war und solche Typen wie ihn abholen ließ. Doch er schien keineswegs davon auszugehen, dass ich ihm auch nur ein Haar krümmen würde. Warum war er sich so sicher? Es war niemand weiter hier außer uns beiden. Doch irgendwie war er sich eines Schutzes sicher. Eine Art Ass im Ärmel, falls ihm etwas zustoßen sollte. Aber was war das? Seine arrogante, selbstsichere Art machte mich noch wütender.

„Was willst du?", fuhr ich ihn an.

„Na, na, na, junge Dame. Wer schlägt denn hier so einen bösartigen Ton an?"

‚Jetzt tu doch nicht so, du blödes Arschloch', dachte ich und musste mich zusammenreißen. Was auch immer es war, was ihn beschützte, ich musste es herausfinden und beseitigen.

„Wer bist du?"

„Wir kennen uns doch. Weißt du nicht mehr? Genau bis hierher bist du mir dummerweise gefolgt."

Wie hätte ich das vergessen können.

„Du kleines Dummerchen hast einen Verräter geschützt. Warum? Hat er dir gefallen?"

Wollte er jetzt etwa Spielchen spielen? Wahrheit oder Tat oder so was? Komm zum Punkt Junge.

„Du wusstest doch, dass er nicht gut war. Was hat es dir gebracht, ihm sein jämmerliches Leben zu retten? Wie mir scheint, hat er nicht nur uns, sondern auch euch verraten."

„Kito hat uns nicht verraten."

Ich knirschte mit den Zähnen.

„Ich wollte mir den Jungen holen. Er ist der Schüler eines Verräters. Er oder sein beschissener Mentor hatten etwas, was uns sehr interessierte. Nun ich war sehr sauer auf dich, Vega. Du hast mir und meinen Freunden echt die Party verdorben. Ein guter Gefährte von mir war daraufhin sehr wütend auf mich. Das hätte mich fast das Leben gekostet."

Jetzt wirkte er nicht mehr so arrogant. Offenbar konnte ich meine Stimmung prima auf ihn übertragen.

„Warum sollte mich dein Geschwafel interessieren? Was hält mich davon ab, dich zur Strecke zu bringen?"

„Ts, ts, ts. Vega, willst du mir etwa drohen? Nein, das würdest du nicht wagen. Du tötest mich nicht. Du tötest keine Menschen."

„Du bist kein Mensch mehr. Und warum sollte ich nicht bei dir eine Ausnahme machen?"

„Ach niedlich. Versuchst du mir Angst zu machen? Ich bestehe aus Angst. Angst erfüllt mich. Angst bringt mich weiter. Angst hat mich stark gemacht."

Mein Zorn wuchs immer mehr. Seine scheißarrogante Art provozierte mich gewaltig. Es reichte mir. Natürlich würde ich ihn nicht töten. Aber es war ein Leichtes für mich, ihn außer Gefecht zu setzen. Dazu brauchte ich nicht mal Engelsfeuer und erst recht nicht viel Kraft.

„Wenn du das so siehst."

Ich spannte meinen Körper an und wollte mich auf ihn stürzen. Doch als ob nichts weiter wäre, hob er seine Hand und stoppte mich.

„Ah, ah, ah. Du solltest dir anhören, was ich zu sagen habe. Sonst wirst du es vielleicht bereuen, schon wieder so eine Dummheit begangen zu haben.

„Dann sag endlich, was du willst."

„Ach Herzchen, ich will gar nichts."

Noch aufgewühlter trat ich drohend einen Schritt näher an ihn heran.

„Sprich jetzt!", befahl ich ihm.

„Weißt du, mein Freund möchte dich sehen. Er sagt, es ist an der Zeit, dich kennenzulernen. Jetzt, wo wir doch alles voneinander wissen."

Gott war der Typ anstrengend. Kann er nicht einfach geradeheraus sagen, was er will?!

„Was meinst du damit?"

„Nun, du weißt, was er wissen muss. Und er weiß, dass du es weißt, und du weißt, dass auch er es weiß."

Er brach in schallendes Gelächter aus.

„Spinnst du?"

„Nun, man könnte sagen, ich bin eher etwas verrückt geworden. Aber das ist deine Schuld! Mein Freund hat schlimme Sachen mit mir gemacht, nachdem du uns hier im Wald gestört hattest. Aber das geschah mir ganz recht. Das war nur die gerechte Strafe für mein Versagen."

„Du redest nur Müll die ganze Zeit. Glaubst du echt an den Scheiß, den du hier von dir gibst?"

„Ich glaube nicht! Ich weiß es! Er gab mir große Macht. Ich bin heute nicht mehr hilflos unterwegs. Dank ihm."

„Wer denn überhaupt? Von wem redest du?"

Er setzte einen garstigen Blick auf, als er zur Antwort ansetzte.

„Liliths Sohn".

Ich hielt entsetzt inne. Okay. Vermutlich war es jetzt tatsächlich klüger von mir, den Dämonenjünger in dieser Situation nicht anzugreifen. Nicht, weil er unter dem Schutz des Höllenfürsten stand und ich mich jetzt nicht auch noch mit ihm anlegen wollte, sondern weil ich nun definitiv wusste, dass er die Wahrheit sagte und die Situation ernst war.

Liliths Sohn, Homin. Damit hatte ich nicht gerechnet.

Lilith hatte einen üblen Ruf. Denn sie war die Frau, die sich weigerte, sich unterzuordnen. Als sie gejagt wurde und für ihre Freiheit kämpfte, entwickelte sie sich in ihrer Wut zur stärksten Dämonin aller Zeiten. Sie gebar tausende neuer Dämonen, denen sie ihren Zorn weitergab. Ein Zorn auf Menschen und Himmelswesen, die ihre Ebenbürtigkeit nicht akzeptieren wollten und grausige Geschichten über sie erzählten.

Lilith war auch die Geliebte des Teufels gewesen und hatte mit ihm viele Töchter.

Doch hatte sie von ihm auch einen Sohn. Dieser Sohn war zu einem Höllenfürsten aufgestiegen, konnte aber der Verlockung nach noch mehr Macht nicht widerstehen. Die Hölle genügte ihm nicht. Seit Jahrhunderten versuchte er wieder und wieder, die Welt für sich einzunehmen und die Menschen zu vernichten. Genauso oft aber scheiterte er damit und wurde wieder entmachtet. Doch fand er immer wieder einen Weg, aufzuerstehen und sich neu zu behaupten.

‚Du weißt, was er wissen muss. Und er weiß, dass du es weißt, und du weißt, dass auch er es weiß', hallte es wieder durch meinen Kopf.

Natürlich meinte er den Höllenfürsten und natürlich war es um die Schriften gegangen. Ich kenne den Inhalt und er kennt ihn nun auch. Er hatte den Carny Skitar mitnehmen lassen und ihn so lange misshandelt, bis er ihm das Geheimnis preisgab. Ich wusste jetzt, dass er über alles unterrichtet war. Würde sein Aufstieg ihm nun endgültig gelingen?

Selbstverständlich, es gab nur diesen einen Fürsten, den er als seinen Freund bezeichnen würde. Ich kannte nun wenigstens seinen Namen und konnte die Wächter darüber informieren. Wir wussten nun endlich, mit wem wir es zu tun hatten. Und sein Versuch, seinen Meister zu hintergehen, schien dieses Mal gute Erfolgsaussichten zu haben.

Meine körperliche Anspannung ließ allmählich nach. Ich musste Katharina informieren. Den Dämonenjünger aber würde ich laufen lassen. Dieses Mal spielte es keine Rolle, ob ich ihn gewaltsam mitnähme, um ihn den Wächtern zu präsentieren. Denn dieses Mal war ich überzeugt davon, dass mir die Wächter glauben würden. Ich sah auf mein Handy. Noch immer keine Antwort von Kito. Ich entsperrte das Display.

„Du wirst dich mit ihm treffen!"

Verwundert sah ich zu der armen Gestalt mir gegenüber. Was wollte er denn von mir? Er kannte doch den Inhalt der Schriften. Bei dem Gedanken machte es endlich Klick in meinem Kopf. Klar. Er benötigte noch einen Engel. Doch ich war doch nicht bescheuert und würde mich einfach so mit ihm treffen. Ich musste erst einmal allen Bescheid geben und gemeinsam würden wir ihm dann einen Besuch abstatten.

Irgendwie hatte ich wieder ein komisches Gefühl im Bauch. Meine Alarmglocken schrillten in den höchsten Tönen. Wieder sensibilisierte ich meine Sinne. Doch wir waren immer noch allein. Ich war achtsam.

„Warum sollte ich das tun?"

Ich hatte ein wenig Angst vor seiner Antwort. Doch es bedurfte gar keiner. Trauer und Kälte durchfuhr mich, als ich sah, was er die ganze Zeit in seiner Hand hielt. Er hatte während unseres Gespräches durchweg mit einem winzigen Ohrstecker herumgespielt. Ein kleiner schwarzer mit silbernem Rand. Ich sah Kito vor mir, hörte sein Lachen und sah ... seinen Ohrring. Der Dämonenjünger hielt ihn die ganze Zeit zwischen seinen Fingern.

Mir gefror das Blut in den Adern und ich erstarrte.
Deshalb blieb er so cool und musste mir nicht antworten.
Sie hatten ihn schon.

„Guuuut. Wie ich sehe, sind wir uns ja jetzt einig."

„'n' Scheiß sind wir!"

Ich konnte nicht aufhören, den kleinen Gegenstand in
seiner Hand anzustarren.

„Er ist freiwillig zu uns gekommen. Ich hätte den Verräter
ja gleich beseitigt. Aber mein Freund war der Ansicht, er
könne uns noch sehr nützlich sein. Wie mir scheint, hatte
er damit wohl recht."

„Das ist nicht wahr!"

„Oh doch, Herzchen. Du musst ihn sehr verletzt haben. Es
war so viel Zorn in ihm. Ihr habt ihm nicht vertraut.
Armer Kerl. Er glaubte tatsächlich, er könnte bei uns seine
Dunkelheit ausbauen. Ein paar billige Versprechen
reichten. Als ob wir Verräter am Leben lassen würden.
Aber das kann er dir sicher noch selbst erklären."

„Nein!"

„Doch! Und du wirst ihn retten. Nicht wahr? Du wusstest
schließlich gleich, wem dieser Ohrschmuck gehört."

Ich musste die anderen holen!

„Morgen ist Blutmond. Wenn der Mond in den totalen
Kernschatten der Erde tritt, ..."

„Ich weiß, was ein Blutmond ist", fiel ich ihm ins Wort.

„Nun, dann weißt du auch, dass der Höllenfürst diesen
besonderen Anlass nutzen wird, um endlich zu dem zu
werden, wofür er bestimmt ist.
Du willst ihn retten, nicht wahr? Ich sehe es dir an.
Versuche es nur. Doch es ist zu spät."

Der Dämonenjünger amüsierte sich zusehends. Er lachte
laut, als er sich umdrehte und sich von mir entfernte.

„Lasst die Spiele beginnen! Ha, ha, ha!"

Ich entsperrte erneut mein Handydisplay. Doch dieses Mal erwartete ich keine Antwort von Kito. Ich wählte Katharinas Kontakt.

„Hallo? Katharina? Ich muss mit dir reden!"

Christopher wartete bereits vor den Türen des Saals der Wächter auf mich, mit einer Robe in der Hand. Hastig rannte ich ihm entgegen.

„Du weißt Bescheid? Hast du mit Katharina gesprochen?"

Er nickte.

„Wo ist sie?"

„Sie unterrichtet die Menara. Ich schätze mal, ihr müsst euch rüsten."

Ein unheimlicher Gedanke. Das durfte doch alles nicht wahr sein. Wie hatte es denn nur so weit kommen können? Christopher spürte wohl meine Angst, denn er nahm mich in seine Arme und flüsterte mir ins Ohr.

„Es tut mir so leid, Vega. Wir holen ihn da raus."

„Die Menschen ..."

„Es wird nichts geschehen. Das Gleichgewicht ist immer noch intakt. Er kann noch gar nichts weiter tun außer Drohungen auszusprechen."

Er sah mich an.

„Ich werde in Sprjewja bleiben. Wir sind ein starkes Team."

Er zwinkerte mir zu. Seine beruhigende Stimme machte mir Mut. Ich nickte, entschlossen, das mit ihm gemeinsam durchzustehen.

Wir versteckten unsere Gesichter unter den Kapuzen der Roben und legten gleichzeitig unsere Hände an die Türen. Das Licht schien heller, kraftvoller. Die Türen öffneten sich. Christopher und ich traten gemeinsam durch die Pforte der Engelsstatuen. Die Wächter waren vollzählig und standen bereits vor ihren Thronen. Wir betraten das Podest und knieten vor ihnen nieder. Mit gesenktem Kopf warteten wir gefasst auf die Begrüßung.

„Witaj", ertönte es durch den Saal.

Christopher und ich erhoben uns und streiften unsere Kapuzen ab. Ich übernahm unsererseits den obligatorischen Willkommensgruß.

„Witaj in Sprjewja, Wächter. Witaj Engel des Seenlandes, Christopher."

Ich sah ihn an. Ernst sah er zu den Wächtern und wartete. Was hatte ihm denn Katharina eigentlich erzählt? Wie viel wusste er wohl über Kito? Egal. Er hält zu mir, würde mich unterstützen. Auch wenn er Kito immer noch nicht traute.

„Vega", Ares, der Wächter, übernahm das Wort, „deine Skitarka hat uns zusammengerufen, weil du Neues zu berichten hast."

„Ja, Wächter. Habe ich."

Ich musste eine kleine Pause machen, um Luft zu holen. Denn dieses Mal war es anders, vor die Wächter zu treten. Nicht, weil ich nicht allein vor ihnen stand und Christopher mich begleitete, sondern weil ich wusste, dass sie mich dieses Mal ernst nehmen würden. Ich war nicht mehr der naive Engel mit dem Bauchgefühl. Schwach, ja. Aber nun glaubte man mir. Denn mein Bauchgefühl hatte recht.

„Ihr erinnert euch an den Dämonenjünger, den ich bei dem Angriff im Seenland aus den Augen verloren hatte?"

Doch ich wartete eine Antwort darauf gar nicht ab.

„Ich bin ihm wiederbegegnet. Er hat mich in aller Öffentlichkeit aufgesucht."

Aufgeregtes Gemurmel erfüllte den Saal.

„Dann hattest du also recht mit ihm."

Ja, jetzt war ich mir ganz sicher, dass es ein Jünger war.

„Ja. Er hat sich der Hölle hingegeben."

„Hast du ihn beseitigt?"

„Nein."

Wieder tuschelten sie miteinander und verzogen dabei die Gesichter. Ich wusste gleich, was sie dachten. Dazu musste ich ihnen nicht einmal zuhören. Leichte Verzweiflung machte sich in mir breit. Hätten sie mich nicht erst einmal ausreden lassen können? Ich sah Christopher an. Er legte seine Hand auf meine Schulter.

„Nur Mut. Erzähle ihnen, was du weißt."

Ich nickte, schaute aufrecht zu den Wächtern und unterbrach ihr Getuschel.

„Morgen ist Blutmond. Er wollte uns eine Nachricht überbringen."

Stille. Ich fuhr fort.

„Einer der Höllenfürsten wird die morgige Nacht für sich nutzen, er will dieses Phänomen der Natur als Zeichen seines Aufstiegs nutzen."

„Hat er gesagt, welcher der Fürsten glaubt, dass er den Teufel hintergehen könne und so dem Gleichgewicht zwischen Gut und Böse zu schaden vermag?"

„Es ist Homin, Liliths Sohn."

Ich merkte, wie Christopher neben mir erstarrte und seine Hand auf meiner Schulter verkrampfte. Offenbar hatte er dieses Detail noch nicht gewusst. Auch die Wächter erstarrten. Jeder von ihnen wusste, dass Homin es schon mehrmals erfolglos versucht hatte, aber sein Ehrgeiz groß genug war, um alles daran zu setzen, dass es ihm dieses Mal auch gelang.

„Homin! Er kennt den Inhalt der Schriften. Er hat den Carny Skitar gefoltert."

Ihre Befürchtungen hatten sich jetzt damit bestätigt. Nicht genug, dass Liliths Sohn es erneut versuchen würde, die Macht seines Meisters, seines Vaters, zu übernehmen. Sondern auch, dass er nun wusste, wie er einen Engel benutzen kann, um das Gleichgewicht halten zu können und dennoch die Herrschaft zu übernehmen.

„Das sind beunruhigende Neuigkeiten", sprach Harum, der wieder den mittleren Thron für sich beanspruchte. „Wir werden uns vorbereiten müssen."

„Die Engel sollen bleiben. Wir wissen nicht, was genau er vorhat. Es sind nur Vermutungen, dass er nach Sprjewja kommen wird."

„Nathan, das liegt doch auf der Hand. Natürlich kommt er nach Sprjewja. Warum sonst sollte er ausgerechnet Vega die Nachricht zukommen lassen? Und es ist ja nicht nur das."

Doch Harum beendete seinen Gedanken nicht. Er schaute mich einfach nur an.

„Ich bleibe."

Christopher trat einen kleinen Schritt nach vorn, als müsse er sich schützend vor mich stellen.

„Es ist nicht weit bis ins Seenland. Mein Skitar ist sehr aufmerksam. Ich habe alle aufrüsten lassen. Sie werden mich schnellstens informieren, wenn etwas vorfallen würde."

Nathan schien dennoch beunruhigt.

„Selbst wenn er tatsächlich sein Werk hier vollbringen möchte. Er scheint sich seiner Sache sicher. Denkt ihr, zwei Engel sind stark genug, ihm gegenüberzutreten?"

„Er wird genauso davon ausgehen, dass wir nicht wissen, wo er auftauchen wird. Er weiß, dass wir jedes einzelne Land im Schutze der Engel belassen werden", versuchte Dirak zu erklären. „Er wird es offenbar darauf ankommen lassen müssen. Denn es wird ihm niemand folgen. Er kann keine Armee aus Dämonen zusammenrufen. Keiner der anderen Höllenfürsten wäre mit seinem Vorhaben einverstanden. Sie hätten doch alle selbst gern die Macht, nach der er strebt. Sie würden sich niemals gegenseitig unterstützen."

Nathan nickte. „Aber warum hast du den Dämonenjünger gehen lassen? Du hättest ihn hierherbringen können. Jeder von ihnen verdient sein Gericht. Das waren deine Worte!"

Sie mochten Kito nicht. Vertrauten ihm nicht. Wenn ich ihnen jetzt sagen würde, dass ich den Jünger wegen ihm verschont hatte, würden sie wahrscheinlich mit mir zürnen und die leidliche Vertrauensfrage ging wieder von vorne los.

Doch wusste ich mir keinen anderen Rat. Ich musste darauf antworten. Die Ausrede mit dem Weglaufen hätte mir wohl keiner mehr abgenommen.

Christopher drückte meine Schulter nun fester. Er war bei mir. Das ermutigte mich, endlich mit der Wahrheit rauszurücken.

„Wenn er nicht zurückgekehrt wäre, hätten sie Kito etwas angetan."

Ich wurde traurig, senkte den Kopf. Ich machte mir solche Sorgen um Kito und hatte Angst. Wusste nicht, ob es ihm gut ging, oder ob er verletzt war.

„Er hat sich dem Höllenfürsten angeschlossen?"

„Nein!"

„Du sagtest es gerade."

„Nein, ich sagte, dass er dort ist, dass sie ihn haben."

„Du lässt einen Jünger laufen, um einen Verräter zu schützen?"

Harum sprach jetzt sehr laut. Er war offensichtlich wütend. Nathan dagegen war noch die Ruhe selbst.

„Er ist ein Verräter!"

Jetzt packte mich die Wut.

„Das könnt ihr nicht wissen!"

„Du kannst ihn nicht retten, Vega. Sein dunkler Ruf hat ihn eingeholt. Wenn er dort ist, ist er nicht mehr derselbe."

„Wie könnt ihr es wagen, so über einen Menschen zu urteilen?"

„Vega, genug jetzt!"

Christopher hielt mich zurück, bevor ich etwas darauf erwidern konnte.

„Komm wir gehen. Wir haben alles gesagt."

Wütend zog ich mir meine Kapuze über den Kopf und kehrte ihnen ohne eine Verneigung den Rücken zu. Ich sah noch, wie sich Christopher hastig mit einem angedeuteten Knicks verabschiedete, doch ich lief schon eilig zu den Toren. Ich konnte gar nicht schnell genug diesen Saal verlassen. Voller Wut, Enttäuschung, aber auch Angst stieß ich die Türen auf und schmetterte die Robe auf den Boden.

Christopher versuchte, mir in meine Räume zu folgen.

Mittlerweile war es Abend. Ich setzte mich an mein Fenster. Christopher stand in der Tür und klopfte leise. „Komm schon rein. Du lässt ja doch nicht locker."

„Vega", er kam zu mir, gab mir einen Kuss auf die Stirn und setzte sich ebenfalls auf das Fensterbrett. „Du hast alles Recht der Welt, wütend zu sein. Sie sind immer sehr schnell im Urteilen. Doch bedenke, meistens liegen sie trotzdem richtig."

„Du hast ihm von Anfang an nicht getraut. Das hat sich nicht geändert."

„Nein. Das stimmt wohl. Aber ich respektiere deine Freundschaft zu ihm. Und ich vertraue deinem Urteil. Vielleicht gibt es eine Zwischenlösung und unser beider Bauchgefühl ist richtig."

So ein Schwachsinn.

Und trotzdem musste ich nun lächeln, auch, weil er mir immer beistand. Er urteilte nicht vorschnell. Wenn er jemanden nicht mochte, hatte er gute Gründe dafür. Doch respektierte er stets meine Ansichten. Nahm sie zwar nicht immer für voll, doch versuchte er nie, sie mir auszureden.

„Mach dir keine Sorgen. Es wird sich bald alles klären."

„Das sagst du so. Wir stehen vor einem riesigen Geröllhaufen, den wir erst abtragen müssen, um wieder durchzublicken. Wir haben keinen blassen Schimmer, was auf uns zukommt. Wir sitzen hier und können einfach nur abwarten und hoffen, dass sich das Wirrwarr irgendwie von allein auflöst. Gott, mein Kopf ist voll verworrener Gedanken."

„Du solltest dich ausruhen. Ja, der Geröllhaufen ist riesig und wir müssen den wohl oder übel mit starker Kraft angehen."

Er hatte ja recht. Doch ich fühlte mich, als könnte ich nie wieder schlafen. Ich war immer noch so aufgebracht und fühlte mich schuldig, Kito in diese Lage gebracht zu haben.

„Geh schlafen. Du brauchst deine Kraft."

Ich nickte. Stimmte ihm zu.

„Dobru noc, moja luba, gute Nacht", wünschte er mir, küsste mich noch einmal sanft auf die Stirn und verließ mein Zimmer.

„Und schalte dein Hirn aus", hörte ich es noch durch den Flur schallen.

Und wieder hatte er es geschafft.

ICH LÄCHELTE, TROTZ ALLEM

Einladung

Wieder lachte mich dieses kleine süße Baby an. Seine Ärmchen streckte es nach mir aus, als wolle es von mir getragen werden. Doch irgendwie konnte ich es nicht in meinen Armen halten. Wenn ich versuchte es zu nehmen, änderte sich seine Position. Ich bemerkte, dass es mittlerweile krabbeln konnte. So versuchte es, mich neckisch zu locken. Doch es fiel mir schwer, ihm zu folgen. Jedes Mal, wenn ich nah an ihm dran war, war es urplötzlich woanders. Mal hinter mir, mal weit weg oder gleich neben mir. Doch ich konnte es nicht greifen.

Und dann saß es da. Friedlich auf dem Boden. Es kicherte und griff nach den flauschigen goldenen Daunenfedern, die wieder durch den weiten, leeren Raum schwebten. Aus dem Kichern wurde ein fröhliches Lachen.

Plötzlich fingen die Federn an zu brennen und zu verglühen. Das Lachen des Babys war gar kein Lachen. Es weinte bitterlich. Immer mehr Federn berührten den Boden, dieser fing Feuer, bis schließlich der gesamte Raum in Flammen stand. Das Baby saß genau vor mir und schrie. Blankes Entsetzen in seinem kleinen Gesichtchen. Ich wollte ihm so sehr helfen, doch ich bekam es nicht zu fassen.

Während aus dem brennenden Raum eine Feuer speiende Landschaft wurde, geriet ich immer mehr in Panik. Doch konnte ich endlich das Kind ergreifen, als es wieder seine Arme nach mir ausstreckte.

Es schrie immer weiter, ich konnte es nicht beruhigen.

Die heißen Flammen schlugen mir ins Gesicht. Ich hatte Schwierigkeiten, etwas zu sehen, der Rauch ließ alles vor meinen Augen verschwimmen. Plötzlich wurden die Bilder klarer und ich sah Dämonen und Menschen miteinander kämpfen. *Katharina, meine Skitarka, versuchte, sich durch einen ganzen Trupp an Kreaturen zu mir durchzuschlagen. Ich jedoch bewegte mich keinen Millimeter. Während Katharina zu Boden fiel und sich ein dutzend Dämonen auf sie stürzten und auf sie einschlugen, sah ich einfach nur hilflos zu. Auch wenn ich versuchte, laut zu schreien, auch wenn ich elendig weinte, es kam kein Ton aus meiner Kehle.*

Die Dämonen ließen von ihr ab, doch sie bewegte sich nicht mehr. Ein lebloser, blutüberströmter Körper blieb auf dem Schlachtfeld liegen.

Und ich stand einfach nur da, starr vor Angst, und versuchte immer noch, das Kind in meinem Arm zu beruhigen.

Es war nicht sein Schreien, das mich zermürbte. Es war das laute Knistern der Flammen, das Lodern des Feuers und die Schreie der Menschen und der dunklen Gestalten, die Waffen, die klingend aneinanderschlugen, und das Gefühl der Machtlosigkeit.

Ich erkannte nicht nur Katharina in dem Getümmel. Christopher kämpfte ebenfalls mit aller Kraft gegen seine Feinde. Ich konnte nicht erkennen, wen oder was er da vor sich hatte. Doch fiel mir in diesem Augenblick auf, wo ich mich eigentlich befand.

Trotz der hohen Flammen, die den Wald um den Berg herum erstickten, erkannte ich den Schlossberg. Eine berühmte und sehr beliebte Erhebung in Borkowy, inmitten Sprjewjas. Offenbar befand ich mich auf diesem Berg und viele Meter hoch auf dem dortigen Aussichtsturm.

Mein Blickwinkel hatte sich verändert. Immer noch sah ich unten das riesige Schlachtfeld. Nun erkannte ich allerdings mehr. Ich konnte jetzt erkennen, gegen wen sich Christopher wehrte. Es war Kito. In dem Moment, als ich ihn erkannte, hob

Christopher sein aus Energie erzeugtes Schwert und holte zum wohl letzten Schlag aus. Ich schrie aus Leibeskräften, doch wieder blieb mein Schrei tonlos. Ich wollte lauter schreien, ihn anflehen nicht zuzuschlagen, doch es war vergebens. Meine Stimme war einfach nicht zu hören. Stattdessen drang plötzlich ein fürchterliches Gelächter an mein Ohr. Das Baby, das ich immer noch in meinen Armen hielt, lachte, drehte seinen Kopf zu mir. Doch es war nicht mehr das Baby. Voller Entsetzen erkannte ich das Gesicht des Dämons, den ich glaubte getötet zu haben. Ich dachte, ich hätte das Vieh zurück zur Hölle geschickt, damals in der Nacht, in der drei Dämonen gleichzeitig in Hazow ihr Unwesen trieben. Wie dumm ich doch war. Denn nun hatte ich ihn erkannt. Es war Liliths Sohn, den ich im Arm hielt, und sein fürchterliches Lachen dröhnte in meinen Ohren und überdeckte alle anderen Geräusche um mich herum.

Schweißgebadet wachte ich auf und schlug meine Bettdecke zurück. Doch ich war nicht allein, noch etwas anderes war in meinem Bett oder in diesem Raum, aber ich konnte nichts erkennen. Es roch nach Schwefel. Ich schärfte meine Sinne. Meine Nase fühlte sich an, als hätte sie jemand zugehalten.

Diese kleinen verdammten Biester! Ich war mir sicher, dass einer dieser Zwerge in meinem Zimmer war, so ein garstiger Gnom. Ich schaltete das Licht an. Garantiert saß er noch unter meinem Bett. Als Erwachsener konnte man diese Biester nicht sehen. Nur Kinder. Ich bündelte Energie, doch nicht zu viel, damit sich kein Feuer entzündete. Lediglich genug, um Licht zu erzeugen.

Ich schoss einen Lichtball unter das Bett und da war er. Seine scheißschwarze Aura hatte ihn doch tatsächlich verraten. Ich zog den Gnom hervor, sprang auf ihn herab und drückte ihn zu Boden. Meine ganze Wut konnte ich nun an ihm auslassen. Als ich meine Hände an seinen Hals legte und anfing ihn zu würgen, wehrte sich der kleine Scheißer und zerkratzte meine Hände. Doch mein Adrenalinspiegel war zu hoch, um etwas zu spüren. Es heilte ja auch gleich alles wieder. Wie ich es gewohnt war, blieben keine offenen Wunden.

Ich leitete die Energie gezielt in meine Hände und ließ sie in den elenden Wicht strömen. Kurz bevor er Gefahr lief zu verglühen und in seine Bestandteile zu zerfallen, konnte ich noch den Dämon in ihm sehen. Und dann wühlten meine Hände nur noch in einem Aschehaufen. Dieses Geschöpf der Hölle war Geschichte. Völlig erschöpft lehnte mich an mein Bett. Nicht, weil es anstrengend war, sondern weil ich mich nicht wiedererkannte. Ich hatte meinen ganzen Frust an diesem Teil ausgelassen und es einfach so getötet. Das war nicht meine Art. Ich ließ mich sonst nicht so von meinen Gefühlen verleiten. Es ängstigte mich.

Ich vergrub mein Gesicht in meinen Händen. Ich war fassungslos, hatte die Nachricht aber verstanden. Mir war bewusst, wem ich diesen Traum verdankte und wer ihn mir gebracht hatte. Beängstigend, dass er unbemerkt einen räudigen Dämon ins Kloster, in mein Zimmer bringen konnte.

Für den Rest der Nacht konnte ich nicht mehr schlafen. Es war nicht wie bei einem kleinen Kind, dass Angst hatte, nach einem Alptraum wieder einzuschlafen. Ich wusste, dass Liliths Sohn auf mich wartete, ich wusste wo und ich wusste, dass Kito bei ihm war. Er würde ihm nichts tun, bis ich nicht bei ihm war. Ich aber würde alle in Gefahr bringen, nur weil ich einen mir wichtigen Menschen aus den Händen des Höllenfürsten befreien wollte. Stunde um Stunde dachte ich über meine Optionen nach. Was würde passieren, wenn ich ihm allein gegenübertrat? Doch egal, wie ich mir unser Aufeinandertreffen ausmalte, es kam eh immer anders. Den ganzen Tag lang stand ich neben mir. Während alle anderen in heller Aufregung um mich herum wuselten, verkroch ich mich in meine Zimmer und zerbrach mir meinen Kopf über mögliche Strategien. Ich versuchte eine Für-und-Wider-Liste in meinem Kopf zu erstellen. Doch das half gar nichts. Mein Problem war einfach. Niemals würde ich Kito zurücklassen. Niemals würde ich ihn den anderen überlassen. Niemals würde ich es unversucht lassen, ihn wieder für unsere Sache zu bekehren. Also war es völlig egal, welche Vorgehensweise ich mir ausmalte. Letztlich blieb mir nur ein Weg.

Ich musste Katharina informieren. Sie könnte alles für den Fall vorbereiten, dass ich scheiterte.

Mir war bewusst, wie wichtig es war, dass sieben Engel über die Menschen wachten. So lange nun wurde das Gleichgewicht schon gehalten. Wenn ich jetzt versagte und nicht mehr sein würde, dann würde es sehr schwer für die anderen Engel, dieses Ungleichgewicht wieder herzustellen. Da war ich mir sicher. Auch wenn ich mich niemals auf Homins Seite geschlagen hätte, es würde ein Engel fehlen.

Ich dachte auch an all die Menschen, die sich seit der Katastrophe wirklich bemühten die Vergehen aus der alten Welt wiedergutzumachen und nicht zu wiederholen. Wie umsichtig sie gegenüber unserem Planeten geworden sind, auch wenn sie ihren Wohlstand niemals aufgeben würden. Die Liebe zueinander macht sie so einzigartig. Das musste beschützt werden. Ich musste es beschützen. Doch Kito gehörte ebenso zu diesen Menschen. Und er gehörte zu meinem Herzen. Er wurde zu einem Teil von mir. Auch er hatte genau dieses Recht, in Schutz genommen zu werden. Ich musste ihn da rausholen. Von meinem Traum hatte ich noch nichts erzählt. Christopher würde wohl tatsächlich das Schwert gegen Kito erheben. Er glaubte nicht daran, jemanden zurückzuholen, der sich mit Sicherheit der Hölle verschworen hatte. Ich wusste auch nicht, wie viel Glauben ich diesem Traum schenken durfte, doch es war so real. Katharina, Christopher, und auch Kito. Solange ich noch Hoffnung hatte, ihn da wieder rauszuholen, würde ich es versuchen. Seine Aura war schon einmal wieder heller geworden. Aus welchen Gründen auch immer. Sie kann es auch diesmal wieder werden.

Ich hatte eine Scheißangst, denn ich wusste schon, dass es keine besonders gute Idee war, allein dorthin zu gehen. Doch hatte ich keine Wahl, nach dem, was ich gesehen hatte.

Die Menschen, die mir wichtig waren, könnten verletzt werden bei dem Versuch, ihm zu helfen. Und würde es gar zu einer Schlacht kommen, würden wir auch gegen Kito kämpfen müssen. Niemand, außer mir, würde ihn verschonen wollen. Das stand fest. Der Gedanke war für mich einfach unerträglich.

Vor meinem Bett stand eine alte Truhe. Sie war handgefertigt und eher schlicht gehalten. Ich hatte sie schon ewig nicht mehr geöffnet und eigentlich mehr als Ablage für meine Klamotten verwendet. Die meiste Zeit war sie deswegen gar nicht zu sehen. Darin befanden sich meine alten Trainingswaffen. Ich musste sie nicht öffnen, um zu wissen, was dort drin zu finden war. Keine Waffen, die mir wirklich hätten helfen können. Ich streichelte das Holz und dachte darüber nach, als wie schwer ich die Jagd damals empfunden hatte. Heute erschien sie mir dagegen harmlos. Ich fühlte das Holz. Es war so beruhigend. Jede Faser war zu spüren und es schien, als erzählte jede einzelne eine Geschichte. Eine Geschichte darüber, was es alles schon erlebt hatte. Und meine Hand war die Plattenspielernadel. Ich öffnete sie dann doch und holte alle Waffen raus. Unten in der Truhe war ein Geheimfach. Ein doppelter Boden. In diesem Zwischenboden befanden sich uralte Schutzsachen von früheren Engeln. Noch nie hatte ich sie probiert. Sie waren etwas ganz Seltenes und somit besonders wertvoll. Nicht alle von uns hatten noch so eine Uniform in ihrem Besitz. Ich legte die Handstulpen, eine Jacke mit Kapuze, eine Hose mit einem Gürtel und Stiefel vorsichtig auf mein Bett und betrachtete sie. Die Gürtelschnalle war mit dem Wappen von Sprjewja verziert. Demnach befand sich die Uniform schon immer im Besitz der hiesigen Engel. Gefertigt wurden die Sachen aus einem Material, welches es heute so nicht mehr gab: Flügelfedern der ersten Engel. Schon immer hatten die Menara die abgefallenen Federn gesammelt, um daraus den begehrtesten Stoff der Welt herzustellen. Er war sehr dünn und dennoch extrem robust und konnte sogar

Dämonenfeuer abhalten, dank der Magie, die noch immer in ihnen steckte. Heute waren diese Stoffe Mangelware, denn ohne die Gefiederten konnte dies alles nicht mehr hergestellt werden. Aber Gott sei Dank wurde er auch nicht mehr oft gebraucht. Dämonenfeuer war wohl schon lange nicht mehr so stark wie früher.

Ich zog mir die Sachen über. Als ich mir die Handstulpen über die Hände zog, merkte ich, wie weich und doch zugleich stark dieser Stoff war. Meinen Körpermaßen schien er sich von selbst anzupassen. Es passte alles perfekt.

Ich wurde nachdenklich. Wieder und wieder tauchten Bilder aus meinem Traum in meinem Kopf auf und ich hörte dieses dämliche Gelächter des Höllenfürsten.

Die Konfrontation mit ihm war sehr riskant. Ich mochte mir immer noch nicht ausmalen, wie viele verletzt oder auch getötet werden könnten. Und wofür? Nur weil Liliths Sohn auf mich wartete und ich jemanden, den ich belogen hatte, aus seinen Fängen befreien wollte. Hatte ich das alles ausgelöst?

„Du bist ja immer noch hier. Ich dachte, du würdest bei den Vorbereitungen helfen."

Katharina trat ein.

„Du machst dich ja schon bereit! Ich gebe den Wächtern Bescheid."

„Warte!"

Sie drehte sich in der Tür um und sah mich an. Ich zögerte, denn ich traute mich nicht, ihr von meinem Traum zu erzählen. Sie hätte auf jeden Fall meinen Plan, Kito allein zu holen, missbilligt. Doch sie bemerkte, dass etwas nicht stimmt. Keine Ahnung, was sie dachte, aber sie kam auf mich zu und legte ihre Hand an mein Gesicht.

„Du musst jetzt nichts sagen. Es ist für uns alle nicht leicht, moja luba."

„Sie werden nicht kommen."

Ich wurde ernst und nahm ihre Hand von meinem Gesicht.

„Wie meinst du das?"

Ich nahm meinen Mut zusammen.

„Er erwartet nicht uns. Nur mich."

„Aber ... woher weißt du das jetzt?"

„Ich erhielt eine Nachricht."

„Wann denn?"

„Ein Gnom hat es in der Nacht in mein Zimmer geschafft und hat mich träumen lassen."

„Wie bitte? Wie ist das möglich? Ich muss es sofort den Wächtern sagen. Was hat das zu bedeuten?"

In meiner Erinnerung loderten die hohen Flammen um den Schlossberg wieder auf.

„Katharina, wir können es den Wächtern nicht sagen."

„Was meinst du?"

„Wir werden es niemandem sagen. Ich werde allein gehen."

„Das kannst du nicht, moja luba."

„Doch, kann ich und werde ich auch."

Sie sah, dass es mir diesmal sehr ernst war. Und sie wusste, dass ich mich, wenn ich mich einmal entschieden hatte, nicht mehr umstimmen ließ. Panik machte sich in ihrem Gesicht breit. Doch ich war mir sicher.

„In dem Traum letzte Nacht ... Der Sohn Liliths hat ihn mir geschickt. Er wartet auf mich. Der Schlossberg in Borkowy ist der Schlüssel. Wir finden den Eingang zu seinen Verliesen im Aussichtsturm. Er wird nicht hierherkommen. Ihr seid hier alle sicher."

„Vega", Katharina bettelte mich an. „Sei doch vernünftig. Du kannst nicht alleine gehen. Wir müssen die Wächter unterrichten!"

„Und dann? Was dann? So oder so. Es werden nur noch mehr in Gefahr gebracht. Glaubst du, ich will dich oder Christopher tot sehen?"

„Vega, er wird versuchen dich zu bekehren oder dich töten und die Macht bekommen, die er benötigt. Du hast die Schriften gelesen. Er muss einen Engel an seiner Seite haben. Du bist das, Vega. Wenn Gut und Böse zusammenhalten, bleibt das Gleichgewicht bewahrt. Es ist eine Falle!"

„Du glaubst also auch, dass ich dafür zu schwach bin?" Meine Stimme kippte. „Aber ich hole ihn da raus! Ich habe Kito gesehen, Katharina. Er leidet und das nur meinetwegen. Ich habe zu verantworten, was aus ihm geworden ist, und ich hole ihn da raus."

„Das ist doch genau das, was er will, moja luba. Er benutzt ihn. Er weiß, dass du ihm helfen wirst. Und dann tötet er dich. Sie haben die Mittel, Vega! Du warst bereits verletzt! Du darfst nicht allein gehen."

Natürlich hatte ich Angst, aber ich war auch wütend auf Katharina. Warum verstand sie mich nicht? Es war meine verdammte Pflicht, dorthin zu gehen und Kito da rauszuholen. Er ist nur wegen mir gegangen und hat sein Leben damit in Gefahr gebracht. Hätte ich ihm doch einfach nur die Wahrheit gesagt und das von Anfang an. Ich hätte ihm vertrauen müssen. Machte man das nicht so unter Freunden?

„Was glaubst du, was passieren würde, wenn mich Christopher oder die anderen begleiten? Sie werden keine Rücksicht nehmen. Sie werden alle Dämonen töten, aber auch alle, die sich ihnen hingegeben haben. Alle. Auch Kito. Ich kann, nein, ich werde ihn zurückholen. Katharina, ich muss ihm helfen! Er ist nicht schuld an seiner Situation. Ich bin es. Wir. Ich kann das nicht für den Rest meines Lebens hinnehmen und ertragen. Wenn er nun meinetwegen getötet wird, kann ich so nicht mehr weitermachen. Bitte Katharina, versuch mich zu verstehen. Hilf mir. Ich muss gehen!"

Aufgewühlt flehte ich sie an. Natürlich hatte sie recht. Aber das änderte nichts an meinem Vorhaben.

Katharina sah mich eindringlich an und fasste mich bei den Schultern.

„Also gut, du bist stark, das weiß ich. Versuche ihn da rauszuholen. Aber Vega. Ich lasse nicht zu, dass dir etwas passiert. Du bist diejenige, die überleben muss. Ich gebe dir einen Vorsprung. Doch werde ich Christopher und einige andere Engel um Hilfe bitten. Sie sollen sich zum Kampf rüsten. Wir werden dich da rausholen. Hast du das verstanden? Ob du Kito nun helfen konntest oder nicht. Du kommst da raus!"

Ich fiel ihr vor Dankbarkeit um den Hals und hielt sie ganz fest in meinen Armen.

Noch einmal begab ich mich auf das Dach des Klosters. Diesmal jedoch sprang ich nicht einfach nach oben, wie ich es sonst tat. Ich stieg aus meinem Schlafzimmerfenster und kletterte nach oben, ganz normal irgendwie. Es war kälter geworden. Typisch zu dieser Jahreszeit. Eine sternenklare, kalte Nacht empfing mich dort oben. Ich setzte mich nicht. Ich wollte nicht zur Ruhe finden. Ich wollte nicht nachdenken. Ich wollte einfach noch einmal diesen Himmel sehen, bevor ...

Den Gedanken vermochte ich nicht zu Ende zu denken. So stand ich dort oben und sah hinauf. Die Nacht war noch jung und der Mond war noch nicht zu sehen. Und die vielen Sterne am Nachthimmel zeigten sich in ihrer ganzen Vollendung und Pracht.

Ich sah meinen eigenen Atem, trotzdem sog ich die kalte, klare Luft tief ein. Genoss diesen Moment, sah wieder in die Weiten des Weltalls. In diesem Augenblick hätte ich am liebsten im Millennium Falcon gesessen, kurz vor dem Start mit einem der berühmtesten Corellian Schmuggler und seinem Wookiee First Maat. Einfach durchstarten und geradewegs um die Planeten weit, weit weg fliegen.

Wie oft hatte ich mir das schon vorgestellt. Doch es blieb ein unerfüllter Wunsch. Nichts weiter als eine schöne Vorstellung, wenn ich meine Augen schloss.

Ich sah weit ins All hinein. Doch nichts. Keine Raumschiffe oder Sternzerstörer. Wieder holte ich tief Luft. Die eisige Kälte durchflutete meine Lungen. Doch fror ich nicht. Im Gegenteil. In mir drin brannte ein Feuer, das mich warm hielt. Ein Feuer, welches mich vorantrieb und meinen Ehrgeiz anstachelte.

ICH WERDE IHN DORT RAUSHOLEN!

Unterwelt

Tief in Gedanken versunken fuhr ich die mächtige Spree entlang nach Borkowy. Die Musik war aus. Die einzigen Geräusche machte das Cabrio. Ich lehnte meinen Arm ans Fenster und stützte meinen Kopf ab.

Die Lichter von meinem Oldtimer-Golf leuchteten nur zaghaft durch die Dunkelheit, aber ich fand das angenehmer als das grelle Licht unserer neuen Fahrzeuge. Vor dem Schlossberg war ein Parkplatz für Touristen, die die Gegend erkunden, Rad fahren oder spazieren gehen wollten. Oder einfach nur wegen der grandiosen Aussicht auf den Turm wollten. Doch jetzt war der Parkplatz leer, mit Sicherheit würde sich niemand in der Nacht hierher verirren. Ein wilder Parkplatz, beleuchtet von einer einzigen Laterne, die zwar einen gleißend hellen Lichtkegel warf, doch lange nicht den gesamten Platz erhellte. So parkte ich direkt unter dem Licht und stieg aus.

Der Turm auf dem Hügel wurde von allen Seiten angestrahlt, so dass sich die roten Klinkersteine vor dem dunklen Nachthimmel abhoben. Erstaunlich, dass ein so hoher Turm die Tobsuchten der Giganten überlebt hatte. Auf dem achteckigen Turmkopf, ungefähr fünfundzwanzig Meter über dem Boden des Hügels, stand eine riesige Feuerschale in Flammen. Ich wusste, dass sich dort eine solche Schale befand, doch hatte ich noch nie gesehen, dass dort tatsächlich ein Feuer loderte. Sonst war nichts zu sehen. Auch hier herrschte eine unheimliche Stille. Es war zu still, um genau zu sein. Ein so schöner Ort an der Spree und gerade diese war nicht zu hören. Als ob sie an diesem Abend nicht mehr so mächtig rauschte und brodelte. Als ob der größte Fluss der Welt nicht mehr mit Wucht und Getöse ins Meer floss. Der Mond war noch immer nicht zu sehen. Ich hatte noch Zeit. Doch blieb ich nicht stehen. Sachte schloss ich die Tür des Autos. Ich hatte ein ungutes Gefühl. Der eisige Wind peitschte mir ins Gesicht, so dass ich meine Augen immer wieder schließen musste, bis ich mich langsam an die Kälte gewöhnte. Den Wald rund um den Schlossberg konnte ich erkennen. Aber niemand war hier. Niemand außer mir. Langsam betrat ich den Schlossberg und kam dem quadratischen Sockel des Turmes näher. Er erstreckte sich circa fünfzehn Meter in die Breite und trug die Gedenkhalle, in der ich den Eingang zum Reich von Homin vermutete. Beim Laufen sah ich nach unten auf meine Füße. Für einen kurzen Moment glaubte ich mit jedem Schritt, den ich tat, ein blaues Licht in der Erde schimmern zu sehen. Als ich jedoch genauer hinsah, war es erloschen. So konzentrierte ich mich auf den nächsten Schritt, doch es war kein Leuchten mehr zu sehen. Vielleicht bildete ich mir das ja doch bloß ein. Phantasielichter, weil ich aufgeregt und nervös war.

Als ich die ersten Stufen zur Gedenkhalle betrat, hielt ich kurz inne und blickte an den Pfeilern empor. Die Eingangstür zur Halle zierte fast dasselbe Muster wie die Tore zur Halle der Wächter in unserem Kloster. Das konnte kein Zufall sein.

Oberhalb der Halle führten Wendeltreppen den Turm hinauf zu zwei Aussichtsplattformen. Auf der unteren stand man direkt auf der Gedenkhalle, während die zweite etwa zwanzig Meter höher einen weiten Blick über das Spreeland bot.

Ich atmete noch einmal tief durch, hatte keine Ahnung, was mich erwarten würde. Etwas Angst beschlich mich nun doch und auch Zweifel, ob es wirklich richtig war, was ich hier tat. Aber nun stand ich bereits kurz vor dem Eingang, nahm ich zumindest an. Und schließlich trieb mich ja eine ganz wichtige Sache voran. Ein ganz wichtiger Mensch. Ich wollte einfach nicht glauben, dass er nun zu einem Dämonenjünger geworden war. Es war meine Pflicht, alles daranzusetzen, ihn da rauszuholen. Trotz der Gefahr, ihn nicht zurückgewinnen zu können. Und trotz der Angst, Kito im Kampf zu verlieren. Dass er es nicht überlebt, war meine größte Angst. Ich fühlte mich so sehr zu ihm hingezogen. Erst als ich ihn um mich hatte, fühlte ich mich komplett. Ich befürchtete alles zu verlieren, wenn er sich wirklich für die Seite entschieden hatte, die meiner Natur widersprach.

Mit geballten Fäusten bündelte ich nun meine Gedanken und Kräfte und schritt die Treppe hinauf, die zwischen den Pfeilern zum Tor hinauf führten.

Ich legte meine Hand auf die eiserne große Klinke und versuchte das Tor zu öffnen. Vergebens. Ich sah mich um, doch einen anderen Eingang konnte ich nicht entdecken.

Ich betrachtete das Tor erneut und musterte die mir bekannten geschwungenen zarten Linien, die mit einem ungeübten Auge kaum zu erkennen waren. Ob sich dieses Tor auch mit Engelsfeuer öffnen ließe? Einen Versuch war es jedenfalls wert. Also legte ich beide Hände an das Holz, sammelte mein Engelsfeuer und ließ es durch meine Handflächen strömen. Tatsächlich bildeten die zarten

Linien nun ein hell leuchtendes Geflecht und öffneten mir die Tore.

Das Licht durchflutete die ganze Halle, die rundum mit grünen Majolikaplatten verkleidet war, deren Fugen sich im Licht zu weiten schienen.

Ich stand nun mitten im Raum und drehte mich einmal im Kreis, betrachtete genau jeden Winkel. Hier irgendwo befand sich mit Sicherheit eine weitere Tür. Ich musste sie nur noch finden.

Ich betrachtete alle Linien in diesem Raum, die durch das Engelsfeuer erleuchtet wurden. Irgendwo musste es doch einen Hinweis geben.

Da fiel mir eine Linie auf, die nicht zu enden schien. Sie durchzog fast die gesamte Halle. Während alle anderen Linien in einem Bogen oder irgendeiner Verschnörkelung ausliefen, konnte ich im ersten Moment keinen Endpunkt dieser Linie entdecken und folgte ihr mit meinem Blick.

Wie ein Pfeil zeigte sie letztlich auf eine Büste von Otto von Bismarck in einer reich verzierten Nische. Irgendwie beschlich mich das Gefühl, dass die Büste dort nicht zufällig stand und die Linie genau auf sie zeigte.

Die Büste stand auf einem Podest inmitten des Nischenbogens. Eine Stufe führte zu ihr hinauf. Umgeben war das Podest von bunten Kacheln mit Blumen und Eichenlaub als aufgesetzten Zierelementen. Etwas an der Inschrift unter der Büste irritierte mich.

IHM

DER AUS VOLKES NACHT

UND NOT GERUNDET

REICH und KAISERMACHT

und

IHNEN

DEREN HELDENTOD

SEIN RIESENWERK

ERST GANZ VOLLBRACHT

Wenn ich ganz genau hinsah, konnte ich erkennen, dass einige Buchstaben ebenfalls durch das Engelsfeuer erleuchtet wurden. Ein A, ein T, ein O, ein R und ein W. Zuerst ergab es für mich keinen Sinn. Als ich diese Buchstaben aber rückwärts zusammensetzte, bildeten sie das Wort WROTA. Das war das Wort für Tor. Damit musste der weitere Eingang gemeint sein. So betrat ich die Stufe vor der Büste und suchte zunächst den gesamten Nischenbogen ab. Ich hatte zwar keine Ahnung, wonach ich suchen sollte, aber ich berührte alles, was als Schalter hätte herhalten können, um dieses Tor ebenfalls zu öffnen. So drückte ich gegen die Kacheln und strich an der Fuge des Pfeils entlang. Doch damit hatte ich keinen Erfolg. Dann nahm ich mir die eiserne Büste Otto von Bismarcks vor und versuchte sie ohne großen Kraftaufwand zu bewegen. Wie im Film. Dort waren solche Büsten auch oft Schalter zu irgendwelchen geheimen Kammern und Wegen gewesen. Doch leider nicht in meinem Fall. Sie ließ sich einfach nicht bewegen. Hätte ich mehr Kraft verwendet, hätte ich sie wahrscheinlich zerstört.

„Wrota, wrota, wrota ", murmelte ich leise vor mir her. Und jedes Mal, wenn ich das Wort so vor mich hin murmelte, leuchteten die Buchstaben der Inschrift ein ganz klein wenig heller auf. Das musste der Schlüssel sein!

Ich trat von der Stufe zurück, holte tief Luft und sprach das Wort jetzt laut aus.

„Wrota."

Plötzlich leuchteten die Buchstaben so grell auf, dass sie nicht nur die Nische, sondern die gesamte Gedenkhalle hell erleuchteten und mich blendeten. Schnell hielt ich mir die Augen zu.

Der Boden unter meinen Füßen vibrierte, aber es kullerten lediglich ein paar kleine Steinchen und Fugenkrümel vor mir auf dem Boden herum.

Das Licht war jetzt weniger gleißend und ich erkannte, dass sich das Podest mit der Inschrift und der Büste immer weiter nach hinten senkte. Die Fugen in der Nische rissen auf und alles stürzte in sich zusammen.

Obwohl ich wusste, dass es eigentlich hinter der Nische wieder raus auf den Hügel und runter zum Wald ging, öffnete sich dahinter ein schmaler Gang mit vielen kleinen Treppenstufen.

Als sich das Podest mit der Büste in die Wand an der Seite einfügte, wurde es ruhig. Nichts bewegte sich mehr. Wieder war kein Laut zu hören.

Der Tunnel war zunächst dunkel. Doch dann zogen sich hell glühende Adern durch die lehmigen Wände links und rechts der Treppe und erleuchteten den Pfad, der sich jetzt vor mir geöffnet hatte.

Innerlich musste ich ein wenig kichern. Denn irgendwie war es tatsächlich wie im Film. Ein Pfad, der nach unten führte, ins Feuer der Hölle. Hätte nur noch gefehlt, dass ich am Ende der Kurve die flackernden Flammen vom Feuer der Hölle gesehen hätte. Doch das blieb aus. Nur diese flackernden Adern in den Lehmwänden zeigten den Weg nach unten.

Jetzt wurde mir schon ein wenig mulmig zumute, es gab jedoch kein Zurück mehr. Dieser Weg hatte sich mir offenbart und ich hatte ihn nun zu beschreiten.

Und das tat ich. Schnell und ohne weiter darüber nachzudenken, was mich am Ende erwarten würde. Ich hätte es sowieso nicht mehr ändern können und mein Entschluss stand schon lange fest.

Ein wenig hatte ich das Gefühl, ich würde ewig den Pfad hinabsteigen. Wider Erwarten waren die Wände auch nicht heiß, trotz ihrer Glutadern. Die Luft wurde ein wenig dünner und es roch immer stärker nach Schwefel und Tod.

Als die Treppe endlich endete, folgte wieder ein längerer Tunnel. Er war ebenfalls umgeben von Lehmwänden, jedoch musste ich mich ein wenig bücken, damit ich hindurch passte.

Da es mir doch zu dunkel wurde, entfachte ich ein kleines Engelsfeuer auf meiner Handfläche, damit ich mir einen besseren Überblick verschaffen konnte.

Am Ende des Ganges hielt ich verblüfft inne. Vor mir erhob sich plötzlich eine mächtige Mauer, als ob ich vor einer gigantischen Burg mitten im Erdreich stand. Zugegeben, ich konnte nicht mehr sagen, wie tief ich hier war, aber hätte ich das alles nicht mit eigenen Augen gesehen, hätte ich nicht geglaubt, dass unter dem schönen Borkowy eine der düstersten Burgen stand, die ich je gesehen hatte.

Angesichts der gewaltigen Front, der ich gegenüberstand, musste es eine mächtige Festung sein. Sie schien auch schon sehr, sehr alt zu sein, vermutlich hatte sie sogar schon hier gestanden, als sich die Platten verschoben hatten. Denn ich konnte einige Rüstlöcher in den Mauern entdecken, die für mittelalterliche Burgen typisch waren. Aber wie war das denn möglich? Wo um alles in der Welt war ich denn hier gelandet?

Ich ließ das Engelsfeuer in meiner Hand etwas stärker brennen, um mal einen richtigen Blick zu wagen. Diese riesige Mauer vor mir schien einige Meter hoch. Auf ihr thronten Statuen, die von oben herabschauten und so aussahen, als würden sie sich jeden Moment zu mir in die Tiefe stürzen wollen. Die angriffslustigen Statuen stellten Dämonen dar, von denen keiner dem anderen glich.

Zwischen mir und der Burgmauer klaffte ein Graben. Ich wagte mich einen Schritt näher heran, um hinabzuschauen. Doch sah ich keinen Grund. Endlos tief ging es hinunter und nicht mal mein Licht konnte mir ein Ende der Tiefe anzeigen. Ich zuckte zusammen. Doch ich musste weiter. Nirgends konnte ich einen Eingang sehen. Ich wollte aber auch nicht auf die Mauer springen. Davor hatte ich zu viel Respekt. Also beschloss ich, am Graben entlang zu gehen. Irgendwo müsste doch eine Brücke den Graben überwinden und zu einem Einlass führen?

Tatsächlich fand ich nach kurzer Zeit eine heruntergelassene Zugbrücke. Das Burgtor auf der anderen Seite der Brücke stand offen. Aus dem

Burginneren drangen nun Geräusche und ein fürchterlicher Geruch. Ich atmete so flach ich nur konnte, um diesen bestialischen Gestank nicht zu tief einzuatmen. Hinter den Toren schien es heller zu werden. Fackeln erleuchteten den Bereich der massiven Eisen- und Holzkonstruktionen.

Ich schloss meine Hand und das Engelsfeuer ging aus. Vorerst würde ich es wohl nicht brauchen. Ich zog mir die Kapuze der Jacke über den Kopf. Vielleicht würde man mich dann nicht so schnell erkennen. Aber eigentlich wusste ich, dass es umsonst war. Dennoch fühlte ich mich unter dem Stoff wohler und geschützter.

Ich setzte einen ersten Schritt auf die Brücke. Es fühlte sich an, als hätte ich eine unsichtbare Barriere durchbrochen. Als ich den zweiten Fuß auf die Brücke setzte, wurden die Geräusche schlagartig lauter. Wahrscheinlich trat ich in eine Art Blase ein, während nach außen der Schall gedämmt wurde. Doch machte ich mir darüber keine Gedanken, sondern konzentrierte mich einzig und allein auf meine Schritte in Richtung Burgeingang.

Allmählich konnte ich Einzelheiten in dem Lärm ausmachen. Rhythmisches Trommeln, höhnisches Gelächter und Gebrabbel. Es waren keine menschlichen Töne, sondern monströs klingendes Gegröle, Geschnaufe, Gebrüll.

Als ich näher kam, stellte ich fest, dass ich nicht nur durch eine Mauer hindurch musste, sondern durch zwei, die mit ein paar Metern Abstand direkt aufeinander folgten. Zwei Statuen begrüßten mich, als ich am Ende der Brücke angelangt war. Ich schrak zusammen, als ich die beiden übergroßen Fledermäuse sah. Sie ähnelten nicht meinen kleinen niedlichen Dingern, sondern zwei hässlichen Kreaturen, die ihr Maul weit aufrissen und unzählige kleine scharfe Zähne zeigten. Auch die Flügel, die sie nach oben ausstreckten hatten, waren keine eleganten Schwingen, sondern zerfurchte derbe Häute mit gewaltigen Klauen an den Enden ihrer Knochen.

Ich ging zwischen ihnen hindurch und hoffte, dass sie mir das Bild meiner kleinen Lieblinge im Kopf nicht zerstörten und sich für ewig in mein Gehirn einbrannten. Als ich nun zwischen die Mauern trat, erschreckte mich ein ohrenbetäubendes Geschrei. Nein, es war schon eher ein Gekreische, wie von Tausenden von Wesen. Ich hielt mir die Ohren zu und sank auf meine Knie. Dabei musste ich hier so schnell als möglich wieder rauskommen. Ich riskierte einen Blick zwischen die beiden Steinwände. Berge menschlicher Knochen und Schädel füllten offenbar den gesamten Zwischenraum. Und jedes einzelne Skelett schien vor Schmerzen zu schreien. Manchmal hörte es sich auch wie das Wimmern eines Kindes an. So raffte ich mich wieder auf und lief los. Diese Hölle war kaum noch auszuhalten und ich hoffte so sehr, dass die armen Seelen hier nicht gefangen waren, sondern nur noch ihre Schatten von den Grausamkeiten zeugten, die ihnen hier widerfahren waren.

Endlich war ich hindurch und betrat den Innenhof einer Burganlage, in der offenbar die Zeit stehengeblieben war. Es sah hier aus wie im Mittelalter, vor der Plattenverschiebung. Ich betrat einen gewaltigen Marktplatz, der ringsum von Fackeln beleuchtet war. Gestalten tummelten sich hier, von denen ich viele noch nie gesehen hatte. Einige der Dämonen fanden aber offensichtlich Freude daran, in Menschengestalt herumzulaufen. Nie zuvor hatte ich so viele schwarze Schatten auf einmal gesehen. Jetzt durfte ich nur nicht den Mut verlieren. Ich musste stark bleiben.

So lief ich einfach geradeaus und schlängelte mich so gut es ging an den grässlichen Figuren vorbei und hoffte, keine große Aufmerksamkeit zu erregen. Mein Gesicht hielt ich bedeckt und schaute möglichst zu Boden. Ich kam an einem Tisch vorbei, an dem sie irgendein Spiel mit winzigen Knochen spielten. Jeden Moment konnte eine Prügelei losgehen, denn die drei Spieler stritten sich lautstark um die Regeln des Spiels.

Ein paar Meter weiter hatten Dämonen Spaß daran, eine kleine, magere Kreatur zu quälen, die sie wie einen Teppich, den man ausklopfen wollte, zwischen zwei Pfähle gespannt hatten. Ein bisschen erinnerte mich das arme Vieh an das mausartige Geschöpf, das bei Jabba the Hut hockte und dreckig lachte. Nur lachte dieses hier nicht mehr.

Auf der anderen Seite des Platzes hämmerte eine Musikgruppe auf irgendwelchen Instrumenten herum. Sie spielten weder mit- noch gegeneinander. Sie machten nur sinnlosen Krach.

Ich sah einen Stall mit Vierbeinern, die ein wenig an Schweine erinnerten. Sie wurden offenbar gerade gefüttert und sprangen wie wild durch- und übereinander. Sie bissen sich gegenseitig, nur um an ein paar Reste zu kommen. Dabei hörte man ein fürchterliches Gekreische, das man von Ferkeln oder Frischlingen kennt. Und wieder andere Dämonen schienen sich ebenfalls gegenseitig fressen zu wollen. Ich hatte keine Ahnung, ob das eine Art Kampf zwischen den Gegnern sein sollte – möge der Stärkere gewinnen – oder ob einer von beiden vielleicht nur ein Appetithäppchen für den anderen war. So oder so erschien es mir unsagbar grausam und abscheulich.

Und dann sah ich ihn. Abrupt blieb ich stehen.

Vor einem riesigen Gemäuer, das vielleicht sogar die Hauptburg war, war eine Bühne aufgebaut und darauf eine lange Tafel mit Speisen und Getränken. Seltsamerweise saßen dort alle Dämonen in Menschengestalt am Tisch.

In der Mitte stand ein größerer Thron, verziert mit Elementen, welche typisch für die Hölle und die Familien der Höllenfürsten waren. Auf dem Thron saß Homin, Liliths Sohn, und genoss offenbar sein köstliches Mahl.

Eiskalt lief es mir den Rücken herunter. Verstohlen sah ich mich um in der Hoffnung, irgendwo Kito zu entdecken. Gleich hinter dem Höllenfürsten stand ein Käfig aus Stahl, der komplett in Flammen stand. Doch war er leer. Und Kito konnte ich nirgendwo entdecken. Kurz durchfuhr mich ein fürchterlicher Gedanke. Was, wenn er wirklich nicht hier war und ich nun völlig sinnlos in diese Falle tappte? Könnte sie jeden Moment zuschnappen, wie mich alle gewarnt hatten? Was, wenn mich der Höllenfürst entdeckte, bevor ich Kito gefunden hatte?

Doch ich riss mich zusammen. Er war hier. Mit Sicherheit. Während immer noch viele Gestalten um mich herum wuselten, versuchte ich unauffällig mein Handy aus der Tasche zu ziehen. Ich weiß nicht wieso, aber ich wollte unbedingt mal einen Blick riskieren. Ich schaltete das Display ein und tatsächlich: Ich hatte Empfang hier unten. Der war auch gar nicht mal so schlecht.

Unter meinen Favoriten wählte ich Kitos Nummer und sah dabei hinauf zum Tisch. Es klingelte. Plötzlich herrschte Ruhe. Nur das Klingeln seines Telefons war zu hören. Der Höllenfürst blickte auf und sah mich plötzlich amüsiert an.

Ich legte auf.

Alle Viecher um mich herum machten Platz. Der gesamte Innenhof der Festung wurde für mich frei gemacht. Am Tisch waren alle sitzen geblieben und starrten mich an. Außer einer. Homin tat vornehm und tupfte sich mit einem Tuch die Mundwinkel sauber. Er erhob sich von seinem Thron und schob den Tisch vor sich mit Leichtigkeit zur Seite. Doch Kito konnte ich immer noch nicht sehen.

Der Höllenfürst ging ein paar Schritte in meine Richtung und stand nun ziemlich nah am Rand der Bühne, beleuchtet von zwei Fackeln, die einen langen Schatten hinter den Möchtegernmeister warfen. Sein eigener Schatten offenbarte aber nun Homins wahre Gestalt. Was für ein hässliches, krummes Skelett sein Körper in Wirklichkeit war. Ich hoffte, dass die Fetzen, die man an den dünnen Knochen herunterhängen sah, alte Lumpen waren und nicht irgendwelche Hautfetzen. Verwundert sah ich die hörnerartigen Gebilde auf seinem Schädel. Und ich dachte immer, es sei ein Mythos, dass der Teufel und seine Kinder Hörner hatten.

Während der Typ nun vor mir in seinem schicken Anzug einen coolen Auftritt hinzulegen versuchte, konnte sein Schatten nicht still stehen. Offenbar war er gar nicht so cool, wie er vorgab, sondern genauso aufgeregt wie ich.

ER WAR SICH NICHT SICHER ÜBER DEN AUSGANG
DES ABENDS!

Aufstieg

Willkommen in meinem bescheidenen Reich."
Er streckte seine Arme weit aus, als wollte er mich
tatsächlich herzlich begrüßen. Doch mir war klar, dass er
das aus reiner Boshaftigkeit tat. Ich sagte nichts, denn vor
lauter Anspannung konnte ich jetzt sowieso keinen
vernünftigen Satz hervorbringen. Immer noch suchte ich
im Hintergrund nach Kito. Ich wurde mit jeder Sekunde
nervöser, die ich ihn nicht finden konnte.
„Du kommst allein?! Ich weiß nicht, ob ich jetzt enttäuscht
sein soll. Warum willst du es mir denn so leicht machen?"
Doch ich fand immer noch keine Worte. Brachte nicht
eines heraus. Er wusste genau, dass ich allein gekommen
war und dass Engel nicht lange fackelten, wenn sie eine
dunkle Aura vor sich hatten.
Aber Homin grinste siegessicher, als er meine
Unsicherheit bemerkte. Er sah sich vergnügt um, wie um
sich zu vergewissern, dass auch jeder anwesend war, den
er jetzt an seiner Seite brauchte.
Dann faltete er seine Hände und hielt sie sich wie ein alter
Mann vor seinen Rumpf.
„Na, wie findest du mein neuestes Meisterwerk, die Sache
mit dem Gift? Denkst du nicht auch, dass die Trolle jetzt
nützlicher sind denn je? Dämonen würde das Gift ebenso
schaden wie dir. Ist das nicht komisch? Ich habe noch nie
verstanden, wozu diese nutzlosen, ungehorsamen
Höllentrolle überhaupt existieren. Aber nun weiß ich es.
Sie halten einiges aus. Und es ist mir wichtig, dass auch
du weißt, dass jeder hier seinen Sinn erfüllt."

Er streckte seinen Arm nach hinten aus und zog plötzlich Kito aus seinem Schatten hervor.

„Jeder!", betonte der Höllenfürst und nahm Kito dabei liebevoll in seine Arme.

Nein! Das konnte nicht wahr sein! Das durfte nicht wahr sein! Hatte er es tatsächlich getan? War er seinem Ruf gefolgt?

Vor Entsetzen konnte ich mich nicht mehr rühren. Große Trauer überkam mich, als ich sah, welch dunkle Schatten seine Aura überzogen. Ich war fassungslos und voll Schmerz, dass ich ihn geradezu in die Arme von Liliths Sohn getrieben hatte.

„Kito!", flüsterte ich ihm zu und nahm dabei meine Kapuze vom Kopf. Ich wusste zwar, dass er mich nicht verstehen würde, hoffte aber doch, ihn irgendwie erreichen zu können.

„Der arme Kerl war ganz verwirrt. Offenbar ist er vertrieben worden. Vertrieben von denen, die er geliebt hatte."

‚Dein dreckiges Grinsen wird dir noch im Hals stecken bleiben und noch einiges andere auch‘, dachte ich voller Hass.

„Was hast du mit ihm gemacht?", knirschte ich.

„Ich? Ich habe ihn nur aufgenommen, nachdem du ihn zur Hölle geschickt hast."

Er lachte laut über seinen eigenen Wortwitz.

Doch das war alles, nur nicht lustig. Ich mochte Kito dabei nicht ansehen, konnte aber auch nicht so richtig wegsehen. So richtete ich meinen Blick auf Homin, behielt aber meinen Freund in meinem weiten Blickfeld und versuchte ihn genau zu beobachten.

Er war sehr blass, hatte rote, blutunterlaufene Augen. Er war abgemagert. Nur noch Haut und Knochen. Was hatte ich ihm nur angetan? Jede Lebenslust hatte seinen Körper verlassen, die Musik war aus seinem Herzen verbannt und die Worte großer Dichter würde er mir so nie wieder vorlesen können. Ich spürte sein Elend und starb mit ihm, jede verdammte Sekunde, die ich nun hier stand und alles hilflos mit ansehen musste.

Tränen liefen mir übers Gesicht.

„Kito!"

Ich schrie ihn an. Aber er schien mich nicht zu hören.

„Kito!"

Meine Hoffnung schwand immer mehr. Es wirkte, als würde er zusammenbrechen, wenn er auch nur einen Schritt getan hätte.

Was hatte ich mir nur dabei gedacht, ihn alleine retten zu wollen? Warum hatte ich nicht auf Katharina gehört?

Das Gelächter des Höllenfürsten wurde immer lauter.

„Sieh hin, er hat seinen Sinn bereits erfüllt, Herzchen."

Mir war klar, was er damit meinte. Ich stand vor ihm, in seinem Reich. Das war es, was er wollte. Kito war nur Mittel zum Zweck. Mich wollte er hier haben.

Ich musste mich zusammenreißen. Meine Augen fingen an zu brennen und ich biss mir auf die Zunge.

Das Grinsen in Homins Gesicht erstarrte zur Fratze. Er legte seinen Arm um Kitos Schulter und stieß ihn dann harsch von der Bühne. Er hatte ihm einen so heftigen Stoß verpasst, dass er wenige Schritte vor mir hart aufprallte.

Ich zuckte, weil ich zu ihm laufen wollte. Doch ich wusste, dass es genau das war, was Homin wollte. Gegen meinen Willen blieb ich stehen.

„Kito, steh auf!"

Doch er bewegte sich kaum.

„Was, so kalt lässt er dich, dass du ihn einfach da liegen lässt? Siehst du mein Junge, ich sagte dir doch, sie interessieren sich nicht für dich."

Homin wartete darauf, dass ich ihn angreife.

Ich tat ihm den Gefallen.

Mit geballten Fäusten zog ich so viel Magie, wie ich nur konnte. Wieder sammelte ich das Engelsfeuer in meinen Händen, bündelte es, bis ich keine Energiereserven mehr hatte. Ich schloss meine Hände, holte tief Luft und holte Schwung. Mit einem schrecklichen Wutschrei schleuderte ich den blau aufflammenden Ball von mir weg. Vielleicht hätte ich es lieber bleiben lassen sollen und mich mehr im Griff haben, aber meine unsägliche Wut und Trauer benebelten in diesem Moment meinen Verstand.

Ich hatte den Höllenfürsten getroffen. Doch er stolperte lediglich ein paar Meter nach hinten und verzog nur für einen kurzen Augenblick sein Gesicht. Es hatte ihn geschmerzt, das konnte ich sehen. Aber es war lange nicht ausreichend. Ich wusste, dass ich mich deutlich mehr konzentrieren musste, um ihn richtig zu erwischen.

Und schon lachte er wieder.

„Herzchen, war das alles? Mir scheint, als hätte ich die richtige Wahl getroffen, was dich angeht."

Ich sah, wie er sich auf einen Gegenschlag vorbereitete. Nun musste ich schnell reagieren. Noch einen Schlag konnte ich nicht so schnell setzen. Also baute ich wenigstens ein Schild um mich herum auf. Höllenfeuer konnte sehr warm sein.

Ich stemmte meine Füße fest auf den Boden, um meinen Stand zu sichern. Gerade als Homin ebenfalls eine flammende Kugel purer Energie auf mich losließ, stellte ich mich ihr schon entgegen. Doch dieses Geschoss hatte mich hart getroffen. Beim Aufprall des Höllenfeuers auf mein Energieschild merkte ich, dass es sich verdammt nah an meinen Körper presste. Zu nah. Die Sache wurde extrem heiß. Mit aller Kraft versuchte ich, den lodernden Feuerball von mir wegzudrücken. Als ich mein Schutzschild weiter ausbauen wollte, begann es Risse zu bilden. Es kostete mich so viel Kraft, meine Energie aufrechtzuerhalten, dass ich den Boden unter den Füßen verlor. Das Höllenfeuer schleuderte mich fast über den gesamten Marktplatz und ich prallte gegen eine Mauer. Ich merkte, wie ich langsam die Macht meiner Energie verlor. Trotzdem verwandelte sie sich noch einmal in ein loderndes Licht und glücklicherweise erloschen dann beide Flammen zur gleichen Zeit.

Als ich realisierte, was gerade geschehen war, wurde ich panisch. Ich hatte überhaupt keine Chance gegen Liliths Sohn. Seine Macht, sein Höllenfeuer waren viel zu stark, als dass ich mich mit ihm messen könnte. Kito lag immer noch am Boden und ich musste mir meinen Fehler eingestehen. Ich konnte ihn hier nicht rausholen. Er würde mir nicht noch einmal folgen. Schmerzerfüllt versuchte ich wieder aufzustehen. Um mich herum hatten sich etliche Kreaturen versammelt und brüllten und bejubelten ihren Meister.

Meine Kleidung war noch ganz warm, als ich mir den Staub abklopfte. Voller Demut, aber mit ungebrochenem Willen ging ich zurück zu Kito. Ich war trotz allem wild entschlossen, nicht einfach so aufzugeben. Ich würde mich dem Sohn Liliths entgegenstellen und Zeit herausschlagen, bis die anderen vielleicht hier eintrafen, würde Kito beschützen und durchhalten.

„Ach, das war ja einfach. Wie schade. Mit ein wenig mehr Widerstand hatte ich schon gerechnet. Dann wäre endlich mal etwas los hier unten."

Aus allen Richtungen wurde er bejubelt. Wie wilde Tiere tobten und grölten die Dämonen, ihren Meister bestärkend. Selbst die, die eben noch am Tisch saßen, waren mittlerweile, durch das Spektakel aufgescheucht, aufgesprungen und applaudierten ihm.

„Ich muss vorsichtig mit dir sein. Ich brauche dich lebend. Nicht, dass ich dir weh tu."

Mit finsterer Miene deutete er auf den Käfig, der immer noch leer hinter seinem Thron stand.

„Oh ja, meine Liebe, du wirst an meiner Seite stehen. Das hat mir ein alter Freund verraten", berichtete er stolz. Und noch immer umspielte ein fieses Lächeln seine Lippen.

Ich wusste sofort, dass es Salvan gewesen sein musste, von dem er sprach. Ich sah zu Kito und hoffte so sehr, dass er diese Worte nicht mehr hören konnte. Wütend sah ich wieder zum Höllenfürsten, als er fortfuhr.

„Weißt du, ich hatte den Verdacht, dass er nicht mehr sehr loyal zu mir war. Also tötete ich den Verräter höchstpersönlich!"

„Er war noch am Leben", fuhr ich ihn an.

„Ja, gerade noch so lange, um euch mitzuteilen, dass ich großes Wissen erlangt habe und dieses Mal nicht scheitern werde. Das macht die Sache doch interessanter, findest du nicht?"

Es war für mich unbegreiflich, dass sich jemand so darüber amüsieren konnte, wie dieser Mistkerl es gerade tat.

„Salvan war kein Verräter, er hat ..."

„Er war ein Mensch", unterbrach er mich schnaufend.

„Und er war genauso abscheulich wie alle anderen! Die Menschen jagen sich selbst, wenn jemand nicht in ihre Reihe passt. Sie spinnen ein Netz aus Lügen und Intrigen, um ihresgleichen zu vernichten. Sie sind manipulativ und bekriegen sich vor Neid und aus purer Habgier. Um ihre Bedürfnisse zu befriedigen, sehen sie sich nicht um. Sie merken es nicht, dass sie ihren Planeten dabei zerstören."

„Nein, das ist nicht wahr! Sie haben sich geändert!"

„Sie haben nichts dazu gelernt! Es ist nur eine Frage der Zeit, bis sie wieder an genau derselben Stelle stehen und unsere Macht durch ihr Versagen wächst. Weil sie alles vergessen haben. Und wenn sie ihren Planeten, ihre Heimat zerstört haben, nehmen sie den nächsten. Nein Herzchen, das werde ich nicht zulassen. So viele Jahre, nein, Jahrhunderte warte ich nun schon auf diesen Augenblick."

Er war nun wütend, lachte aber gehässig weiter.

„Ich wusste, der Moment würde kommen. Mit der Zeit habe ich mir große Macht angeeignet. Und ich musste nur noch darauf warten, dass irgendwo ein junger, unerfahrener Engel wie du ausgewählt wird, den ich im Handumdrehen erledigen kann. Aber du hast großes Glück. Wie ich erfuhr, brauche ich dich lebend, denn irgendjemand hat sich die tolle Sache mit der Balance zwischen Gut und Böse ausgedacht."

Und dabei fletschte er seine Zähne.

„Ich mache nicht dieselben Fehler wie mein Vater. Also wirst du mir beistehen. Bis zum Ende. Wie du siehst, brauchst du dich nicht zu sorgen. Du wirst es gut bei mir haben.

Alles was ich will ist, dich kampfunfähig zu machen. Aber du wirst am Leben bleiben."

Vor Kito blieb ich stehen und sah Homin zu, wie er in seinem eigenen Gelächter versank. Ich hatte keine Ahnung, wie es weitergehen sollte oder was ich hätte tun können. Am liebsten hätte ich mich einfach zu Kito gelegt. Hätte seine Hand genommen und ihm gesagt, dass ich ihn vermisste und dass er mir so viel bedeutete. Doch dann wäre es gleich vorbei gewesen und ich hätte nicht nur mich und Kito, sondern auch die ganze Welt aufgegeben. Ich musste warten und konnte einfach nur hoffen, dass Katharina die Wächter schon informiert hatte und Hilfe zu uns unterwegs war.

So versuchte ich mir selbst Mut zu machen und wollte, dass Kito wusste, dass ich das alles so nicht gewollt hatte. „Kito, bitte. Es tut mir so leid. Dass ich dir nicht alles gesagt habe, war ein großer Fehler. Natürlich vertraue ich dir. Ich habe dich vermisst. Ich wollte dich hier rausholen. Bitte, du musst mir glauben. Du bedeutest mir so wahnsinnig viel und ich werde dich nicht hier liegen lassen. Nur deinetwegen bin ich hier. Bitte, steh doch auf!"

„Herzchen", unterbrach mich Homin, „es ist sinnlos. Siehst du nicht die Farbe seiner Aura? Es ist zu spät. Aber süß, wie du dich bemühst."

Meine Hoffnung, mich noch irgendwie aus dieser Situation befreien zu können, schwand von Minute zu Minute. Immer wieder sah ich zu Kito. Es tat weh zu wissen, dass es meine Schuld war, dass er in dieser gefährlichen Situation war, hier halb verhungert und elend lag und sich nicht mehr bewegte.

Ich versuchte noch einmal meine Kraft zu sammeln. Ich wühlte mit meinen Füßen im sandigen Boden und versuchte erneut, sichereren Halt zu finden. Meine gesamte Konzentration lenkte ich nun auf mein Inneres. Wieder hätte ich schwören können, dass der Boden unter meinen Füßen blau schimmerte. Doch das war jetzt nicht wichtig. Wichtig war, so viel Engelsfeuer wie möglich zu sammeln und für den nächsten Angriff von Homin bereitzuhalten, der gerade wieder seine Hände in Flammen setzte. Entschlossen, mich erneut zu wehren, sah ich ihm in seine leeren, schwarzen Augen. Plötzlich vernahm ich Stimmen. Menschliche Stimmen. Mit wutverzerrter Visage wandte der Höllenfürst seinen Blick von mir ab und richtete seine Aufmerksamkeit nun auf das Geschehen hinter mir.

„Nein!", fauchte er.

Ich riskierte ebenfalls einen Blick nach hinten. Das Tor stand noch offen. Die Stimmen wurden deutlicher. Ich konnte meinen Namen hören. Blaues Engelsfeuer drang durch das Tor und verbrannte die ersten Dämonen, die sich kampfeslustig in den Weg gestellt hatten.

Christopher! Die Hilfe, die ich so herbeigesehnt hatte, war gekommen! Eine große Last fiel in diesem Moment von meinen Schultern. Jetzt stürmten auch die anderen Engel durch das Tor. Ich war nicht mehr allein!

Als Homin vor Wut brüllte, drehte ich mich schnell um und nahm eine Abwehrhaltung ein, um sein erneutes, gegen mich gerichtetes Höllenfeuer aufzuhalten. Er wollte wohl nun doch schneller beenden, was er angefangen hatte. Fest entschlossen, mich dieses Mal nicht wieder einfach wegdrängen zu lassen, zündete ich mit einem Satz mein Schutzschild.

Sicherlich hatte er dieses Mal noch mehr Energie erzeugt, um meinen Schutz zu zerstören. Ich bekam es mit der Angst zu tun, denn der nächste Moment könnte mein Leben beenden. Wenn ich dem nicht widerstand, war alles aus.

Plötzlich stand Kito vor mir und sah mich an. Er griff nach meinen Händen, als wolle er sich an mir festhalten. So sehr er sich auch verändert hatte, an seinen Augen erkannte ich ihn jetzt wieder. Er war noch genau der gleiche junge Mann wie an dem Tag, als er mich zum ersten Mal küsste. Auch wenn seine Aura etwas anderes zu sagen schien, sein Herz hatten sie nicht zerstört. Es war wie an unserem ersten Tag, als er meine Gefühle förmlich explodieren ließ.

Ich hielt ihn fest. Doch entsetzt begriff ich nun, was er vorhatte.

„Kito, was zum …"

Wie in Zeitlupe zog dieser Moment an mir vorbei.

Er wollte sich zwischen mich und das Höllenfeuer stellen. Doch das hätte er niemals überlebt. Warum um alles in der Welt wollte er solch eine Dummheit begehen? Bei dem Gedanken, dass er gleich getroffen werden würde, wurde ich wieder klar im Kopf.

Reflexartig nahm ich ihn mit unter mein Schutzschild, drückte ihn an mich und hielt ihn ganz fest. Ich drehte uns so, dass ich nun den heftigen Aufprall in meinem Rücken erwartete. Ich wusste, dass es mich schwer verletzen konnte. Doch ich hatte keine Angst mehr. Ich schloss Kito in meine Arme, hielt ihn einfach nur so fest ich konnte und versuchte ihn zu schützen. Ich war jetzt völlig ruhig. Dieser Moment war alles, was ich wollte. Egal wie unerträglich die Schmerzen auch werden würden.

In dem Augenblick, als mich die volle Wucht des Höllenfeuers traf, hörte ich Katharina aufschreien. Sie rief meinen Namen. Ich konnte noch zum Tor sehen, hörte dann aber nichts mehr. Ich sah ihre in Panik nach mir ausgestreckten Arme. Sie musste gewaltsam von zwei Menara festgehalten werden. Ich lächelte sie an, versuchte ihr zu zeigen, dass ich keine Angst hatte und es mir gut ging.

Christopher und die anderen kämpften gegen die Dämonen am Tor. Mit seinem Schwert aus Engelsfeuer wirbelte er wahllos umher. Andere Menara halfen ihnen und kämpften sich ebenfalls weiter in den Hof hinein.

Erst jetzt bemerkte ich diese unglaubliche Kraft, die sich gegen mich richtete und mich zu zerstören drohte. Liliths Sohn musste sehr viel Energie aufgebracht haben, denn es war nicht nur eine Kugel Höllenfeuer, die uns traf, sondern ein ganzes Energiebündel, das er aufrechtzuerhalten schien. Sein Feuer wurde dunkler und mächtiger. Die Schmerzen auf meinem Rücken waren nun fast unerträglich und es brannte wie die Hölle. Kito sackte zusammen und ich konnte uns beide nicht halten. Ich ließ ihn fallen und stürzte mich im selben Moment über ihn, um ihn weiter zu beschützen.

Der Höllenfürst ließ jedoch nicht von mir ab. Kito verlor das Bewusstsein. Ich flehte ihn an, wieder aufzuwachen. Kniend versuchte ich seinen Kopf zu schützen und gleichzeitig mein Schutzschild aufrecht zu erhalten. Mir war jedoch bewusst, dass meine Kräfte am Ende waren und ich die Folter nicht länger ertragen konnte.

„Es tut mir so leid", flüsterte ich ihm ins Ohr und gab ihm einen Kuss auf die Stirn.

Tränen liefen über meine heißen Wangen. Sie waren so kalt. Ich hielt seinen Kopf in meinem Schoß. Homin verlor offenbar die Geduld, denn er verstärkte nochmals sein Höllenfeuer. Es drückte mich weiter zu Boden, doch ich konnte mich mit meinen Händen weiter abstützen. Ich schrie auf und kniff schmerzerfüllt meine Augen zusammen. Doch plötzlich ließ der unsägliche Druck nach. Die Hitze wich und die Schmerzen wurden erträglicher. Was war denn jetzt los? Ich spürte, dass Liliths Sohn immer mehr seiner Energie gegen mich freisetzte, doch irgendwie machte mir das gar nichts mehr aus. Im Gegenteil. Es schien mir plötzlich leichter zu fallen, mein Schutzschild aufrechtzuerhalten. Ich öffnete meine Augen und sah, wie aus dem Boden Engelsenergie in mich hineinzuströmen schien. Sie verlieh mir mehr Kraft. Dennoch konnte ich mir nicht erklären, warum ich Homins ungeheure Kraft, die er immer noch gegen mich einsetzte, kaum noch spürte.

Es war dunkel geworden. Außerhalb meines Schutzschildes konnte ich kaum etwas erkennen. Aus Angst, den Energiefluss zu unterbrechen, drückte ich meine Hände stärker in den Boden hinein. Ich spürte eine unglaublich starke Macht durch mich hindurch fließen. Sie sammelte sich in meinem Körper und durchbrach mit einem Schlag meine Schultern. Ein kribbelndes Gefühl überkam mich, als ob einem jemand über die Arme streichelte.

Kleine goldene Funken blitzten ab und an auf. Sie kamen nicht vom Feuer. Sie waren wie Staub. Feiner Goldstaub oder nur ein Schimmer. Da bemerkte ich, dass wir von etwas Großem umgeben waren, wodurch es plötzlich dunkel um uns geworden war.

Durch eine enge Öffnung konnte ich Katharina sehen. Entsetzt starrte sie mich an. Alle starrten mich an. Es war ruhig geworden. Schließlich ließ auch der Höllenfürst von mir ab.

Langsam sah ich klarer. Wir waren umgeben von schwarzen Federn. Schwarze Federn mit einem goldenen Schimmer.

Es fiel mir wie Schuppen von den Augen.

„Das ist unmöglich!", flüsterte ich.

Ich löste mich vom Boden und versuchte, mich aufrecht hinzusetzen. Tatsächlich bewegten sich die Federn mit. Behutsam bewegte ich meine Schultern, doch bewegte ich dabei weit mehr als nur diese. Da war noch viel mehr. Es war komisch, aber ich spürte mehr als nur meine Arme, die ich bewegen konnte. Ich ließ meine Hände auf Kitos Körper liegen und beobachtete dabei, ob sich die Federn auch allein regten. Dabei versuchte ich, nur sie zu bewegen und breitete die neuen Knochen auf meinem Rücken konzentriert langsam aus. Tausende Federn glitten auseinander und ließen meinen Blick frei. Ich drehte meinen Kopf zur Seite und sah einen riesigen, mit schwarzen Federn bedeckten Flügel, der golden schimmerte. Fassungslos drehte ich meinen Kopf zur anderen Seite. Dort sah ich das gleiche Bild. Ich hatte Flügel bekommen.

Katharina hielt sich ihre Hände vor den Mund und stand mit weit aufgerissenen Augen da. Christopher und einige andere Engel ließen sich auf die Knie fallen. Dämonen wichen zurück.

Vorsichtig legte ich Kitos Kopf auf den Boden und versuchte aufzustehen. Ich war noch etwas benommen, doch diese großen Flügel halfen mir tatsächlich, das Gleichgewicht zu halten. Ich bestaunte sie fasziniert. An meinen Füßen spürte ich erneut einen Energiefluss, der aus dem Boden zu kommen schien. Dieses Mal durchdrang die Hitze von Engelsfeuer meinen gesamten Körper und ließ die ganze Umgebung hell aufleuchten. Ein Kraftstoß stieß meine Arme zur Seite, riss meinen Kopf nach hinten und richtete meine Flügel auf. Unglaubliche Energie erfüllte mich plötzlich mit neuem Leben. Eine Energie, die ich aus dem Boden holen konnte, die mir die Erde schenkte. Ich fühlte mich so stark, wie ich mich noch nie gefühlt hatte. Stark genug, um dem Sohn Liliths gegenübertreten zu können.

Ich drehte mich um und bewegte meinen Kopf in seine Richtung. Und weil ich mich so wahnsinnig gut fühlte, konnte ich ihn jetzt sogar frech anlächeln.

Doch dem Höllenfürsten schien das Lachen vergangen zu sein. Seine schwarzen, zornigen Augen verzerrten sein Gesicht zu einer grimmigen Grimasse. Er fing an zu zucken und seine Haut riss an mehreren Stellen einfach auf. Seine Kleidung fiel ihm vom Leib und verglühte in den Flammen, die langsam aus seinem Körper traten. Jetzt verwandelte er sich in sein wahres Wesen. Die Hörner auf seinem Kopf waren überwältigend. So stand er vor mir. Sein Körper bestand jetzt fast nur noch aus Knochen, seine Größe blieb aber furchteinflößend.

Um ihn herum zischten Flammen empor und in seinen Klauen zündete er zwei starke Höllenfeuer mit schwarzen Flammen. Schlagartig richtete er einen Strahl dieser gewaltigen Energie gegen mich. Ich hielt meine starken Flügel vor meinen Körper und entzündete ebenfalls frisches Engelsfeuer. Die blauen Flammen wurden durch meine neu gewonnene Kraft um goldene Funken ergänzt. Mit diesem Feuer fing ich seinen Strahl auf und richtete ihn gegen sich selbst. Das Feuer aus meinen Händen breitete sich aus und stieß das Höllenfeuer langsam zurück. Es schmerzte mich nicht mehr so sehr, da ich jetzt nicht mehr nur mein Schutzschild zur Verteidigung hatte, sondern prächtige Flügel.

Je mehr Energie Homin auf mich zu lenken versuchte, desto mehr Energie zog ich aus der Erde. Ich verstärkte den Kontakt meiner Füße zum Boden und tatsächlich spürte ich, wie ich neue Macht aus der Erde heraus aufnehmen und durch meinen Körper fließen lassen konnte. Es war plötzlich so leicht, seinem Feuer standzuhalten und es gegen ihn selbst zu richten. Das war ein unbeschreibliches Gefühl.

Ich sah seinen Zorn und die unbändige Wut, mit der er mich vernichten wollte. Kurz bevor ihn die Flammen des Engelfeuers erreichten, gab ich noch einen reichen Schub an Energie frei und drängte die blauen Flammen mit einem Schlag gegen Homins zersetzten Körper. Mit voller Wucht hatte es ihn erwischt und dieses Mal war er es, der ein paar Meter nach hinten flog. Er krachte auf die Tische, die immer noch als festliche Tafel auf der Bühne standen. Ich konnte ihm ansehen, wie fassungslos er war.

Er spannte seinen verwesten Körper an. Die Flammen züngelten vom Boden seinen Körper hinauf, bis er komplett in Flammen stand. Seine schwarzen Augen waren geweitet.

Langsam kam er auf mich zu. Doch plötzlich wurde er immer schneller. Als er von der Bühne auf mich hinab sprang, bildete sich in seinen knochigen Händen jeweils ein Schwert aus Dämonenfeuer. Er holte noch während des Sprunges mit seinen Armen Schwung, um die feurigen Klingen gegen mich zu hetzen. Darauf war ich nicht gefasst, also musste ich schnell ausweichen. Ich machte einen Satz nach hinten, voll Neugier, wie ich nun meine Flügel einsetzen konnte. Als ich in der Luft war, breitete ich meine Flügel aus und schlug sie mit Schwung vor und zurück. So schnell war ich noch nie in der Luft. Und auch nicht so weit oben. Es war eigenartig, wie viel weiten Himmel diese unterirdische Burganlage über sich hatte. Warum konnte ich so hoch hinauf fliegen? Offenbar lag die Burg tief in einer der Schluchten, die seit der Schlacht der Giganten die Erde zerfurchten und die letzten verbliebenen Erdteile voneinander trennten. Hier musste die Grenze zwischen dem Seenland und Sprjewja sein.

Weit oben am Himmel erblickte ich nun den Mond, der bereits im Schatten der Erde versteckt lag und blutrot leuchtete. Dieses Naturspektakel war wunderschön anzusehen.

Ein fürchterliches Gebrüll riss mich aus meiner Versunkenheit.

„Komm runter du feiges Miststück!", brüllte Homin und glühte vor Zorn noch einmal hell auf.

Hatte er mich gerade Miststück genannt? Ich lehnte mich nach vorn, faltete meine Flügel dicht an meinen Körper und ließ mich nach unten fallen. Erst am Boden, ein paar Meter vor dem Fürsten, bremste ich ab, landete auf meinen Füßen und wirbelte dabei eine riesige Staubwolke auf. Leider hatte ich meinen Sturzflug doch ein wenig unterschätzt und musste meinen Schwung mit den Händen abfangen.

„Geil!"

Über die neue Kraft in mir war ich überglücklich. Ich richtete mich schnell wieder auf, breitete meine Flügel aus, zog Energie aus dem Boden und zog ebenfalls ein Schwert aus Engelsfeuer aus meiner Hand. Da richtete mir Homin schon seine beiden flammenden Schwerter entgegen. Unsere Klingen kreuzten sich und schmetterten gegeneinander. Kurz bevor Homins Schwerter mich richtig trafen, konnte ich sie mit meinem Engelsfeuerschwert abbremsen. Ein jäher Schmerz durchfuhr meinen Arm. Seine dunklen Flammen hatten meine Schulter getroffen. Seine Energie musste mächtig gewesen sein, denn meine Kleidung aus dem Stoff der Gefiederten war zerrissen und blutdurchtränkt. Doch die Wunde schloss sich direkt wieder. Schneller als jemals zuvor.

Während ich mit einer Hand das blau flammende Schwert zur Abwehr des Fürsten schwang, baute ich in der anderen Hand einen Energieball auf. Diesen presste ich schließlich gegen seinen erbärmlichen Körper und konnte ihn so ein Stück von mir wegschleudern. Homin jedoch setzte seinen Schwertkampf sofort fort. Wutentbrannt kam er mit seinen flammenden Schwertern auf mich zu. Wie ein Stier hielt er seinen Kopf gesenkt. Dennoch sah er mich mit einem finsteren Blick an. Es war ihm sichtbar egal, dass sein ursprünglicher Plan, mich am Leben zu lassen, scheiterte. So kam er schnell näher. Festentschlossen mich zu töten.

Meine Flügel presste ich flach an meinen Rücken. Ich hoffte, dass sie mir jetzt nicht im Weg sein würden. Das Schwert in meiner Hand senkte ich zu Boden, denn die Kraft aus der Erde würde seine Intensität stärken. Als ich die Macht in meiner Hand spürte, erhob ich das Schwert mit beiden Händen und stellte mich Homin entgegen. Er kreuzte schmetternd seine Waffen übereinander und hielt sie mir geradewegs entgegen, als wollte er mich mit einer mächtigen Scherbewegung zweiteilen. Ich jedoch reagierte schnell, schlug meine Flammen seinen entgegen und presste sie zu Boden. Durch eine schnelle Drehung wich ich aus und stand nun hinter ihm.

Aber Homin gab nicht auf. Blitzschnell drehte er sich zu mir um, holte mit seinen Armen Schwung und ließ eines seiner Schwerter in meine Richtung schnellen. Es drohte mir das Gesicht zu zerschneiden. Ich beugte mich weit nach hinten und schlug gleichzeitig meine Flammen in die Höhe, um sein schwarzes Feuer mit einem Stoß abzuwehren. Er hatte mich knapp verfehlt.

Als ich mich wieder aufrichtete, bemerkte ich, wie er mit seinem anderen Flammenschwert von oben herab auf mich einschlagen wollte. Entschlossen, auch diesen Schlag abzuwehren, richtete ich mein Schwert nach oben, seinen Flammen entgegen. Über mir schlugen unsere Flammen erneut aufeinander. Es wurde wahnsinnig heiß. Homins enormer Kraft konnte ich nicht genug entgegensetzen, um dieser Hitze zu entkommen. So sehr ich mich auch wehrte, er zwang mich immer tiefer zu Boden. Als er auch sein zweites Schwert gegen mich richtete, musste ich mich mit einem Knie auf dem Boden abstützen, um nicht ganz den Halt zu verlieren. Ich musste unbedingt raus aus dieser Situation, in der er mich unter seiner Kontrolle hatte. So schwach ich mir nun plötzlich vorkam, ich wusste, meine neue Macht aus Engelsfeuer konnte sich mit seiner messen. In meinem Inneren bündelte ich Energie, um ihn von mir wegzustoßen. Dafür müsste ich jedoch eine Hand von meinem Schwert nehmen, mit dem ich die Flammen der Hölle versuchte abzuwehren. Aber die höllische Kraft, mit der Homin mich zu Boden drückte, war einfach zu groß. In dem Moment, in dem ich durch das Wegnehmen einer Hand nachlassen und er kaum noch auf Widerstand stoßen würde, würde er mich mit seinen Schwertern zerschlagen. Ich musste ihm irgendwie schnell genug ausweichen.

Also leitete ich die Energie der Engel in meine linke Hand und richtete sie gegen den Höllenfürsten, bevor das Engelsfeuer aus meiner Handfläche emporloderte. Gleichzeitig zog ich mein Schwert zur Seite und stieß mich kräftig vom Boden ab. Ich drückte mich nach hinten weg und versuchte meinen Kopf zu schützen. Doch da ich das Gleichgewicht halten musste, konnte ich nicht schnell genug ausweichen. Schwarze Flammen erwischten mich an der Stirn. Ich hatte großes Glück, dass Homin im selben Augenblick meine flammende Munition abbekam und zurückgedrängt wurde. Ein reißender Schmerz jagte durch meinen Kopf. Ich schrie auf und tastete nach meiner Wunde, aus der mir Blut bis zum Kinn runter lief. Benommen versuchte ich es wegzuwischen und merkte erleichtert, dass sich die Wunde bereits wieder schloss. Als ich zu Homin blickte, erkannte ich, dass ich den Höllenfürsten lediglich an der Flanke seines monströsen Körpers getroffen hatte. Funken und brennende Fetzen seiner Gestalt verglühten um ihn herum.

Im Triumpf über meine Schwäche ihm gegenüber grinste Homin mich zähnefletschend an. Erneut stieß ich ihm eine flammende Kugel entgegen. Dieses Mal zielte ich besser. Doch selbstsicher drehte Homin seine Waffen in den Händen, bis er sie schützend vor sich hielt und seine Flammen meinen Schuss abwehrten.

Der Sohn Liliths setzte erneut zum Angriff an. Wieder stürzte er sich auf mich zu und wieder kreuzte er seine Schwerter. Als er versuchte beide Schwerter gleichzeitig in meinen Körper zu rammen, presste ich meine Flügel ganz eng an meinen Rücken und machte einen weiten Ausfallschritt nach hinten, um von dort in die Höhe zu schnellen. Hoch erhobenen Schwertes stieg ich in die Höhe und begann mich um meine eigene Achse zu drehen. Dadurch schraubte ich mich in einem weiten Bogen durch die Luft. Genau über dem Höllenfürsten schlug ich meine Flügel auseinander, um diese Position zu halten. Mein starkes, flammendes Schwert hielt ich mit beiden Händen fest. So fest ich nur konnte. Ich führte meine Arme über meinen Kopf.

Homins Bewegung ging ins Leere. Er konnte seinen Schwung nicht mehr abfangen und rammte beide Schwerter in den Boden. Als er mich nun über sich bemerkte, verging ihm das Lachen. Ich wusste, dass er nun keine Chance mehr hatte, und ich sah ihm an, dass auch er sein Ende kommen sah.

Als ich schließlich mit dem Schwert aus Engelsflammen und einem lauten Schrei der Erleichterung den Sohn Liliths in zwei Teile spaltete, zersetzten ihn die Flammen und er zersprang in tausend Stücke, die noch in der Luft verglühten. Die kleine Explosion erzeugte eine enorme Druckwelle, die sich über den gesamten Hof ausbreitete.

Jeder Dämon, den sie berührte, zersprang ebenfalls in seine Einzelteile und verglühte.

Erst als der Regen aus glühenden Fetzen nachließ und sich die stinkende Schwefelwolke langsam auflöste, realisierte ich, was ich geschafft hatte. Christopher und die Engel, Katharina und die Menara kämpften noch gegen die restlichen Dämonen, die der Druckwelle entkommen waren.

Ich konnte noch gar nicht richtig glauben, dass ich den Sohn Liliths besiegt hatte. Fassungslos stand ich da. Bis ich bemerkte, dass Kito sich am Boden regte und zu sich kam. Ich lief zu ihm.

„Boah, ich glaube, jetzt kannst du die Weltherrschaft an dich reißen", flüsterte er noch sehr benommen.

„Kito!"

Ich ließ mich auf die Knie fallen und half ihm sich zu setzen. Besorgt strich ich ihm mit meinen Händen durch die Haare, befühlte seinen Kopf und sein Gesicht. Erst jetzt konnte ich mir sicher sein, dass er zumindest äußerlich nicht schwer verletzt war. Und als ich ihm in die Augen sah, war ich sicher, dass nicht ein winziger Rest dunkler Aura übrig geblieben war. Er war völlig rein.

Vor Erleichterung traten mir schon wieder die Tränen in die Augen. Er nahm meine Hände in seine und hielt sie fest.

„Ich wusste, du schaffst das, Vega."

„Warum hast du dich ihm angeschlossen?"

Er sah mir fest in die Augen.

„Um dich zu retten."

Ich lächelte verschmitzt.

„Nun, das ist dir wohl gelungen."

Kito betrachtete meine Flügel. Ich breitete sie noch einmal aus. Sie waren nicht schwer, obwohl sie mir so riesig erschienen. Ich sah ebenfalls hinauf und war schon ein bisschen stolz und begeistert. Ich schlug sie ein paarmal vor und zurück. Wahnsinn, was die für Kraft hatten. Mit meinen Gedanken schlug ich sie nach vorn und richtete die Spitzen in unsere Mitte. Die Federn schimmerten immer noch in goldenem Glanz.

Ich hob meine Hand und berührte sie mit meinen Fingern. Auch Kito strich sanft über das Gefiederte. Ich spürte einen leichten Druck, sonst jedoch nichts.

„Schwarz."

Er lächelte.

„Schwarz", bestätigte ich.

Es war zwar schön, mein neues Geschenk zu bewundern, doch die Realität holte mich wieder ein. Ich konnte das alles noch nicht begreifen. Was war hier eigentlich geschehen?

Würde ich diese riesigen Dinger denn mal wieder loswerden? Also alltagstauglich waren die eher nicht.

Einen Versuch war es wert. Ich schlug die Flügel nach hinten und presste sie zusammen, bis ich einen leichten Druck spürte. Und tatsächlich verschwanden sie dadurch in einer goldenen Staubwolke. So leicht war das also, leichter Druck nach hinten und schwupps, waren sie weg.

Zugegeben, es war kitschig wie in einem trivialen Film. Aber es war real und ich fand das schon ein wenig genial. Ich wusste nun, dass ein einziger Energieschub in meine Schultern reichen würde, um sie wieder hervorzurufen.

Doch natürlich wollte ich mehr wissen.

„Was ist denn passiert?"

Kito sah mich wieder an.

„Du erinnerst dich an den Angriff der Höllentrolle?"

„Natürlich."

„Salvan wollte euch etwas Wichtiges mitteilen."

Ja, ich erinnerte mich und nickte.

„Er hatte die Schriften gefunden und ich bin mir sicher, dass er sie nach Sprjewja bringen wollte. Hier unten habe ich gehört, dass der Höllenfürst den schwächsten Engel erwartete, den er ausfindig machen konnte. Das hat Salvan sicher auch gewusst. Bei dir hatte er wohl die Hoffnung, dass du ihm Vertrauen schenken könntest."

„Weil auch er dachte, dass ich nur ein klägliches Ding bin."

Kito lächelte mich an.

„Nein, gewiss nicht. Aber wie du selbst erfahren musstest, hatten das wohl alle anfangs gedacht. Wahrscheinlich hat er einfach nur das getan, was jeder getan hätte. Es ist kein Geheimnis, dass du anders handelst als die anderen Engel. Er hat nur auf sein Bauchgefühl gehört."

Er zwinkerte.

„Zum Glück hatte er damit wohl recht."

„Katharina und du, ihr wart aber unter ständiger Beobachtung, so kam er nicht an euch ran. Du hättest ihn über seine Aura enttarnt. Er konnte kein Risiko eingehen, denn er wusste nicht, ob du ihm wirklich Vertrauen schenken würdest."

„Aber woher weißt du das alles?"

„Der Mistkerl, der Thomas auf dem Gewissen hat, hat mir alles erzählt. Mein Freund würde mich nur belügen die ganze Zeit und ich sollte ihn vergessen. Er versuchte so krampfhaft mein Vertrauen zu gewinnen, dass er nicht mehr aufhörte zu quasseln. Salvan gilt hier als Verräter. Ah ..."

Er schien Schmerzen zu haben und krümmte sich. Hatte er sich doch gefährlicher verletzt? Ich wollte seinen Körper nach weiteren Wunden absuchen, doch er hielt mich fest. Er wollte aufstehen. Da kam mir eine Idee. Ich könnte doch gleich mal ein wenig die Stärke meiner Flügel testen. So schob ich etwas Energie in meine Schulterblätter. Mit einem Satz konnte ich diese megagroßen gefiederten Gestelle ausbreiten. Ich nahm Kito in meine Arme und hielt ihn fest. Langsam schlug ich meine neuen Flügel immer wieder vorsichtig zusammen. Tatsächlich. Mit der Kraft meiner gefiederten Freunde konnte ich uns beide wieder auf die Füße stellen. Ich ließ ihn los und sah ihn an.

„Es geht mir gut!"

Ich nickte.

„Also gut. Was hat Salvan dann getan?"

„Er brachte stattdessen die Schriften ins Bergland und übergab sie dort der Skitarka."

„Aber was hat das Ganze mit dir zu tun? Was wollte er von dir?"

„Deine Aufmerksamkeit. Er wollte unbedingt mir dir reden. So hat er mich zu seinem Schüler gemacht."

„Aber du hast doch keine Ahnung von alldem gehabt."

„Ich vermute, dass er mich da nicht mit reinziehen wollte. Er hat mir nichts beigebracht und ich allein war für ihn sicher nicht nützlich. Aber er brauchte jemanden, der dich mit ihm in Verbindung bringen konnte. Ich denke, ich wurde nur sein Schüler, um deine Aufmerksamkeit zu erregen. Er hat mich nur für seine Zwecke benutzt."

So ganz schlüssig war das aber alles immer noch nicht für mich.

„Ich verstehe immer noch nicht, warum du dann die Seiten gewechselt hast."

„Weil ich etwas erfahren habe, als ich dich verlassen hatte und unterwegs war, um nachzudenken. Auch ich wollte irgendwie Antworten. Vega, Salvan wurde gefoltert, weil der Höllenfürst wusste, dass er den Inhalt der Schriften kannte. Deshalb haben ihn die Trolle mitgenommen." Ich wusste, man konnte der Folter der Hölle nicht widerstehen. Jeder sprach irgendwann, wenn er lange genug gequält wurde.

Kito senkte traurig seinen Kopf.

„Aber er hat sehr lange durchgehalten."

Nachdenklich machte er eine Pause.

„Er hatte sich wohl mit eurer Skitarka aus dem Bergland ein wenig angefreundet und übergab ihr die Schriften, während er versuchte uns zu erreichen. Er hoffte bestimmt, sie würde sie nach Sprjewja bringen können, falls er scheiterte."

„Warum hat er das nicht gleich getan?"

„Sie sagte, niemand glaubt einem Carny Skitar. Auch sie war anfangs skeptisch und wollte ihm nicht helfen. Wie sollten Wächter ihr glauben, wenn ihre Quelle ein Carny Skitar ist? Als Beweis gab er ihr dann die Schriften. Er wollte es nicht, denn er wusste, dass es ihr Leben bedeuten könnte.

Sie hat ihm geglaubt. Sie hat es versucht, Vega. Aber sie kam nicht mehr dazu und wurde wegen der Schriften getötet.

Ich hab sie gefunden. Sie war auf dem Weg nach Sprjewja. Ich schwöre, ich wollte Hilfe holen. Ich konnte nichts mehr für sie tun. Sie fing an, wirres Zeug zu reden. Dachte ich. Aber sie sagte wieder und wieder das gleiche. Sie wiederholte sich die ganze Zeit. Noch bevor sie starb, sagte sie mir, dass die Schriften unvollständig seien. Das Wichtigste würde fehlen.

„Kito, was hat sie gesagt?"

„Nur das:

‚Wenn dunkles Licht auf helles stößt
Und sich das Böse vom selben löst
Der Gegner doch den Engel schirmt
Und ihn mit seiner Liebe wärmt
Eine alte verborgene goldene Macht
Zu neuem Leben dann erwacht'

Ich war bei ihr, als sie einschlief. Es tut mir so leid, ich musste sie liegen lassen. Ich wusste nicht weiter. Mir blieb keine Zeit mehr. Ich hab sie einfach liegen gelassen."

Er war völlig aufgewühlt.

„Scht. Schon gut, es ist nicht deine schuld! Du hast sie nicht getötet."

Jetzt hatte ich es begriffen. Kito hatte sich für mich opfern wollen!

„Bist du verrückt? Homin hätte dir niemals vertraut!"

„Ich weiß. Ich hoffte aber auch, dass er mich ausnutzen würde, um dich hierher zu locken. Hat ja offensichtlich auch geklappt. Ich bin wohl deine Schwachstelle."

Er lachte. Doch ich fand das gar nicht lustig.

„Und er hat dir das abgenommen?"

„Er war vor lauter Machtgier blind. Es war ihm auch egal, denn er wusste, du würdest zu ihm kommen, wenn er mich in seiner Gewalt hat. Alles was ihn interessierte warst du. Er brauchte dich lebendig, das Gute an seiner Seite."

„Kito, deine Aura war schwarz. Er hatte dich schon so sehr in seinen Klauen, dass du alles gemacht hättest, was er wollte."

Langsam wurde ich wütend auf Kito. Er hatte sich so sehr in Gefahr gebracht. Was hatte er sich nur dabei gedacht? „Vega, ich wusste, dass ich dich immer in Gedanken bei mir tragen würde. Egal, welche Farbe meine Aura hat. Meine Gedanken und Taten werden niemals etwas daran ändern! Und ich musste mich beeinflussen lassen. Dunkles Licht und so, du weißt, die letzten Zeilen der Schriften. Dennoch hätte ich niemals zugelassen, dass dir etwas zustößt."

„Du konntest nicht wissen, dass es funktioniert! Du konntest nicht wissen, dass dein dunkles Licht ausreicht! Und du konntest nicht wissen, wie lange du noch bei klarem Verstand sein konntest! Du Idiot! Warum hast du das gemacht?"

„Na, um die Welt zu retten."

Er zuckte mit seinen Schultern und grinste mich an. Dann legte er eine Hand an mein Gesicht und streichelte zart über meine Wange.

„Und ... Weil ich dich liebe."

Erleichtert hielt ich ihn ganz fest

UND GAB IHM EINEN INNIGEN KUSS

Das Bild

Ruhe kehrte wieder ein in das Land und die Tage vergingen. Das Gleichgewicht der Erde zwischen Gut und Böse schien zumindest für den Moment wiederhergestellt zu sein. Die Dämonensichtungen gingen in Sprjewja zurück. Während die einen um die Toten trauerten, wie zum Beispiel das Bergland um ihre Skitarka, versuchten die anderen die Geschehnisse aus den letzten Monaten zu verarbeiten und zu analysieren. Meine Entscheidung, gegen den Willen der Wächter allein loszuziehen, nahmen die Wächter dabei besonders unter die Lupe. Sie schienen ein großes Problem damit zu haben, dass nun wieder ein Gefiederter unter den sieben Engeln war. Sie versuchten die Auswirkungen für die nachfolgende Generation zu erforschen. Werden mehr kommen oder wird es bei dem einen bleiben? Welchen Sinn hatte es, dass die Götter nun diese große Macht freigesetzt hatten? Niemand wusste, ob das das Ende oder vielleicht nur der Anfang von etwas Großem war. Schließlich hatte ich noch immer diese besondere Macht. War nun wirklich alles wieder im Gleichgewicht? Oder würde ich diese Kraft noch brauchen? Vermutlich waren die Wächter auch einfach nur bestürzt darüber, dass ausgerechnet ich herausfinden musste, die Erde und dessen Feuer zu nutzen. Ausgerechnet ich, das Küken, verfügte nun über mehr Engelsfeuer als die anderen. Und ausgerechnet ich war nun der einzige Engel mit Flügeln.

Warum ich? Diese Frage stellte ich mir selbst die ganze Zeit. Ich wollte gar nicht als Einzige mit Flügeln ausgestattet sein. Ohne Frage, es war unglaublich toll, durch die Luft zu fliegen. Ein unbeschreibliches Gefühl überkam mich, als ich zum ersten Mal über das Weltmeer segelte. Es war der Wahnsinn. Niemals hätte ich mir das träumen lassen. Aber ganz ehrlich, ich wusste nicht wohin mit dieser ganzen Power und Verantwortung. Jedes Mal, wenn ich wieder an mir zweifelte, stand Kito hinter mir und machte mir Mut. Er riet mir, ich solle meinen Kopf ausschalten, auf mein Bauchgefühl hören und einfach alles auf mich zukommen lassen.

Meine Streifzüge durch Sprjewja bestritt ich nun nicht mehr zu Fuß. Aus der Luft hatte ich den schönsten Überblick und genoss die herrliche Ruhe da oben. Gerade jetzt, kurz vor dem Winter, war die Spree so rein, dass ich mich wie im Spiegel sah, wenn ich zwischen den Bäumen am Ufer über sie hinweg glitt. Ich betrachtete meine riesigen schwarzen Flügel, die noch immer golden schimmerten und makellos wirkten. Der eisige Wind brauste durch die Federn, doch das störte mich nicht. Schlimmer war er in meinem Gesicht. In meinem Spiegelbild erkannte ich meine geröteten Wangen. Mit meinen Fingern wollte ich das Abbild meiner Flügel berühren. So tauchte ich meine Fingerspitzen ins Wasser, während ich nun dicht über der Wasseroberfläche der Spree hinweg flog. Ohne dass ich es gewollt hatte, durchströmte Engelsfeuer meine Hand und hinterließ in den Wellen einen blauen, feurig schimmernden Glanz. Das Wasser erschien mir plötzlich nicht mehr ganz so kalt.

Und dann kam der Schnee. Als ich aufwachte, waren alle Klosterdächer und Gärten von einem zarten Weiß bedeckt. Die Erde kleidete sich weiß ein und läutete allmählich die Weihnachtszeit ein. Ich mochte es, zu dieser Zeit durch die Straßen von Sprjewja zu ziehen. Besonders durch Hazow. Die Leute hatten ihre Häuser wieder festlich geschmückt. Nahezu jeder Baum in den Vorgärten erstrahlte festlich unter Lichterketten. Leuchtende Schneemänner, Rentiere und Weihnachtsmänner standen auf den Freiflächen vor den Häusern und auf den Terrassen in den Höfen. Fenster waren geschmückt und fast jeder hatte schon einen Weihnachtsbaum.

Wenn man von der Straße aus einen Blick in die Wohnungen wagte und sich besinnliche und glückliche Momente der Leute ausmalen konnte, war das für mich die schönste Zeit des ganzen Jahres.

Und dieses Jahr war es etwas ganz Besonderes für mich. Nicht nur, dass ich mich selbst so sehr verändert hatte. Nein. Dieses Jahr würde ich das erste Mal meinen Heiligabend nicht im Kloster verbringen. Dieses Jahr hatte ich jemanden, der mir sehr viel bedeutete und der mein Herz, trotz der eisigen Kälte draußen, wärmte.

Kitos Eltern hatten mich zum traditionellen Heiligabendessen nach Barbuk eingeladen, Kassler mit Kartoffelsalat. Bei diesem Essen wollten sie mich kennenlernen. Auch wenn Kito mir immer wieder versicherte, dass das kein großes Ding sei, war ich furchtbar aufgeregt.

Da ich auch nicht mit leeren Händen dort auftauchen wollte, hatte ich Tage vorher schon Bauchschmerzen. Zum Glück lösten sich kleine Probleme oft ganz von selbst.

Die Menara verkauften in diesem Jahr Schneekugeln mit einer Engelsfigur, die ihre schwarz-goldenen Flügel ausbreitete. Die waren sehr beliebt bei den Menschen. Katharina hielt eine solche Kugel in der Hand, als sie durch den offenen Spalt von meiner Zimmertür lugte. Ich sprach gerade mit Christopher durch den Spiegel, der sich mal wieder köstlich amüsierte, als ich ihm von meiner Misere erzählte.

„Moja luba, du hast doch echt schon ganz andere Sachen gemeistert, oder? Erinnerst du dich vielleicht noch an den hässlichen Typen mit den Hörnern? Da bist du ohne Skrupel einfach hin und hast dich ihm gegenübergestellt. Und bei Kitos Eltern machst du dir in die Hosen?"

„Das kannst du doch überhaupt nicht vergleichen!"

Er lachte wieder.

„Nein, wahrlich, da hast du recht. Zwei völlig verschiedene Situationen."

Während Christopher noch lachte, kicherte Katharina ungeniert mit.

„Komm rein und mach dich ruhig auch noch lustig", schnaufte ich.

„Ach quatsch. Ich glaube, ich habe hier genau das Richtige für dich."

Ich sah auf die Schneekugel in ihrer Hand und zog die Augenbrauen hoch.

„Das ist nicht wirklich dein Ernst, oder? – Hallo, hier, ich bin übrigens das Ding da in der Mitte mit den Flügeln", sprach ich sie veralbernd an, als wäre sie jetzt Kitos Mutter.

„Nein, warte. Du hast mir doch erzählt, dass du blauen Nebel im Wasser hinterlässt, wenn du darüber hinweg streichst. Vielleicht kannst du diesen Glanz auch hier rein setzen."

Sie hielt mir die Kugel vors Gesicht.

„Sie ist leer. Ich dachte, wir füllen sie mit Wasser und du versuchst halt den Schimmer dazuzugeben."

Ich musste gestehen, dass mir diese Vorstellung schon sehr gefiel.

„Wow", Christopher war begeistert, „das ist mal 'ne Idee. Sehr persönlich, Vega. Wenn das funktioniert, könntest du bei Mutti punkten."

Er zwinkerte mir zu.

„Versucht es. Und gib Bescheid, wenn es geklappt hat. Das will ich auch sehen!"

„Klar. Ich bin gespannt."

„Vega, ich wünsche dir viel Erfolg und ein schönes Fest."

„Danke Christopher. Schön, dass es dich gibt. Danke, dass du immer für mich da bist! Wir sehen uns zu den Feiertagen. Wjasołe gódy!"[5]

„Wjasołe gódy, moja luba!"

Er verschwand, als ich die Hand vom Spiegel nahm.

Katharina und ich waren sehr neugierig und gingen sofort ins Bad. Sie drehte den Wasserhahn am Waschbecken auf und hielt die Kugel verkehrt herum mit der Öffnung darunter.

„Bereit?"

„Bereit", antwortete ich und hielt einen Finger unter den Wasserstrahl. Ich leitete einen Hauch Engelsfeuer durch den Finger und tatsächlich war das Wasser von einem blauen Glanz benebelt.

---

[5] Fröhliche Weihnachten

341

Katharina verschloss die Kugel und drehte sie nun richtig herum. Das Engelsfeuer war tatsächlich in der Kugel gefangen! Wir hatten zwar keine Ahnung, wie lange sich der Schimmer darin halten würde, aber für den Moment war es das perfekte Geschenk.

Als ich den Wasserschimmer der Kugel beobachtete, wurde ich nachdenklich. Ich war nun in der Lage, das Engelsfeuer, ohne es als Waffe zu benutzen, aus der Erde zu ziehen und es in einem friedlichen Nebel an die Natur abzugeben. Ich fragte mich, ob die alten Sagen um die blau leuchtenden Gefährten der Gefiederten vielleicht wahr sein konnten. Jene Geschichten von den Drachen und Echsen, die dabei waren, als die Erde gespalten wurde. Wäre ich eines Tages selbst dazu in der Lage, auf einem selbstgeschaffenen Gefährten aus Engelsstaub zu sitzen und zu fliegen? Diese Vorstellung ließ mich kurz die Zeit vergessen.

Doch eine viel wichtigere Frage schob sich wieder in den Vordergrund.

Katharina sah es mir schon an.

„Was hast du, moja luba?"

Ich musste schmunzeln. Es faszinierte mich doch immer wieder, wie gut sie mich kannte.

„Ach, es ist gar nichts weiter."

Sie ließ sich nichts vormachen, ihr Blick durchbohrte mich weiter beharrlich.

Da ich wusste, dass sie mich so lange ansehen würde, bis sie eine Antwort bekam, beschloss ich, sie einfach zu fragen.

„Was denkst du, Katharina? Warum ich? Warum, denkst du, kann ausgerechnet ich die Energie aus dieser Erde ziehen? Warum habe ich die Flügel bekommen?"

Ich wusste genau, dass sie sich bereits selbst Gedanken darüber gemacht hatte, denn sie verzog immer noch keine Miene. Meine Frage hatte sie offensichtlich nicht überrascht.

„Ich hab mich schon gewundert, dass du noch nicht gefragt hast. Aber ich kann dir auch keine Antwort darauf geben. Ich weiß es nicht."

Sie legte ihre Hand auf meine Schulter und lächelte mich hoffnungsvoll an.

„Wir werden es herausfinden."

Meine Befürchtungen, dass die Einladung nach Barbuk eine Katastrophe werden würde, waren zum Glück unbegründet. Wir wurden herzlich empfangen und Kito hielt mich fest in seinen Armen, so dass sich alle meine Sorgen in Luft auflösten. Seine Eltern waren so herzlich und nett, dass sich meine Aufregung ganz schnell legte.

Über das Geschenk freuten sie sich sehr. Immer wieder wirbelte die Mutter die Engelsflammen in der Kugel auf, um sie zu bestaunen.

Als das Essen beendet war, wurde es für Kito etwas peinlich. Gerade, als es so richtig gemütlich wurde, wir alle beieinander vor dem Weihnachtsbaum saßen und uns näher kennenlernten, holte nämlich seine Mutter ein Fotoalbum aus einer Schublade. Sie wollte mir Kinderfotos von Kito zeigen.

Kito ärgerte sich darüber, doch seine Mutter ignorierte ihn einfach, während ich mich freute, einen Einblick in seine Vergangenheit zu bekommen.

Es war ein schönes Gefühl, als sich seine Mutter neben mich setzte und das Album seiner Kindheit öffnete. Sie schlug die ersten Seiten des Albums auf. Kito war darauf zu sehen, ein paar Tage nach seiner Geburt. Auf einem Bild war er in ein Handtuch gewickelt. Wie glücklich seine Eltern mit ihm aussahen. Auch er sah sehr zufrieden aus. Dann folgten die ersten Fotos mit den Großeltern. Da war er schon ein wenig älter. Ich erkannte die Umgebung von Barbuk.

Kitos Mutter blätterte weiter.

„Hier ist er jetzt schon ein paar Monate alt", sagte sie voller Freude.

Ich jedoch erstarrte und bekam plötzlich keine Luft mehr. Mein Gesicht glühte. Ich konnte nicht fassen, was ich da sah. Ein Schwarz-Weiß-Foto mit einem kleinen Jungen, der in einer Babywanne saß und nach oben in die Kamera strahlte.

Ich saß einfach nur stumm, starrte auf das Bild und wurde traurig. Im Hintergrund hörte ich meinen Namen und Kitos Mutter fragte mich, ob alles in Ordnung sei. Aber ich konnte nicht reagieren.

Kito setzte sich leise neben mich, nahm meine Hand und hielt sie ganz fest in seiner. Mit der anderen drehte er sachte meinen Kopf zu sich. Seine Blicke suchten nach einer Antwort. Er war offensichtlich besorgt. Ich zeigte auf das Foto.

KITO! DAS IST DAS BABY AUS MEINEN TRÄUMEN!

Danksagung

Ich bin dankbar für so viele tolle Menschen um mich herum. Menschen, die mich dabei unterstützt haben aus meinem Manuskript ein Buch entstehen zu lassen. Menschen, die mir geholfen haben, es zu machen und nicht nur zu wollen.

Anne, ich liebe deine Bilder, Katja, du warst genau die richtige Lektorin für mich und mein Buch, meine vielen lieben Freunde und meine gesamte Familie. Danke.

Die Sorben/Wenden

Die Sorben/Wenden sind eine nationale Minderheit ohne eigenen Staat. Ihr Siedlungsgebiet ist die Lausitz im Südosten Deutschlands. Als kleinstes slawisches Volk sind sie Nachfahren jener slawischen Stämme, die im Zuge der Völkerwanderung vor mehr als 1400 Jahren das Land zwischen Oder und Elbe/Saale, zwischen Ostsee und den deutschen Mittelgebirgen besiedelten.

Nach dem Verlust der politischen Selbstständigkeit im 10. Jahrhundert verringerte sich ihr Siedlungsgebiet durch Assimilation und durch eine zielgerichtete Germanisierung. Lediglich den Nachkommen der oberlausitzischen Milzener und der niederlausitzischen Lusizer ist es gelungen, bis in die Gegenwart ihre sorbische/wendische Sprache und Kultur zu erhalten.

Die sorbische/wendische Sprache hat sich viele Besonderheiten des Altslawischen bewahrt und teilt sich in zwei Schriftsprachen; Obersorbisch und Niedersorbisch.